ÉTICA PARA INVERSORES

Obras de Petros Márkaris en Maxi

Noticias de la noche
Defensa cerrada
Suicidio perfecto
El accionista mayoritario
Muerte en Estambul
Con el agua al cuello
Liquidación final
Pan, educación, libertad
Hasta aquí hemos llegado
La muerte de Ulises
Offshore
Próxima estación, Atenas
Universidad para asesinos
La hora de los hipócritas
Ética para inversores

PETROS MÁRKARIS
ÉTICA PARA INVERSORES

Traducción del griego de
Ersi Marina Samará Spiliotopulu

Título original: *O φόνος είναι χρήμα (O fonos ine jrima)*

1.ª edición en colección Andanzas: abril de 2021
1.ª edición en colección Maxi: abril de 2022

© 2020 by Petros Markaris y 2021 by Diogenes Verlag AG Zurich. Todos los derechos reservados, excepto para la lengua griega

Adaptación de la cubierta: Maxi Tusquets / Área Editorial Grupo Planeta

Ilustración de la cubierta: © Agustín Escudero

Fotografía del autor: © Ivan Giménez / Tusquets Editores

© de la traducción: Ersi Marina Samará Spiliotopulu, 2021

Diseño de la colección: FERRATERCAMPINSMORALES

Reservados todos los derechos de esta edición para
Tusquets Editores, S. A. - Av. Diagonal, 662-664 - 08034 Barcelona
www.maxitusquets.com

ISBN: 978-84-1107-093-5
Depósito legal: B. 4.300-2022
Impresión y encuadernación: Liberdúplex, S. L.
Printed in Spain - Impreso en España

Queda rigurosamente prohibida cualquier forma de reproducción, distribución, comunicación pública o transformación total o parcial de esta obra sin el permiso escrito de los titulares de los derechos de explotación.

En memoria de mis dos editores,
Fílipos Vlajos y
Samis Gavriilidis

Selbst die Sintflut
Dauerte nicht ewig.
Einmal verrannen
Die schwarzen Gewässer
Freilich, wie wenige
Dauerten länger!

                              BERTOLT BRECHT, *«Beim Lesen des Horaz»*

Ni siquiera el diluvio
duró eternamente.
Un día desaparecieron
las aguas negras.
Sin embargo, ¡qué pocos
duraron más tiempo!

                              BERTOLT BRECHT, *«Leyendo a Horacio»*

1

No somos muchos. Calculo que, como máximo, cien personas escasas. En mis tiempos de juventud, el partido nos habría pedido explicaciones por el fracaso de la movilización. Pero hoy en día, cuando a una decena de personas reunidas en una calle o en una plaza cualquiera ya se la considera una concentración de protesta, nosotros, siendo un centenar, contamos como una muchedumbre.

La mayoría de los participantes vienen de nuestro refugio. Dando una vuelta por los demás albergues he conseguido movilizar a unos cuantos más. Completa el total una representación de los sin techo que todavía duermen en la calle.

Los transeúntes se detienen y nos observan con curiosidad. Se preguntan, y con razón, qué ha venido a hacer aquí, en la plaza Atikí, un hatajo de caras desconocidas rodeando un féretro. Lo mismo les pasa a los vecinos, que se han asomado a las ventanas y los balcones para entretenerse con el espectáculo.

Los dos hombres, cuyos nombres desconozco porque son de otro refugio, apoyan el féretro en el suelo.

—¿Hablarás, Lambros? —me pregunta Stellos.

—Sí, pero esperemos un poco más. No se sabe, a lo mejor viene más gente.

En lugar de esa gente que podría aparecer, llega un coche patrulla de la policía. No hace falta ser un genio para entender lo que ha pasado. Alguien ha visto el gentío y el féretro, se ha asustado y ha avisado a las fuerzas del orden.

—¿Qué está pasando aquí? —pregunta a todos y a nadie en concreto el agente que baja del coche.

—Es una concentración pacífica —le contesta pacíficamente Anna.

—¿Y ese féretro? —insiste él—. ¿Hay alguien dentro de la caja o está vacía?

No me da tiempo de responder porque llega la Brigada Antidisturbios y forma un círculo a nuestro alrededor. Mis compañeros de lucha me miran inquietos.

—Dentro del ataúd yace la izquierda —explico, ahora sí, al policía—. Se suicidó y nos hemos reunido para el funeral. Puesto que la izquierda nació y creció en las barriadas de los pobres, hemos decidido enterrarla aquí, cerca de la avenida Ionía, que ha sido siempre la avenida de la pobreza y de la inmigración.

—El féretro nos lo vamos a llevar nosotros, ¿de acuerdo? Y vosotros os vais a dispersar tranquilamente y sin oponer resistencia, porque los altercados no son buenos para nadie, ni para vosotros ni para nosotros —me dice el jefe de los antidisturbios, que, mientras tanto, se nos ha acercado y ha oído mis explicaciones.

Su actitud me irrita profundamente, y a mi edad los cabreos suelen remover el pasado.

—¿Me puedes explicar una cosa? —Me enfrento al gran jefe—. Cuando era joven y nos manifestábamos a favor de la izquierda, tus antecesores nos molían a palos, primero en las calles y en las plazas, y luego otra vez en comisaría. Y ahora que te decimos que la izquierda se ha suicidado, ¿también nos vais a moler a palos? Da igual si está viva o muerta, a la izquierda se la despacha siempre a hostias.

—Señor Lambros, ¿por qué no llamas por teléfono al comisario Jaritos? —interviene Stellos, y me ofrece su teléfono móvil para que haga la llamada.

El gran jefe queda pasmado.

—¿Conoces al comisario Jaritos? —me pregunta.

Antes de que pueda contestar, se nos acerca uno de los agentes del coche patrulla y le susurra algo al oído.

—¿Eres el mismo Lambros que dio su nombre al nieto del comisario? —me vuelve a interrogar el gran jefe cuando el agente concluye su informe susurrado.

—Sí, soy yo.

El hombre modera su actitud al instante.

—De acuerdo, adelante con vuestra manifestación. Nosotros nos mantendremos a un lado, por si la cosa se tuerce.

¿Cómo ha empezado todo esto? Si alguien me lo preguntara, le diría que «porque me ha dado la gana» o porque «los viejos pecados han asomado la cabeza». Sin embargo, no ha sido porque me diera la gana. La idea no ha surgido de la nada.

La chispa que provocó el incendio fueron las denegaciones de solicitud de asilo. No porque hubiéramos expulsado a alguno de los residentes del albergue, sino porque, al no quedar ya camas disponibles, teníamos que rechazar a los que llamaban a la puerta rogándonos que los acogiéramos y dejarlos en la calle.

Los observaba bajar en silencio y con la cabeza gacha de vuelta a la calle Drosopulu y me preguntaba cómo habríamos reaccionado si esto hubiera pasado en otros tiempos, en la década de los cincuenta o de los sesenta.

Habríamos salido en tromba a manifestarnos en defensa de los pobres y de las víctimas de las injusticias, a los que el sistema echa a la calle sin contemplaciones. Corearíamos consignas durante horas, nos habríamos enfrentado a la policía y —lo más probable— al final nos habríamos dispersado sin haber conseguido nada. Nueve de cada diez veces ya sabíamos de antemano que no conseguiríamos nada, que solo seríamos voces que claman en el desierto, pero, aun así, nos movilizaba la indignación, un: «¡No, joder, no os saldréis con la vuestra!».

Pero en aquellos tiempos contábamos con el respaldo de un partido y de un movimiento de izquierdas que sabían muy bien cómo movilizarnos con ese «no, joder». Hoy en día, el «no, joder» se ha convertido para todos nosotros en un: «Qué le vamos a hacer, joder». Los desamparados que se marchaban del albergue con la cabeza gacha me abrieron los ojos y me di cuenta de que yo también pertenezco ya al movimiento del «qué le vamos a hacer, joder».

Fue entonces, mientras observaba cómo se retiraban los sin techo, cuando supe que teníamos que olvidarnos de la izquierda, de los movimientos populares, de la resistencia y de todo lo que sufrimos con las persecuciones, los exilios y los trabajos forzados en las islas áridas. Ya nada cuenta de todo aquello y la izquierda se ha rendido sin remedio.

En los tiempos que corren, los pobres tendrán que sublevarse ellos solos si quieren ver días mejores. No pueden esperar nada de nadie, de ningún movimiento popular ni ciudadano, ellos mismos deberán constituirse en un movimiento de nuevo cuño. Todo lo demás son historias viejas, nostálgicas y lacrimógenas. Yo mismo, Lambros Zisis, debo abandonar la ideología del marxismo-leninismo para abrazar la ideología de la pobreza. El resto son movimientos que representan a los ya apoltronados.

De repente, un numeroso grupo de inmigrantes irrumpe corriendo en la plaza. La mayoría deben de ser de países balcánicos, sobre todo búlgaros y albaneses. También distingo a algunos con rasgos asiáticos entre ellos.

El cabecilla es un treintañero de fabricación nacional que se me acerca.

—Ya que nos habéis comunicado que ibais a celebrar el entierro de la izquierda, he pensado traer también a mis vecinos. Muchos provienen de los antiguos países comunistas y no tuvieron la oportunidad de llevar a cabo el entierro de sus regímenes, porque el cambio los pilló por sorpresa. Que lo hagan ahora, pues.

—¿Y los otros? —le pregunto señalando con un gesto a los inmigrantes de Asia.

—Ellos no han venido para el entierro. Han venido para proclamar su pobreza —me contesta.

Me fijo en los manifestantes que me rodean. Están esperando tranquilos el desenlace de los acontecimientos. Igual que los antidisturbios. Se mantienen al margen y permanecen inmóviles. Es el momento apropiado para que pronuncie mi discurso.

—Nos hemos reunido hoy aquí para celebrar una ceremonia de duelo. Es una concentración en la que no tienen cabida ni los gritos ni los alborotos, solo la reflexión sosegada. El que os está hablando dedicó su vida entera a la lucha por la izquierda y por el cambio social. Pues bien, hoy os digo que todo aquello son uvas rancias y avinagradas. No esperéis que nadie os apoye ni que os cubra las espaldas.

—¿A quién se lo dices? —se alza una voz masculina de entre la muchedumbre—. Nosotros estamos aquí porque el socialismo murió en nuestros países.

—También bajo el socialismo trabajábamos por un trozo de pan, igual que aquí —le contesta una mujer.

—Nosotros, Paquistán, no trozo de pan. Aquí, no trozo

de pan. ¿Dónde, trozo de pan? —exclama un moreno de la segunda fila, agitando los brazos con desesperación.

—Tenéis toda la razón —les grito a modo de respuesta—. Por eso mismo, no debéis esperar ayuda ni apoyo de ningún sistema, de ningún gobierno y de ningún movimiento. La izquierda y el comunismo en los que tanto creímos entraron en el juego del poder y acabaron inmolándose. Los pobres del mundo entero deben entender que ya solo ellos mismos pueden ser el movimiento.

—Se te da bien hablar, pero ¿qué quieres que hagamos, joder?

Suena de nuevo la voz de una mujer que, a todas luces, me ha leído el pensamiento.

—Debemos organizarnos y empezar a reunirnos en cada calle, en cada barrio, no para llorar juntos por nuestras desgracias, sino para hablar de los problemas que nos afligen. Para poner nombre a los que nos explotan, a los que nos roban, a los que se enriquecen con nuestras desdichas. Dentro de unos días, nosotros constituiremos un comité permanente. Venid a contarnos vuestros problemas y todos juntos decidiremos cómo actuar y qué concentraciones de protesta podemos organizar.

Espero un momento por si alguien quiere añadir algo. Todos, sin embargo, guardan silencio. Me han dejado la iniciativa y esperan ver cuál será mi próximo movimiento.

—Vamos ya a enterrar a la izquierda —les digo.

Avanzo hasta dejar atrás la estación de metro de la plaza y salgo a la avenida Ionía. Sigue mis pasos la solemne comitiva de manifestantes, precedida del féretro.

Había explorado con anterioridad esa zona y sabía exactamente dónde teníamos que dejar el féretro: dentro de una pequeña parcela que hay junto a una casa vieja, que permanece en pie desde la época en que llegaron huyendo los refugiados de Asia Menor.* La parcela en sí está vacía, pero la casa está rodeada de un pequeño jardín arbolado. Puede que no sean los cipreses de rigor, pero la casa de los refugiados y los árboles son el lugar de descanso perfecto para la izquierda.

—Depositad el féretro aquí —digo a los dos hombres que lo llevan a hombros, señalándoles el centro de la parcela—. Y ahora quiero que guardemos un minuto de silencio —indico a los concentrados.

—¿Es que no celebraremos un funeral? —me pregunta una de las mujeres.

—Este minuto de silencio es el funeral más apropiado para la izquierda —le contesto.

—¿Tampoco la vamos a enterrar? —pregunta ahora uno de los hombres.

—No. Se quedará aquí, a la vista de todos, para que la vean los que pasan por la calle.

Uno de mis viejos compañeros había escrito con pintura blanca sobre el ataúd: «Aquí yace la izquierda», frase lapidaria que le viene como anillo al dedo.

Cuando termina el minuto de silencio, los congregados empiezan a dispersarse.

—No vamos a desaparecer —les grito—. Pronto tendréis noticias nuestras. Mientras tanto, empezad a organizaros en vuestros barrios, a hacer listas de los problemas que os atormentan y de las injusticias a las que tenéis que enfrentaros.

Unos se alejan solos y otros en grupitos. El grupo más nutrido es el de los inmigrantes. Nosotros volvemos cami-

---

* Se refiere a los sangrientos acontecimientos de septiembre de 1922, cuando la numerosa población griega de Asia Menor fue expulsada por la fuerza y tuvo que huir a Grecia, causando la muerte de miles de personas en el camino. *(N. de la T.)*

nando a la estación para tomar el metro hasta la plaza Victoria.

Los antidisturbios también se disponen a marcharse. El jefe me localiza y se me acerca.

—Bonito discurso, señor Lambros, aunque nos va a meter en líos —me dice.

—¿Por qué? —pregunto extrañado.

—Los políticos regalan promesas a los pobres para que piensen que pronto verán tiempos mejores y se queden tranquilos. Si vosotros los alborotáis, nos mandarán a nosotros a sacar las castañas del fuego.

Me deja y se dirige al coche patrulla mientras yo pienso que no le falta razón.

Durante el trayecto, los míos están entusiasmados. Yo sé, sin embargo, que al principio de cualquier movida siempre suenan aplausos. Los abucheos vienen más tarde.

2

No necesito recurrir al móvil para localizar a Adrianí, ya conozco su paradero habitual. A esta hora de la tarde, que es cuando empieza a refrescar, sale a pasear con Lambros, nuestro nieto, por el parque de Pangrati. Está cerca de la casa de Katerina y le resulta cómodo.

Encuentro aparcamiento en la calle Nikóstenes. Adrianí está sentada en el mismo banco de siempre, sujetando el carrito del bebé con una mano. No aparta la mirada de su nieto.

—Ya sabía que te encontraría aquí —le digo cuando me acerco.

—Se está más tranquilo por la tarde —me explica mi mujer—. Por la mañana vienen todas las madres con los críos que gritan, corren, juegan, montan un gran jaleo. Lambros se pone nervioso y empieza a llorar. Por eso es mejor salir a dar un paseo por la mañana y venir a sentarse al parque por la tarde. Cuando yo no puedo, se encarga Melpo.

Antes que nada, me agacho sobre el carrito de mi nieto. El niño ha cumplido ya los siete meses. Agita sus manitas, mueve la cabeza de un lado para otro y se ríe por razones insignificantes y muchas veces imposibles de dilucidar. Es lo que hace ahora. Me mira, agita las manos y me dedica una gran sonrisa.

Me siento junto a Adrianí. Cuatro ojos observan sin perder detalle a Lambros, pero él vuelve la cabeza hacia el otro lado y empieza a bostezar.

—Nunca había visto a un bebé tan tranquilo —comenta Adrianí—. Tiene boca, pero no hace uso de su voz. Solo llora cuando se retrasa su comida.

—No como nuestra hija.

—¿Estás de broma? Katerina se echaba a llorar justamente cuando veía el biberón.

Lambros abre los ojos, mira la capota del cochecito que Adrianí ha subido para que no le dé el sol en la cara y nos dedica de nuevo una gran sonrisa.

—¿Lo has visto? Todo lo que hace, lo hace con una sonrisa —exclama mi mujer, y se santigua—. ¡Ojalá siga igual de bueno cuando sea mayor, virgencita!

—Cuando uno es mayor, las sonrisas dependen de las circunstancias —le contesto.

Mi mujer se vuelve para mirarme.

—¿Por eso sonríes más a menudo últimamente?

—¿Quién, yo?

—Sí, por tu ascenso.

Nos echamos a reír al mismo tiempo. Entre nosotros, a mi mujer no le falta razón. La promoción me ha subido la moral. En Jefatura, las cosas están tranquilas y no tengo razones para agobiarme. Mi relación con el subdirector sigue siendo fluida. En consecuencia, es lógico que sonría a la mínima oportunidad.

—Venga, vámonos —dice Adrianí poniéndose de pie—. Katerina está a punto de volver a casa y Lambros tiene que cenar.

Echamos a andar en dirección a la calle Athanasías. Adrianí va empujando el cochecito, Lambros da palmitas sin hacer ruido y yo camino a su lado como hacen los guardaespaldas de las celebridades.

Al oír que se abre la puerta, Katerina acude al recibidor para saludarnos.

—¡Hola, mi niño! —grita, y coge a Lambros en brazos. Luego nos besa a su madre y a mí.

—Voy a darle de cenar y luego lo acuesto —nos dice.

—¿Dónde está Fanis? —pregunto.

—Llegará tarde, tiene guardia.

Mientras Katerina lleva a Lambros a su habitación, mi mujer y yo nos acomodamos en la sala de estar.

—Voy a ver si la cena está hecha, si no, tendré que preparar algo rápido —dice Adrianí, y pone rumbo a la cocina.

Me quedo solo en la sala de estar, pero no tengo ganas de ver la tele. Prefiero ir a admirar a mi nieto mientras cena.

Lo encuentro entre los brazos de su madre chupando el biberón con gran fruición, como un adulto apuraría el agua de una botella para aplacar su sed.

—Tiene buen apetito, el chiquillo —comento a mi hija.

—¿A esto lo llamas apetito? ¡Es insaciable!

—¿Y no te alegras?

—No, porque, si sigue así, acabará engordando. ¿Te lo imaginas con pantalones cortos, zapatillas de deporte y un culito respingón como para servir de mesa?

Yo, a pesar de todo, sigo admirando el entusiasmo devorador de Lambros hasta que me interrumpe la entrada de Adrianí.

—¡Mis felicitaciones a Melpo! Tiene unas manos de oro. Ha preparado alcachofas «a la polita».*

Es una de las raras ocasiones en que expresa su admiración por los guisos de alguien, porque considera que todas las demás amas de casa son la competencia.

---

* Guiso de alcachofas junto con otras verduras y mucho limón. *(N. de la T.)*

—¿Cómo lo hace? —pregunto con extrañeza, porque soy un ignorante en estos temas.

—Mete a Lambros en el cochecito y se lo lleva a la cocina. Cuida de él al tiempo que prepara la comida —me explica Katerina con condescendencia.

Justo en este momento suena el timbre de la puerta y Adrianí va a abrir. Al poco reaparece acompañada de Maña.

—¿Vienes sola? —pregunto a la joven, ya que siempre va acompañada de Uli.

—Sí. Uli está en Alemania.

—¿Y eso? Espero que no sea nada malo —interviene Adrianí.

—Su padre ha sufrido un infarto y Uli ha ido a Múnich para que su madre no esté sola.

—¿Qué dicen los médicos? —pregunto.

—Fanis ya ha hablado con ellos —responde Katerina en lugar de Maña—. Le han asegurado que lo superará. Y Fanis es optimista después de lo que le han explicado.

Lambros ha terminado de cenar y Katerina lo acuesta en su camita. Nos disponemos a trasladarnos a la sala de estar para dejarle dormir tranquilo.

—Voy a preparar algo ligero —dice Adrianí poniéndose de pie.

—Mamá, hay alcachofas. ¿Qué más quieres preparar?

—Somos tres más para cenar y las alcachofas no serán suficientes. Tengo ojo para estas cosas.

—Podríamos encargar algunos *suvlakis* para que no tengas que meterte en la cocina —sugiero.

Expreso, en primer lugar, mi preocupación por mi mujer, a ver si consigo ablandarla, pero en segundo lugar acechan mis ansias de comer *suvlakis*. Mis desvelos conyugales, sin embargo, caen en saco roto.

—¡Sí, hombre! Alcachofas a la polita con *suvlakis*, pita

y salsa de ajo. En lo que a sabores se refiere, eres un analfabeto. Qué lástima, con todos los esfuerzos que he hecho por educarte —replica Adrianí en tono despectivo, y sale de la habitación.

—Pero, papá, ¿de veras has pensado que podrías convencerla de que tomáramos *suvlakis* para cenar? —me pregunta Katerina como si me tomara por loco.

—No, pero la esperanza es lo último que se pierde —contesto, y los tres soltamos una carcajada.

Mientras Adrianí se afana en la cocina, empezamos a hablar de todo un poco y la conversación acaba centrándose, como siempre, en el pequeño Lambros.

—He encontrado champiñones en la nevera y estoy preparando espaguetis con salsa de champiñones —anuncia mi mujer mientras sale de la cocina, y, acto seguido, se dirige a mí—: Los champiñones combinan muy bien con las alcachofas —explica en tono de maestra de primaria.

Pillo de reojo la mirada irónica de mi hija, pero prefiero guardar silencio. Por suerte, Adrianí se va a la habitación de su nieto para admirarlo mientras duerme, y el tema queda zanjado.

Fanis llega al cabo de media hora. Tiene cara de estar cansado.

—Todas las urgencias se han producido mientras estaba de guardia —nos explica.

Corre a saludar a su hijo. Poco después reaparece junto con Adrianí, fastidiado.

—Lo que más me cabrea no son las urgencias, sino volver a casa demasiado tarde para poder darle un beso a mi hijo mientras aún está despierto —se lamenta.

—Bueno, ya le darás un beso mañana por la mañana, que se despierta temprano —intenta consolarle Katerina.

—Pues yo quiero poder besarle tanto por la mañana antes de irme, como por la tarde cuando vuelvo —dice Fanis empecinado, al tiempo que saca su teléfono móvil y marca un número. Cuando empieza a hablar en inglés, nos damos cuenta de que ha llamado a Uli. Interrumpimos nuestra conversación para no distraer su atención mientras dura la llamada.

—El padre de Uli permanece estable —se dirige a Maña después de colgar el teléfono—. Tal como me ha descrito Uli su evolución, y por las medidas que han tomado los médicos, no creo que vaya a haber ningún contratiempo.

—Menos mal, así podrá volver a casa. Tuvo que dejar un proyecto a medias y tiene miedo de que se lo encarguen a otra persona —responde Maña con alivio.

—Voy a poner la mesa para cenar —interviene Katerina, y se levanta del sofá.

Maña también se levanta.

—Yo te ayudo.

—Tu hijo está precioso —comento a Fanis.

—Toquemos madera. Es un niño tranquilo y agradable. Su única debilidad es la comida. Si tuviera un biberón en la boca el día entero, estaría en el séptimo cielo.

—Melpo también —apostilla Katerina—. Ella lo admira embelesada cada vez que come con tanto apetito. Y Lambros se entusiasma cuando la ve llegar.

Adrianí trae la cena y nos sentamos todos a la mesa. Pruebo las alcachofas a la polita con un trocito de queso feta y se me escapa un gruñido de placer.

—Mis felicitaciones a Melpo. ¡Es una gran cocinera! —exclamo entusiasmado.

—Y, después de este manjar, ¿tú querías comer *suvlakis*? —me espeta mi mujer.

Noto cómo me supera la indignación.

—Tú, que vas más a menudo a la iglesia, ¿sabrías decirme

cuándo termina la misa de la mañana? —le pregunto sin delatar mi cabreo.

Mi mujer me mira anonadada.

—¿Por qué?

—Para hablar con el sacerdote y confesarle mi pecado de querer comer *suvlakis*, a ver si me perdona.

Todos ríen menos Adrianí. Ella me fulmina con una mirada que destila veneno.

En cualquier caso, los espaguetis con salsa de champiñones son igual de sabrosos y esto nos ayuda a recuperar el buen humor.

3

—Me ha parecido oportuno informarle de lo sucedido, señor comisario.

El jefe de la Brigada Antidisturbios está de pie delante de mi escritorio y me mira indeciso.

—Has hecho muy bien, pero ¿cómo puedes estar tan seguro de que se trata de Lambros Zisis? —le pregunto.

—Yo no lo conozco personalmente, señor. Pero uno de los hombres que participaba en la concentración se dirigió a alguien que se llamaba Lambros y le sugirió que le llamara a usted por teléfono. Entonces uno de mis agentes me dijo que ese es el nombre del nieto de usted y también de un amigo suyo.

Considero innecesario dar explicaciones.

—Has mencionado una concentración. ¿De qué concentración se trata?

El jefe reflexiona un momento.

—No demasiado numerosa. Al principio eran unas cien personas. Más tarde se presentaron unas cuantas más. Entre todos llegarían como mucho a unos ciento cincuenta. —Calla un momento para elegir bien sus siguientes palabras—: Lo cierto es que en cualquier otra circunstancia la manifestación habría pasado desapercibida, pero alguien se fijó en el féretro que llevaban, se asustó y nos avisó.

Me pongo de pie de un salto.

—¿El féretro?

—Sí, un ataúd ordinario. Cuando le pregunté a su amigo si había un cuerpo dentro del féretro, me contestó que allí yacía el cuerpo de la izquierda. Según él, se había suicidado e iban a celebrar su funeral cerca de la avenida Ionía.

Termina su relato y espera mi reacción. Por una parte, lo que me ha contado no me sorprende. Desde hace mucho tiempo, Zisis viene manifestando su decepción con la izquierda, sea con alusiones e indirectas, o con ejemplos concretos de su fracaso. Por otra parte, sin embargo, sí me sorprende que haya llegado al extremo de enterrarla públicamente, acompañado de un cortejo fúnebre.

—¿Pronunció algún discurso? —le pregunto, no sin cierta dosis de ironía.

—Sí. Sus palabras fueron solemnes, aunque también preocupantes —me contesta el jefe.

—¿Qué dijo?

—Dijo que, después del suicidio de la izquierda, los pobres deben constituirse ellos mismos en movimiento para reivindicar sus derechos.

—¿Y qué hay de preocupante en eso?

—¿Se imagina usted qué nos espera si los pobres se constituyen en movimiento y empiezan a organizar concentraciones y manifestaciones de protesta? —pregunta con la expresión de un profesor que está dando clase a un alumno novato de la Academia de Policía—. No tendremos que enfrentarnos a cien o doscientas personas que ocupan el centro de Atenas para protestar, sino a un mar de gente de todas las razas y procedencias, y a ver cómo lidiamos con eso.

—Tienes razón, pero lo único que podemos hacer es esperar a ver cómo se desarrollan los acontecimientos.

Le doy pasaporte y, solo ya en el despacho, me zambullo

en mis reflexiones. No sé en qué estará pensando Zisis ni cuáles son sus intenciones. Desde luego, no es una persona violenta, y eso me tranquiliza. Al mismo tiempo, sin embargo, sé muy bien que las movilizaciones que se producen espontáneamente, sin el respaldo de alguna organización, están expuestas a todo tipo de desenlaces imprevistos. Si ya en cualquier concentración se cuelan alborotadores de toda clase y naturaleza, Zisis y compañía no serán capaces de ponerles freno y nosotros nos veremos obligados a intervenir, con todas las consecuencias que eso pueda suponer.

La única solución es ir a hablar con Zisis para averiguar de primera mano cuáles son sus planes. Si no consigo convencerle de que evite las marchas y las concentraciones, como mínimo podríamos encontrar juntos una solución que nos ayude a prevenir lo peor.

Ahora bien, cómo voy a convencer a un viejo comunista como Zisis de que colabore con la policía es una pregunta a la que no puedo dar respuesta.

Aviso a Stela de que voy a ausentarme durante una hora y bajo al garaje de Jefatura. Lo que me faltaba: recién ascendido, caer víctima de un conflicto de conciencia entre el cumplimiento de mi deber y la amistad con Zisis.

El tráfico es fluido en la avenida Alexandras y alcanzo sin mayores problemas el paso subterráneo hacia la avenida Evelpidon. Las dificultades empiezan a la altura de la calle Kefalinías. Cada cien metros me topo con pequeñas obras que obstruyen la mitad de la calle. La otra mitad ha quedado reducida a socavones rodeados de mallas de plástico.

Me pregunto si se han adelantado las elecciones municipales y no me he dado cuenta, porque los ayuntamientos suelen ponerse las pilas cuando se acercan las elecciones.

Finalmente, consigo entrar en la calle Drosopulu, pero cuando llego a la altura de Tenedu, me la encuentro bloqueada por un gran camión que ocupa la calzada entera. Hago un esfuerzo por dominar los nervios, porque me espera una conversación complicada con Zisis y no quiero llegar a la cita ya cabreado.

Entro en la calle Lelas Karayanni y, por suerte, descubro un hueco para aparcar un poco más allá de Agías Zonis.

Me topo con Lambros justo en el momento en que está saliendo del albergue.

—¿Cómo tú por aquí a esta hora? —me pregunta, sorprendido de verme allí por la mañana.

—Quería hablar contigo, pero veo que estás ocupado.

—No es nada urgente. Puede esperar hasta más tarde —me responde.

Se da la vuelta para entrar de nuevo en el albergue, pero lo detengo.

—Preferiría que hablásemos tú y yo a solas, fuera del refugio —le confieso.

En un primer momento, mi propuesta lo sorprende, aunque enseguida veo en su mirada que ha entendido. Nos dirigimos al pequeño café que hay en la esquina de Agías Zonis con Tenedu.

—Ya sé de qué se trata —me dice Zisis cuando nos sirven los cafés—. Tu subordinado te ha informado.

—¿Por qué no me dijiste nada? Habría hablado con mis hombres y les habría ordenado que se mantuvieran a distancia.

—En primer lugar, porque no quería meterte en líos. Un comisario de policía con un amigo que organiza movilizaciones de protesta, ¿dónde se ha visto eso? Y, en segundo lugar, porque participar en movilizaciones reivindicativas previa solicitud de protección de la policía es como tomarte una ensalada de judías aderezada con aceite de ricino —contesta, confirmando mi temor de que cualquier posible colaboración entre nosotros tendrá que pasar por cuarenta filtros—. Aun así, he entendido por primera vez lo que significa tener las espaldas cubiertas —añade Zisis.

—¿Qué quieres decir? —le pregunto sorprendido.

—En el momento en que sonó tu nombre y los polis supieron de mi relación contigo, se pusieron a mi entera disposición —explica, y estalla en carcajadas.

Intento encontrar la manera más apropiada de explicarle mis preocupaciones.

—No quiero dármelas de listillo. Tú ya tienes mucha experiencia y sabes que las movilizaciones espontáneas están abiertas a la participación de cualquiera. Por lo tanto, se os puede colar escoria de todo tipo.

—Sé adónde quieres ir a parar —contesta él, asintiendo con la cabeza—. Este tipo de movilizaciones necesitan un equipo de vigilancia. Tienes toda la razón. Nunca celebramos concentraciones ni manifestaciones sin servicio de vigilancia.
—Me mira y se echa a reír—. En nuestros tiempos se encargaban de la vigilancia los obreros de la construcción. Porque a ellos les tenía miedo todo el mundo, incluidos vuestros hombres.

Escuchándole me voy relajando, porque veo que tal vez nos resulte más fácil entendernos de lo que había temido.

—¿Qué piensas hacer? —le pregunto.

—Mientras haya pocos participantes, por debajo de los doscientos, por ejemplo, como sucedió ayer, no habrá complicaciones —me explica Zisis—. Si acuden provocadores a las manifestaciones para reventarlas, los localizaremos y los obligaremos a alejarse. Las dificultades aparecerán si las concentraciones empiezan a atraer a más participantes. Será entonces cuando necesitaremos un servicio de vigilancia, ya que cualquiera podrá infiltrarse entre la multitud para meter cizaña: desde gritos y consignas no autorizados hasta agresiones físicas, mientras que nosotros no tendremos la organización necesaria para apartarlos.

La expresión de sus ojos delata lo mucho que le preocupa esta posibilidad. De repente, me viene una idea de la nada.

—¿Qué te parecería si te presto a uno de mis hombres para que vigile las manifestaciones?

Zisis quiere interrumpirme, pero no le dejo.

—Espera un momento. Será un chico joven e irá como todos los que participen en las movilizaciones. Solo tú y yo conoceremos su verdadera identidad.

—Poco falta para que me propongas que se encarguen de la vigilancia policías de paisano —replica Zisis con ironía.

—Sabes que nunca haría eso —le respondo—. No solo porque nos lo prohíbe la normativa, sino porque los policías tienen una manera de actuar que los delata de inmediato. En el momento mismo de intervenir, todo el mundo se daría cuenta de que son polis y se acabaría montando una trifulca. No, te estoy hablando de un chico con estudios universitarios que no se distingue en nada de los demás jóvenes de su generación. Él participaría en vuestras movilizaciones como uno más y, al mismo tiempo, mantendría los ojos bien abiertos. Si se produjera cualquier incidente al que pudiera hacer frente junto con otros participantes de la manifestación, lo haría así. En otras circunstancias, hablaría directamente contigo. Te prometo que nunca haría nada sin haberlo consultado antes contigo.

Zisis me mira pensativo pero sin oponer objeciones. Pago los cafés y nos ponemos de pie.

—Piénsatelo —le digo antes de despedirme—. El asunto no es urgente. Tenemos tiempo para ir viendo cómo evoluciona la situación. Es posible que yo esté exagerando y que no haga falta ninguna medida extraordinaria. Simplemente, tenlo en cuenta.

—De acuerdo, me lo pensaré —me promete él.

Zisis echa a andar hacia la calle Tenedu para volver al albergue de los sin techo mientras que yo enfilo Lelas Karayanni, donde está aparcado el Seat, para volver a Jefatura.

Mientras conduzco intento pensar en quién sería la persona más apropiada para llevar a cabo esta operación, si se diera el caso. Descarto a casi todos y acabo centrándome en los dos que ya conozco del Departamento de Homicidios: Zanos Askalidis y Fotis Dervísoglu. Sus edades son perfectas para este cometido. A Askalidis se le da mejor relacionarse con la gente, sobre todo con los jóvenes. Dervísoglu, en cambio, ha servido en la Brigada Antiterrorista y, por lo tanto, cuenta con más experiencia. Además, tiene muy buen criterio.

Me inclino seriamente por Dervísoglu, aunque de momento no tengo por qué darme prisa. Lo más urgente es hablar con mis hombres y pedirles que me mantengan informado en todo momento, para así poder intervenir en cuanto sea necesario. Las implicaciones personales representan el peor inconveniente posible y es imperativo cubrirme bien las espaldas en este caso.

En cuanto llego a mi despacho le digo a Stela que llame a Alamanos, el jefe de la Brigada Antidisturbios. Yorgos Alamanos es un cincuentón musculoso. Por la expresión de su cara, deduzco que ya sabe por qué le he convocado.

—Tu subordinado ya me ha informado —le digo, a modo de introducción.

—Lo sé, fui yo quien le mandó a informarle.

—Ante todo, quiero dejar claro que tú y tus unidades haréis vuestro trabajo.

—Puede que esto no vaya a más. Que se produzcan un par de manifestaciones y que el movimiento quede en un puñado de comprometidos que se acabarán yendo a sus casas.

—Calla y me mira—. Sin embargo, si va a más, no sabemos

adónde puede conducirnos esto —continúa—. Si encuentra respuesta entre la gente, podría movilizar a muchísimas personas. En ese caso, será un problema mantenerlas bajo control. Eso es lo que me asusta.

—Lo iremos viendo sobre la marcha. Quiero que me mantengas informado en todo momento. Mi amigo no es partidario de la violencia, que lo sepas. Es un viejo hombre de izquierdas que cree que la izquierda está muerta. Por eso piensa que los pobres deben hacerse con las riendas de su destino.

Alamanos me mira con recelo. Quiere decirme algo, pero no acaba de atreverse.

—¿Puedo serle sincero, señor comisario? —me pregunta al final.

—Por supuesto.

—El «creced y multiplicaos» hoy en día se refiere a los pobres. Humanamente lo puedo entender, pero, como policía, no alcanzo a ver las posibles consecuencias.

Comparto sus temores, así que no puedo contradecirle. Mando a Alamanos de vuelta a su despacho con la promesa de que estaremos permanentemente en contacto.

Se me ocurre que quizás debería informar al subdirector de mi relación personal con Zisis, pero llego a la conclusión de que aún es prematuro. Veamos primero cómo evoluciona el plan de Lambros. No podemos descartar que se desinfle antes de salir de la cáscara, como tantos otros proyectos revolucionarios.

Soy afortunado, pienso. Tengo suerte de que el pequeño Lambros siga en su camita, chupando con anhelo su biberón. Si fuera mayor, podría juntarse con su tocayo y darle la espalda a su abuelo, el madero.

4

Cuando vuelvo al albergue, veo que Stellos y Anna están sentados en el bar junto con ese tipo que había llevado a la marcha fúnebre a los inmigrantes de los antiguos países comunistas.

—Bueno, ¡la que se ha montado! —me dice Anna.

Antes de que pueda preguntar a qué se refiere, el joven se levanta de un salto y se me acerca.

—Buenos días, señor Zisis. Soy Nikitas Kurtidis, el que llevó a los inmigrantes a la manifestación —se presenta.

—Ya, te recuerdo.

—Subí algunas fotografías de la concentración de ayer a Facebook y he venido para mostrarle las reacciones. Venga —me dice, y me conduce ante la pantalla de un pequeño ordenador portátil.

Me hace sentarme a su lado y señala un punto con la flechita.

—Lea esto.

¡Enhorabuena, chicos! ¡Ya era hora de que saliéramos a la calle nosotros, los pobres, para reivindicar nuestros derechos! Firmado: «El Hambriento, que tenía una tienda y la tuvo que cerrar».

La flechita se traslada a otro comentario:

¡Así se hace! Que se oiga, por fin, la voz de aquellos que tienen cosas que reivindicar, no de los que defienden sus conquistas personales. Os deseo mucho éxito.

El tercer comentario nos pone a parir.

¡Sois unos fascistas! Los que dicen que la izquierda ha muerto y celebran su funeral son fascistas.

—Este es el que me parece más interesante —dice Nikitas, y empuja la flechita hacia otro punto de la pantalla.

Ojalá vuestra lucha sea un éxito, pero no os hagáis demasiadas ilusiones. En la década de los sesenta hubo un político que dijo: «Los números prosperan mientras la gente desespera». Los políticos actuales han encontrado la solución perfecta. Han sustituido a la gente por números y dicen: «Si los números prosperan, todo va sobre ruedas». Estoy con vosotros en esto, pero mucho me temo que, al final, solo quedará el recuerdo de esta hermosa lucha.

Nikitas tiene razón. Este último comentario es el más interesante, porque coincide con mi teoría sobre el «no, joder».

—Este no tiene pelos en la lengua —comenta Stellos, que está de pie a mi lado leyendo los comentarios. No hace más que confirmar mis propias reflexiones.

—¿A qué te dedicas? —pregunto a Nikitas.

—Aún no he terminado mis estudios. Estoy haciendo mi posgrado en Londres —me contesta el chico—. Mi tema es el emprendimiento en Grecia durante la crisis. Cuando estoy en Grecia, me alojo en la calle Sozopóleos, en un pequeño piso propiedad de mis padres. Conozco a los inmigrantes de esa zona, a algunos los he entrevistado para mi trabajo de posgrado. Cuando vi vuestra manifestación, pensé que era una buena oportunidad para que ellos también participasen.

Me parece un joven inteligente y con conocimientos interesantes. No me precipito en entusiasmarme, pero tengo la impresión de que realmente podría ayudarnos.

—Quiero hacerte un par de preguntas —le digo.

—Le escucho.

—En primer lugar, ¿crees que podríamos movilizar a los inmigrantes que llevaste a la manifestación para que formen parte de la lucha de los pobres?

Él piensa un poco antes de responder.

—Se apuntaron cuando les dije que íbamos a enterrar a la izquierda —me explica—. Para ellos la izquierda equivale al sistema comunista, al que odian. Es decir, se apuntaron para celebrarlo. Ahora, en lo que se refiere a la movilización de los pobres...

Reflexiona de nuevo.

—La mayoría de los inmigrantes viven aquí mejor de lo que vivían en sus países de origen, señor Zisis. Si les hablas de pobreza, automáticamente piensan en los tiempos que vivieron en sus países. Identifican la pobreza con el sistema comunista. Si no se sublevaron entonces, que tenían más razones para hacerlo, ¿por qué iban a sublevarse ahora? Hablaré con ellos, pero no soy demasiado optimista.

El joven habla y sus palabras actúan como una escoba. Barren mi vida entera, de principio a fin. Todas las luchas y todos los sacrificios que pagué con los mejores años de mi vida: las torturas, las persecuciones, el exilio... Unas pocas frases de Kurtidis bastan para tirarlo todo por la borda. Ay, camarada Lenin, pienso. Pudiste conquistar el Palacio de Invierno y creíste que habías eliminado la pobreza. Metiste la pata tú, y la metimos nosotros también, tus herederos.

El chico, no obstante, me ha abierto los ojos. Me ha hecho comprender que la Pobreza con mayúscula no existe. Hay muchas pobrezas y son muy diferentes entre sí. Yo solo conozco la griega, ahora tengo que familiarizarme con las otras.

—Y la segunda pregunta: ¿conoces a inmigrantes y refugiados de Asia y de África a los que podríamos movilizar?

—Aquí, no —me contesta—. Pero le puedo contar mi experiencia en Inglaterra. Cuando llega a Europa, esa gente forma comunidades cerradas, en las que vive con sus compatriotas. Más allá de los lugares de trabajo, a los europeos nos miran con suspicacia y desconfianza, y no quieren tener nada que ver con nosotros. La única esperanza de romper la barrera de la desconfianza y poder persuadirlos es encontrar a alguno de ellos que esté dispuesto a movilizarse y que acabe convenciéndoles. De otra manera, mucho me temo que se quedarán en sus casas y aplaudirán desde lejos, por miedo a meterse en líos. —De pronto se echa a reír—. Salvo que digan: «¡Vosotros no sabéis lo que es la pobreza!».

De repente, como un rayo de luz, sus palabras me aclaran las ideas. Ahora ya sé quién es la persona apropiada para hablar con los refugiados y con los inmigrantes.

—Gracias, has respondido a todas mis preguntas —digo a Kurtidis—. Espero verte a nuestro lado en las movilizaciones.

Kurtidis saca un bloc de notas de su mochila. Anota el número de su teléfono móvil y me lo da.

—Es mi móvil. Llámeme siempre que prepare una movilización o, simplemente, cuando crea que puedo colaborar en algo.

Se despide de todos y se marcha mientras yo, atolondrado, solo consigo recuperar el aliento cuando llamo por teléfono. La persona que me puede ayudar es Katerina. Ella se relaciona mucho con los inmigrantes, porque se encarga de las denuncias que la gente presenta en su contra y los defiende en los juicios.

La llamo a su despacho. Rezo para que no esté en los juzgados, ya que ahora me urge hablar con ella. No quiero ir a su casa por la noche. Tengo miedo de que Fanis se lo tome a mal y, sobre todo, Adrianí, que suele estar allí todas las tardes. Kostas me preocupa menos, porque es más comprensivo. Puede que sea el único poli comprensivo del cuerpo entero de policía.

—¿Cómo tan madrugador? —Suena la voz de Katerina cuando la secretaria le pasa mi llamada.

—¿Tienes un rato para que vaya a comentar un tema contigo? —le pregunto.

—¿Ha ocurrido algo? —Se inquieta ella.

—No. Solo quiero pedir tu opinión.

—Ven cuando quieras. Estoy libre.

Informo a Stellos, que con el tiempo se ha convertido en mi sustituto extraoficial, y voy a coger el trolebús en la plaza de América. El cielo está encapotado y amenaza lluvia. Espero que me dé tiempo de volver antes de calarme hasta los huesos.

Por suerte, empieza a lloviznar justo cuando entro en el bloque de pisos donde se encuentra el bufete de abogados de Katerina. Ella me oye hablar con la secretaria y sale de su despacho para recibirme.

—¿Cómo está Lambros el joven? —le pregunto cuando terminan los abrazos y los besos.

—Cuenta con dos asistentes, su abuela y Melpo, que lo tienen entre algodones. El único problema es su glotonería.

—Se ve que la buena vida abre el apetito —le contesto, y los dos nos echamos a reír.

Nos dirigimos a su despacho. Después de sentarnos, Katerina vuelve a expresar su preocupación.

—¿Qué ha pasado? —pregunta de nuevo.

—Nada en absoluto, no te preocupes —la tranquilizo—. Solo quiero pedir tu opinión sobre algo que estoy preparando.

Empiezo a contarle mi plan sin omitir ni un detalle.

—Lo que te cuento lo sabe también tu padre —añado, para que no piense que actúo a sus espaldas.

—¿Qué te ha dicho él?

—Tiene miedo de que se nos cuelen elementos extraños y empiecen a armar alboroto —le explico—. Por eso quiere que nos mantengamos permanentemente en contacto, para prevenir los posibles males antes de que se produzcan.

—Tiene razón, aunque ese no es el único problema —dice Katerina pensativa.

—¿Qué más hay? —pregunto.

—Consideremos las cosas desde el principio. Lo bueno aquí es que puedo hablar con algunos inmigrantes de Asia y de África que tienen el prestigio necesario para convencer a los suyos. A partir de ahí, sin embargo, empiezan las dificultades.

—Las dificultades no me asustan, Katerina. He pasado la vida entera luchando contra las dificultades.

Ella me mira y continúa, midiendo sus palabras.

—Ya sé que estás curtido en las luchas, tío Lambros. Sin embargo, en esta ocasión las dificultades no son las que conoces.

—¿Qué quieres decir?

—¿Estás seguro de que los nuestros aceptarán a inmigrantes en su lucha? No me interpretes mal, no digo que estén todos en su contra, pero son muchos los que creen que los de fuera vinieron para quitarles el trabajo y el pan de la boca. No les resultaría nada difícil a los de Amanecer Dorado mandar a algunos provocadores para que subleven a los griegos contra los inmigrantes.

Despierta, Zisis, me digo. Tú viviste y luchaste contra la pobreza en otras épocas. Ahora te estás adentrando en tierras extrañas, de las que no sabes nada.

—Lo que te digo nace de mi experiencia personal, tío Lambros —continúa Katerina—. La hostilidad se puede palpar hasta en el interior de los juzgados. No me refiero a los jueces ni a los fiscales, sino a los policías y hasta a los ciudadanos de a pie. Son muchos los que tratan a los inmigrantes como si fueran escoria. —Y añade tras una breve pausa—: Me alegro de que hayas tomado esta decisión, has hecho lo correcto. Pero hay que proceder con cuidado y hay que tomar ciertas precauciones para que tus esfuerzos no caigan en saco roto. Hablaré con algunas personas que conozco bien y sé que confían en mí, y las pondré en contacto contigo.

—Gracias, Katerina —le digo, y me pongo de pie—. Me has ayudado más de lo que pensaba.

—Pasa por casa para ver a Lambros. ¡Es un bombón! —exclama, y su cara resplandece.

—De acuerdo, pasaré esta noche.

Abandono el despacho de Katerina preocupado y con las ideas cualquier cosa menos claras. Empiezo a darme cuenta de lo complicadísimo que resulta, y de los riesgos que supone y que desconozco, organizar este tipo de movilizaciones.

Por una parte, me cuesta poner en orden todo lo que me han dicho Nikitas Kurtidis y Katerina, por la otra, me alegro de lo sucedido. Por fin, después de tanto tiempo, ahora que ya soy un vejestorio, he vuelto al «¡no, joder!».

Al final, la temida tromba de agua ha quedado en una simple llovizna que ya ha cesado. Subo al trolebús mientras no paro de darle vueltas a la cabeza. Lo primero que pienso es que tengo que conseguir que Kurtidis se nos acerque más. Él es joven y entiende mucho mejor que yo las circunstancias actuales. Cuando yo era joven, nosotros, los luchadores analfabetos, despreciábamos a los «estudiantuchos». Ahora, en la vejez, tengo que reconocer que los estudiantuchos saben cosas de las que nosotros nunca nos percatamos.

Lo segundo que va tomando forma en mi cabeza es la idea de que no puedo más que aceptar la ayuda que me ha ofrecido Jaritos. No se trata solo de la confianza que tengo en él. Desde el momento en que la izquierda se ha suicidado, nuestro frente de resistencia contra la pasma ha caído en el olvido. Ahora la pasma ocupa el lugar de los obreros de la construcción que nos protegían de la pasma en las manifestaciones.

No sé si debo echarme a reír o a llorar.

5

Es de sobra conocido que en todos los servicios públicos hay chivatos. En la policía, dada la particular naturaleza de sus funciones, los chivatos son mayúsculos. Estoy pensando en eso mientras escucho la pregunta del subdirector:

—¿Quién es ese amigo suyo que ha asumido la labor de movilizar a los pobres?

Estoy sentado frente a él en su despacho después de que se me citase hoy mismo en torno al mediodía. El subdirector desea ser informado de primera mano sobre la incipiente movilización de los pobres, así como sobre mi amistad con el organizador de dicha movilización.

—Es un viejo izquierdista que está decepcionado con la izquierda. Por eso celebró primero su funeral y luego, en ese mismo lugar, apeló a los pobres.

—Me gustaría mucho conocer a su amigo, señor Jaritos —dice el subdirector.

Sus palabras me pillan desprevenido.

—Desde luego, pero ¿por qué? —pregunto desconcertado, la mosca detrás la oreja.

—Porque represento un caso único en los cuerpos de seguridad del estado griego.

—¿Qué quiere decir?

—Soy el único oficial de alto rango de los cuerpos y fuerzas de seguridad cuyo suegro es miembro del Partido Comunista de Grecia —contesta, y estalla en carcajadas—. Usted tiene un amigo íntimo que es de izquierdas, y yo tengo un suegro que pertenece al Partido Comunista. Tal vez por eso nos entendemos tan bien.

Al soplón que quiso delatarme le ha salido el tiro por la culata, pienso con regocijo.

—Usted deberá ayudarle a no dar pasos en falso —continúa el subdirector.

—Y usted, que tiene a un comunista en la familia y, por lo tanto, más experiencia en el tema, ¿qué me aconseja?

—Conoce muy bien los imponderables de las manifestaciones abiertas, no hace falta que se los explique yo. —Hace una pausa antes de continuar—: La protección que le brindará, sin embargo, solo la puede comentar en conversaciones privadas y entre bambalinas. Usted nunca debe aparecer en primer plano. Eso sería perjudicial para usted mismo y también para su amigo. Además, ya lo ve, no he tardado ni un día en enterarme de su relación con él.

—¿Puedo pedirle consejo en caso de complicaciones? —pregunto a mi superior.

—Por supuesto. —Y vuelvo a escuchar su risa—. ¿Sabe usted?, aún hoy, cada vez que nos encontramos, mi suegro, que ya es muy mayor, me dice: «¿Cómo es posible que yo, comunista de toda la vida, tenga a un poli como yerno?». Luego me abraza y me besa en las mejillas.

—¿Ha sido siempre así? —pregunto curioso.

—No, al principio nos costó mucho. Él no vino a la boda y ni siquiera quería ver a su hija. Nuestra reconciliación empezó cuando nació su nieto. Fue mi suegro quien dio el primer paso. Mi suegra logró convencerlo y se presentó en la clínica para ver al recién nacido. Aquello contribuyó a romper el hielo y me ayudó a formular la teoría de las víctimas bilaterales, como las llamo yo. Así, poco a poco, fuimos congeniando y con el tiempo hemos llegado a simpatizar.

—¿Cuál es la teoría de las víctimas bilaterales? —pregunto, porque es la primera vez que oigo hablar de ella.

—Le dije que en Grecia la gente de izquierdas habían sido las víctimas de la guerra civil. Preferimos perseguirlos en lugar de reconciliarnos con ellos. La policía, por otro lado, también había sido y sigue siendo víctima de la política y de los políticos. De ese modo, llegamos a una situación donde unas víctimas perseguían a las otras. Cuando pude convencerle de que yo también pertenezco a la categoría de víctima, conseguimos enderezar nuestra relación.

Esta historia se la tengo que contar a Zisis, me digo. No solo porque le gustará, sino también porque podría acabar de convencerle de que colabore con nosotros.

—Si en algún momento necesita mi opinión, llámeme y hablamos —concluye el subdirector, y se pone de pie.

Salgo de su despacho francamente aliviado y con la esperanza de que seré capaz de evitar males mayores. Mi alegría es tan grande que ni siquiera el tráfico de la avenida del Mediterráneo consigue empañar mi estado de ánimo.

Las buenas nuevas vienen a cuentagotas, las malas, a borbotones, como solía decir mi padre. Parece que hoy a mí me está sucediendo todo lo contrario.

Apenas me he sentado en mi despacho, cuando recibo la llamada de Katerina. Mi hija me traslada la conversación que ha tenido con Lambros. Suena preocupada, pero la tranquilizo.

—Has hecho muy bien en hablarle claro. Que se reúna con las personas que vas a presentarle. Y no te preocupes, Zisis tiene experiencia, sabrá tomar precauciones.

Me pregunto si mi conversación con el subdirector me ha

reconfortado tanto que ahora puedo contemplar la situación con la cabeza más fría.

—Esta noche iré a ver a mi nieto —le anuncio, para distraerla de su nerviosismo.

—Claro, ven, el niño te estará esperando. También vendrá el tío Lambros —me responde Katerina, y colgamos el teléfono.

La presencia de Zisis es una buena noticia. Tal vez podamos encontrar un momento para hablar, acordar un encuentro y trazar un plan de acción. No quiero cortarle las alas, aunque tampoco quiero que nos metamos en líos, ni él ni nosotros.

Comunico a Stela que mi jornada laboral ha llegado a su fin, y bajo al garaje de Jefatura.

Enfilo la calle Mijalakopulu para acceder a la calle Spiros Merkuris y, desde allí, llegar a la calle Athanasías. El tráfico está despejado. Las calles están vacías; las cafeterías, llenas. Se me ocurre pasar primero por el parque por si encuentro a Adrianí con el pequeño Lambros, pero enseguida descarto la idea. Será mejor ir directo a casa de Katerina. Si Zisis ha llegado ya, podremos hablar sin que nos interrumpan.

Mi gozo en un pozo. Adrianí y nuestro nieto ya están en casa, mientras que Zisis no ha aparecido todavía. Busco refugio en la compañía del pequeño Lambros.

En cuanto me ve, el niño empieza a reír y a mover los bracitos de alegría. En teoría, debería sentirme orgulloso de ser su abuelo, pero Lambros dispensa las mismas risas y la misma alegría a todos sin excepción, así que formo parte del montón.

Adrianí me lo confirma.

—¿Lo ves? A todos nos recibe con la risa en la boca. Si sigue así, todo el mundo querrá ser su amigo cuando sea mayor.

O todos se aprovecharán de él, pienso para mis adentros, pero me lo callo. Afortunadamente, nuestra conversación queda interrumpida por la llegada de Fanis.

Nos saluda con un «hola» general y apresurado, y corre hacia su hijo. Lo toma en brazos mientras Lambros se echa a reír de nuevo y empieza a darle palmaditas en la cara.

—Esto sí que es amor. Todavía no ha aprendido a acariciar —me explica Adrianí, y se levanta—. Voy a prepararle el biberón, porque Katerina se retrasa.

Me quedo solo, aunque no por mucho rato. Katerina llega antes de que pasen cinco minutos. Le hago un resumen de las noticias, y mi hija empieza a gritar:

—¡Mamá, deja el biberón de Lambros! ¡Ahora voy yo a preparárselo!

—Calma. Ya está hecho —responde desde la cocina Adrianí, y acto seguido aparece por la puerta.

—Voy o empezará a llorar —me dice Katerina—. La única ocasión en que se pone a llorar es cuando se retrasa su comida.

El matrimonio Jaritos se queda a solas en el salón aunque no por mucho tiempo. Pocos minutos después suena el timbre y aparece el último que faltaba.

—Dije a Katerina que vendría a ver cómo está mi tocayo —nos explica, como si quisiera justificar su presencia.

—Lambros, ¿puedo pedirte un favor? —le pregunta Adrianí.

—Claro, lo que quieras.

—Te pido que no llames tocayo a mi nieto. Llámale nieto, sobrino, hasta protegido si lo prefieres, pero no le llames tocayo.

—¿Por qué no? —se extraña Zisis.

—Porque así lo igualas a todos los que se llaman como tú.

Zisis la mira anonadado y luego echa a reír.

—Corre a verlo mientras cena. No te pierdas el espectáculo —lo anima mi mujer, y Zisis va corriendo a la habitación del niño sin mediar más palabras.

—¿A ti por qué te molesta si le llama tocayo? —pregunto a Adrianí cuando Zisis ya se ha ido.

—¿Me lo preguntas en serio? El niño tiene nombre. Le puede añadir un distintivo de parentesco, está en su derecho. Pero «tocayo» no es ni nombre ni distintivo.

La conversación queda interrumpida con la aparición de los otros cuatro: Katerina con Lambros, Fanis y Zisis.

Adrianí se levanta de un salto y corre hacia su nieto.

—¿Ya ha cenado mi bombón? —pregunta.

—No ha cenado, se ha puesto las botas —le especifica Fanis.

Después de ponerse las botas, Lambros tiene sueño y le pesan los párpados.

—Dadle las buenas noches porque se va a dormir —nos dice Katerina.

Le deseamos todos buenas noches con achuchones y besos en la frente. Antes de que terminen las manifestaciones de ternura, el niño ya se ha quedado dormido.

—Voy a preparar algo para cenar —dice Adrianí, y pone rumbo a la cocina.

—¿Maña no viene esta noche? —pregunto a Fanis.

—No. Ha ido al aeropuerto a buscar a Uli.

—¿Vuelve ya? —pregunto sorprendido.

—Sí. Su padre ha salido del hospital y lo han trasladado a un centro de recuperación hasta que esté totalmente repuesto.

Ve la extrañeza en mi cara y sonríe.

—Verás, allí no son como nosotros, la familia no se hace cargo durante la convalecencia.

—Nosotros no tenemos dinero para centros de recuperación —dice Katerina, que entretanto se nos ha acercado para poner la mesa—. Nuestros centros de recuperación son los abuelos, los trabajadores que están de vacaciones y los demás familiares.

La mesa ya está puesta y ocupamos nuestros asientos. Adrianí coloca una cacerola sobre la mesa. Katerina la mira y se queda anonadada.

—¿Has hecho potaje de judías? ¿Por qué no me lo has dicho? Habría puesto platos soperos.

Mi hija se levanta para cambiar los platos.

—He hecho el potaje en honor de Lambros y del movimiento de los pobres —declara Adrianí.

Lambros y yo nos quedamos mirándola boquiabiertos. Nuestra sorpresa, sin embargo, palidece si la comparamos con la estupefacción de Fanis, que oye hablar por primera vez del movimiento de los pobres y no sabe ni qué pensar.

—¿Qué movimiento de pobres? —pregunta.

No recibe ninguna respuesta, porque todas quedan engullidas por la pregunta que Lambros le dirige a Adrianí:

—¿Y tú cómo te has enterado del movimiento de los pobres?

Katerina es la única que conserva la calma.

—Menudo secreto —comenta en tono desdeñoso—. Se lo ha contado Melpo. —Después se vuelve hacia su marido—: Esta es la otra cara de las familias griegas —le explica—. Los secretos no existen. Todo se acaba sabiendo.

—Así es, familia. Vosotros me lo habéis ocultado, pero lo he sabido gracias a Melpo —confirma Adrianí en tono triunfador—. Y por eso he preparado potaje de judías para cenar. Porque el potaje de judías no puede faltar en ningún movimiento de los pobres, igual que marzo no puede faltar en la Cuaresma.

—Y, sin embargo, falta algo. Vuelvo enseguida —la interrumpo, y me levanto de la mesa de un salto.

Salgo del piso y entro en el ascensor antes de que puedan hacer preguntas.

Voy casi corriendo a la plaza Plastiras y me detengo en el primer puesto de *suvlakis* que encuentro. Pido solo diez brochetas de cordero, sin ningún acompañamiento.

—¿Qué mosca te ha picado? —me pregunta Adrianí al abrirme la puerta—. Nos has dado un susto.

No me molesto en responder, sino que dejo la bolsa de plástico encima de la mesa.

—El potaje de judías era la comida de los pobres de las generaciones pasadas —explico a la concurrencia—. La comida de los pobres de hoy en día son los *suvlakis*. Si dais una vuelta por las calles, veréis que los restaurantes están vacíos y los puestos de *suvlaki* llenos. Trae una bandeja —le pido a mi hija. Vacío la bolsa en la bandeja y me siento a la mesa. Nadie dice esta boca es mía, ni siquiera Adrianí—. Primero cenaremos las judías de nuestra generación, y luego, los *suvlakis* de la actual —remato.

Nos lanzamos a comer potaje sin cruzar palabra. Según parece, a Fanis le han informado de todo durante mi ausencia, porque él tampoco abre la boca. Solo Lambros me susurra en un momento dado:

—Creo que necesitaremos a aquel colaborador tuyo que me comentabas.

Asiento con la cabeza sin verbalizar una respuesta. Terminamos el potaje de judías y llega el turno de los *suvlakis*. Para mi gran sorpresa, Adrianí coge uno de la bandeja.

—¿Vas a comer *suvlaki*? —pregunto estupefacto.

—Para honrar la cena de los pobres —contesta mi mujer, y añade—: no creas que me vas a imponer los *suvlakis* con la excusa de la pobreza.

Y empieza a comer el *suvlaki,* no con la mano, sino con tenedor y cuchillo, para dejar claro que solo se trata de una concesión.

Todos ríen, mientras yo disfruto de mi triunfo.

6

Entro en mi despacho pensando en cómo Zisis llegó a aceptar la presencia de mi colaborador en sus movilizaciones. Me siento satisfecho y, al mismo tiempo, aliviado, porque su conversación con Katerina le ayudó a comprender las numerosas trampas con que podría topar su proyecto.

En cuanto termino de desayunar mi café y mi cruasán habituales, a los que sigo siendo fiel incluso después de mi ascenso, llamo por teléfono a Dervísoglu.

—Espero que vaya a encomendarme alguna misión, porque la cosa está demasiado parada y empiezo a aburrirme —me dice él.

—Tengo una misión para ti, pero, en primer lugar, no es inmediata y, en segundo lugar, no sé si te va a gustar.

Empiezo a explicarle las movilizaciones que tiene Zisis en mente y mis dudas sobre cómo afrontarlas para poder evitar a tiempo cualquier posible enfrentamiento o disturbio.

Dervísoglu me escucha atentamente.

—Ese Zisis es amigo de usted, según me han contado —dice cuando termino mi explicación.

—Es amigo mío y un viejo comunista.

No tengo por qué ocultárselo. De todos modos, ya lo sabe todo el mundo, pero ahora, además, cuento con el apoyo del subdirector, que tiene el mismo problema.

—Esta es tu misión: quiero que desempeñes el papel de observador en las movilizaciones. Solo Zisis y yo conoceremos tu verdadera identidad. Por lo demás, serás un manifestante entre tantos. Cuando veas que la situación corre peligro de descontrolarse, deberás hablar con Zisis y avisarme enseguida, solo a mí y a nadie más. Cuando lleguen los antidisturbios procurarás desaparecer entre la multitud o te alejarás de la manifestación, por si te reconoce alguno de los agentes. El resto lo iremos viendo sobre la marcha.

Dervísoglu me mira sonriente.

—Le agradezco la confianza —dice con calma—. ¿Cuándo empezamos?

—Primero he de organizar un encuentro con Zisis, para que os conozcáis. Pero insisto: esta misión es absolutamente confidencial y nadie más puede saber nada de lo que estaremos haciendo. Solo nosotros tres.

—No se preocupe, nadie sabrá nada, ni dentro de Jefatura ni fuera del trabajo.

—Dame tu número de móvil.

Él me lo da y yo lo anoto.

—Bien, ya te avisaré para el primer encuentro.

Dervísoglu se marcha, y yo me pongo a pensar en cuál podría ser el lugar más apropiado para el encuentro. Descarto de entrada el albergue de los sin techo y el pequeño café donde Zisis y yo solemos reunirnos. En esos lugares nos conocen todos, y si alguien del refugio ve luego a Dervísoglu en alguna manifestación, podría sospechar algo.

Una posible solución es el despacho de Katerina, aunque allí el problema sería la secretaria. Maña es de la familia y se enterará de todas formas. ¡Si hasta se ha enterado Adrianí! Si no podemos reunirnos en el despacho de mi hija, la única alternativa que nos queda es mi casa.

Antes de decidirme por esa solución llamo por teléfono a Katerina. Estoy de suerte.

—No habrá ningún problema, he dado a la secretaria tres días libres porque se cambia de piso —dice mi hija—. O sea que el despacho estará a vuestra disposición a partir de mañana.

Katerina se encarga de avisar a Zisis y yo vuelvo a llamar a Dervísoglu a mi despacho para comunicarle el lugar del encuentro.

Todo ha sido más fácil de lo que esperaba. Las cosas buenas, sin embargo, vienen con cuentagotas, a pesar de todas las excepciones. Apenas he tenido tiempo de disfrutar de mi éxito cuando se produce la llamada de Dermitzakis.

—Me acaban de avisar del centro de operaciones, señor comisario. La comisaría de Skaramangás ha informado del hallazgo de un cuerpo sin vida en las inmediaciones del centro de refugiados. A primera vista, les parece que es un hombre de origen árabe.

—¿Fue asesinado?

—No me lo han confirmado, pero he llamado a la comisaría y me han dicho que el cuerpo estaba cubierto de sangre.

Bajo de la quinta planta a la tercera e irrumpo en mis viejos dominios. Dermitzakis ocupa ahora el que solía ser mi despacho. Puesto que ejerce funciones provisionales de oficial al mando, gracias a su antigüedad en el cuerpo, consideró que también le correspondía el despacho. En cuanto me ve se levanta para cederme su asiento. Entretanto, ha avisado a los demás miembros del equipo.

Dermitzakis empieza su informe con la explicación más fácil.

—Como ya le he dicho, cerca del lugar donde se ha encontrado el cadáver hay un centro de refugiados. No podemos descartar que se trate de un ajuste de cuentas entre ellos.

—Avisa inmediatamente al Departamento Forense y a la Científica —digo a Kula—. Y ocúpate de que tengan dos coches patrulla a nuestra disposición. Acudiremos el equipo entero menos tú.

—¿Por qué no ha de ir Kula? —se extraña Dermitzakis—. Tal vez la necesitemos.

—Porque no sabemos qué vamos a encontrar ni qué nos espera. Necesitamos a alguien en Jefatura que nos coordine y despache las órdenes.

Kula sale del despacho para organizar la misión.

—Si realmente se trata de un ajuste de cuentas entre refugiados, no nos costará resolver el caso —opina Askalidis.

—Esperemos hasta tener una imagen más completa de lo ocurrido —le respondo—. Después sabremos si nos ha tocado un caso fácil o uno bien complicado.

Kula reaparece para informarnos de que ya ha avisado al Departamento Forense y a la Científica, y de que los coches patrulla nos están esperando.

Nos ponemos en marcha de inmediato. Tres días, gran milagro, como decía mi madre. Es el tiempo que suele durar la calma en Jefatura.

7

Bajamos hacia la avenida Atenas-Korinto para, desde allí, salir a Sjistó y llegar a Skaramangás. Todo mi equipo va en el primer coche patrulla. El segundo coche nos sigue para estar disponible en caso de emergencia.

El trayecto transcurre con normalidad hasta llegar a los límites del municipio de Jaidari. Allí el tráfico se colapsa, como si todos los habitantes se hubieran puesto de acuerdo en salir con sus coches exactamente a la misma hora con el único objetivo de hacernos la vida imposible. Las sirenas de ambos coches patrulla empiezan a aullar, pero los conductores se hacen los sordos.

—Si los europeos vieran este espectáculo, se pondrían a aplaudir —comenta Dermitzakis.

—¿Por qué? —le pregunto extrañado.

—Porque les diríamos: «¿Lo veis? La crisis ya ha terminado en Grecia. Las calles vuelven a estar abarrotadas de vehículos». Así es como medimos nosotros las crisis. En función del tráfico que invade las vías públicas.

—Genial. Ahora llama a la policía de tráfico de Jaidari para que manden a una unidad para poner orden en este caos. Si seguimos el ritmo de la crisis, nunca llegaremos.

Dermitzakis avisa a la policía de tráfico. Poco después aparece un coche patrulla y los agentes obligan a los conductores a ir apartándose hacia el arcén para dejar libre un carril por el que podamos circular. Se oyen protestas.

—¡Vosotros, polis, tenéis trabajo! Nosotros no tenemos, ¿y encima nos cerráis el paso para que lleguemos tarde? —grita uno de los conductores al agente de tráfico que está luchando por despejar el carril. Nos perdemos el resto de la argumentación, ya que por fin tenemos vía libre y podemos continuar nuestro camino.

La víctima se encuentra cerca de la costa, en las inmediaciones del centro de refugiados. Dejamos atrás el parque marino y poco después llegamos al escenario del crimen, que la policía local tiene acordonado. Hay un coche patrulla aparcado delante para impedir que se acerquen los curiosos, inmigrantes en su gran mayoría. Ni la Científica ni el forense han llegado todavía.

—¿Quién lo ha encontrado? —pregunto a los agentes del coche patrulla cuando nos acercamos.

—Hemos recibido una llamada anónima, pero cuando hemos llegado, el que nos ha avisado había desaparecido —me informa uno de los agentes locales.

—¿Tenéis el número desde el que os han llamado? —le pregunta Dermitzakis.

—Sí, corresponde a un teléfono móvil.

—Lo queremos para poder localizar a esa persona. Vamos a tener que hablar con él.

Avanzamos hasta llegar al punto donde yace el cadáver. Es cierto que la víctima parece un hombre de origen árabe, aunque queda claramente descartado que se trate de un inmigrante. Solo la ropa que lleva puesta debe de costar una fortuna.

El cuerpo yace tendido boca abajo en el suelo. Su omóplato izquierdo está lleno de sangre, igual que la tierra a su alrededor. No hace falta tener conocimientos especializados para darse cuenta de que el asesino le asestó varias puñaladas en la espalda, a la altura del corazón. Constatado lo evidente, nos disponemos a esperar hasta que lleguen el forense y el equipo de la Científica.

Primero llega Dimitríu con todo su equipo y poco después aparece Stavrópulos, del Departamento Forense, acompañado de la ambulancia de rigor.

Stavrópulos va directamente al lugar donde se encuentra la víctima, mientras que yo me quedo atrás para dar instrucciones a Dimitríu.

—Inspeccionad primero el terreno de los alrededores en busca de rodadas. Y cuando haya terminado su trabajo el forense, registrad el cuerpo de la víctima, a ver si hay suerte y lleva encima documentación que nos permita identificarlo.

Stavrópulos termina su examen y dictamina, confirmando mi diagnóstico:

—Le han asestado tres puñaladas en el omóplato izquierdo, a la altura del corazón. La víctima debió de caer al suelo tras la primera puñalada, porque las otras dos no parecen haberse asestado con la misma fuerza. Al menos, no a primera vista. Practicaré la autopsia para cumplir con el protocolo. No creo que vaya a encontrar nada más.

—¿Puedes calcular, más o menos, la hora de la muerte?

Él consulta su reloj.

—Ahora son las once. Debieron de asesinarlo entre las siete y las nueve de anoche.

Le digo a Dimitríu que registre a la víctima.

—No falta nada —me informa él poco después—. Aún lleva la cartera en el bolsillo, junto con un fajo de dólares. También su teléfono móvil y su pasaporte. Registraremos el móvil por si hubiera recibido llamadas de Grecia. Por lo demás, es evidente que este hombre no fue víctima de ningún robo y que no le sustrajeron nada.

Me entrega el pasaporte. El documento es de Arabia Saudí. El nombre de la víctima era Mohamed Al Falaj. Había nacido en 1968 y tenía cincuenta y dos años.

Llamo inmediatamente al subdirector y le cuento lo sucedido.

—Debemos averiguar quién era ese saudí y qué asuntos le trajeron a Grecia.

—Llamaré a la embajada para ver si tienen información sobre él. Hablamos luego.

Ya no me queda nada más que hacer ahí. No sabemos quién ha llamado para avisar a la policía y tampoco tenemos ningún testigo que le haya visto merodear por el lugar del crimen. Si hay suerte, quizás la embajada de Arabia Saudí pueda informarnos de la razón de su viaje a Grecia y de sus contactos en nuestro país.

Llamo a Dermitzakis y le ordeno que vayan a investigar en el centro de refugiados y en el parque marino, por si alguien hubiera visto al saudí o hubiera hablado con él.

Me dispongo a regresar a mi despacho cuando recibo la llamada del subdirector.

—Mucho me temo que nos enfrentamos a un problema serio —es lo primero que me dice—. El saudí encabezaba a un grupo de inversores que estaba interesado en comprar terrenos donde construir un gran complejo turístico, con un puerto deportivo y un hotel.

Escuchándole, noto que se me aflojan las rodillas. No solo debemos enfrentarnos a un problema muy serio, sino que mucho me temo que acabaremos arrepintiéndonos de haber nacido.

—Los representantes de la embajada de Arabia Saudí están de camino para que les informemos. El director quiere que usted esté presente en la reunión —continúa el subdirector.

—Me pongo en marcha inmediatamente.

—Vaya directo al despacho del director. La reunión tendrá lugar allí.

Devuelvo el pasaporte de la víctima a Dimitríu y parto enseguida. Por el camino me atormenta la pregunta de quién podría estar al tanto del proyecto del saudí para saber dónde estar esperándole para matarlo. La otra posibilidad es que lo hubiera atraído hasta allí el propio asesino con alguna propuesta engañosa.

El segundo interrogante que aún no tiene respuesta es cómo pudo llegar la víctima a ese lugar sola, sin que la acompañara nadie. Ni siquiera hemos encontrado un coche en las inmediaciones del lugar del crimen. Queda descartado, de entrada, que hubiera ido hasta allí en transporte público, así que los hechos apuntan a que fue el asesino quien lo llevó en su coche particular.

Digo al conductor del coche patrulla que ponga en marcha la sirena para evitar un posible retraso. En cuanto llego a mi destino subo directamente al despacho del director, que ya se encuentra reunido y conversando con el subdirector y otros dos tipos. El director me presenta al primero como el encargado de negocios de la embajada saudí; y al segundo, como un agregado comercial. Los acompaña un intérprete.

El director va directo al grano, algo que, por lo demás, era previsible:

—Los señores de la embajada han venido para que los informemos de la marcha de nuestra investigación.

—Mohamed Al Falaj era un empresario muy conocido —me ilustra el encargado de negocios.

—La investigación acaba de empezar y es demasiado pronto para llegar a conclusiones —explico a los saudíes—. Aun así tal vez puedan ofrecernos ustedes cierta información que nos ayude a avanzar más rápido.

—Haga sus preguntas y le contaremos todo lo que sabemos —responde el encargado de negocios después de escuchar la traducción del intérprete.

—Quisiera conocer el propósito del viaje de Al Falaj. ¿Qué vino a hacer a Atenas?

—Vino porque deseaba invertir en Grecia —me contesta ahora el agregado comercial—. Su proyecto consistía en invertir en el sector turístico, pero no quería construir un hotel más en una isla. No conocía las islas griegas y no le inspiraban confianza.

»Cuando vio el puerto deportivo de Fáliro quedó entusiasmado. Nos dijo que lo que pretendía hacer era algo parecido a aquello, pero se trataría de un complejo entero: un puerto, un hotel y un restaurante. Un centro recreativo. No obstante, no quería construirlo cerca del paseo marítimo, entre los demás hoteles y puertos deportivos, sino en algún lugar donde pudiera erigirse solo.

»Alguien de Inglaterra le sugirió que fuera a ver la costa de Skaramangás. Cuando la vio, nos dijo que el lugar reunía las condiciones necesarias. Estaba lejos de los demás puertos deportivos y hoteles, y el terreno era apropiado para construir un gran complejo.

—¿Saben si había contactado con más gente? —pregunta el subdirector.

—Nos pidió que le concertásemos una cita con la Organización Nacional de Turismo —responde el encargado—. Quería asegurarse de que aquel terreno estaba disponible para su inversión.

—Asimismo estaba en contacto con una... —El agregado comercial consulta su bloc de notas—. Con la constructora Meandro, que también le recomendaron desde Inglaterra. Según nos dijo, fue al terreno con uno de los técnicos de la empresa para inspeccionarlo juntos, con el objetivo de que dicha empresa realizara un estudio y el presupuesto correspondiente. Nos comunicó que mañana tenía previsto visitar otra constructora, pero no le ha dado tiempo —concluye con un suspiro.

—¿Sabe usted por qué volvió ayer al terreno que había elegido para su megaproyecto? —le pregunto—. ¿Fue solo o acompañado de otra persona?

El agregado comercial se encoge de hombros.

—No tengo la menor idea. A mí no me dijo nada. Sin embargo, me parece poco probable que fuera solo. Tal vez con alguien de la empresa constructora.

—A mí tampoco me informó —confirma el encargado de negocios.

—¿Saben si utilizó alguno de los vehículos de la embajada?

—Seguro que no. No solicitó ningún vehículo.

—Muchas gracias. No tengo más preguntas por el momento —digo a ambos.

—Les mantendremos informados. Y si necesitamos su ayuda de nuevo, nos pondremos en contacto con ustedes —añade el director.

Los dos saudíes se ponen de pie. Intercambiamos apretones de manos y se van.

—Mucho me temo que este caso va a ponernos contra las cuerdas —comenta el director—. Cuando se sepa que la víctima había venido a Grecia para realizar una gran inversión, se nos echarán encima el Gobierno y los medios de comunicación. ¿Sabéis lo que significa asesinar a un gran inversor en un periodo en que recorremos el mundo entero en busca de inversiones?

Lo sé y me parece que sobran las respuestas. En cualquier caso, seré el primero en padecer las presiones. Antes tenía a Guikas para cubrirme las espaldas. Ahora solo puedo contar con mis propias fuerzas.

—¿Cuáles serán los siguientes pasos? —me pregunta el subdirector.

—Por el momento, solo podemos dar uno: hablar con el técnico de la empresa constructora. Salvo que tengamos suerte y surja algo interesante de las pesquisas en el parque marino o en el centro de refugiados.

Y aquí termina nuestro encuentro. Me apresuro en volver al despacho para ponerme en contacto con la empresa constructora.

8

Mis colaboradores habían vuelto a Jefatura antes que yo. Retraso un poco nuestra reunión para llamar a Velidis, de Delitos Informáticos, y darle el número del teléfono móvil desconocido desde el que habían hecho la llamada para avisar a la policía.

—Es la persona que encontró el cadáver del saudí asesinado. Tenemos que interrogarla.

—No te preocupes. Localizarle no será un problema —me asegura Velidis.

Ha llegado el turno de mis colaboradores. Cada vez que nos sentamos alrededor de la mesa de reuniones no puedo evitar cierta sensación de incomodidad. Casi espero que Guikas aparezca de la nada y que me eche la bronca por haber ocupado su lugar. Lo cierto es que preferiría sentarme tras mi viejo escritorio, pero los ascensos vienen con sus propias reglas y debo aprender a respetarlas.

—¿Alguna novedad? —pregunto a Dermitzakis, una vez sentados.

—Nosotros ya hemos entrevistado al director del centro de refugiados. Nos ha facilitado un par de informaciones que a lo mejor nos pueden resultar útiles.

—Cuéntame.

—Los saudíes no se limitaron a inspeccionar los terrenos

disponibles a lo largo de la costa. Visitaron también el centro de refugiados y hablaron con el director. Aunque no fue a verle una persona, sino cuatro.

—¿Cuatro? ¿Os ha dicho el director quiénes eran?

—Afirmativo. Por lo que él pudo deducir, eran tres hombres saudíes y un inglés.

—¿Tenían autorización para visitar el centro?

—No la tenían. Por eso uno de los encargados los retuvo a la entrada y llamó al director. Cuando este acudió a la recepción, le dijeron que querían ver el recinto. El director les explicó que aquellas eran unas instalaciones de acogida de refugiados. Los visitantes le contestaron que, en caso de que les interesara el complejo, estarían dispuestos a hacer una muy buena oferta de inversión en la zona. Las instalaciones se podrían trasladar a otro lugar.

—¿Habéis preguntado si los acompañaba algún griego? —sigo interrogando.

Mis tres subordinados intercambian miradas.

—No nos han hablado de ningún griego —dice al final Dervísoglu.

—¿Cuándo tuvo lugar la visita? —pregunto.

—Tres días antes del asesinato —contesta Askalidis.

Eso significa que aún se encontraban en fase de exploración y no habían contactado todavía con la constructora.

—Una última pregunta. La conversación con el director, ¿tuvo lugar en un espacio abierto de las instalaciones? Y, de ser así, ¿la pudieron oír algunos de los internos?

Mis colaboradores vuelven a intercambiar miradas, pero en esta ocasión no me dan ninguna respuesta.

—Si hubiera habido un grupo de refugiados cerca que oyeron la conversación, no podemos descartar que uno o varios de ellos asesinaran al saudí para que la adquisición de los terrenos no prosperara y no tuvieran que ser trasladados a otro lugar del país —les explico.

Es evidente que no se les ha ocurrido esta posibilidad y que no han preguntado nada al respecto.

—¿Habéis anotado el nombre y el teléfono del director?

—Por supuesto —contesta Dermitzakis, aliviado de poder ofrecer, por fin, una respuesta. Me da el nombre y el número de teléfono. Mando a Stela que lo llame inmediatamente.

El director se llama Efzimis Karatzás.

—Usted ya ha hablado con mis colaboradores, señor Karatzás, pero me gustaría hacerle algunas preguntas adicionales —le digo cuando se establece la conexión.

—Las contestaré con mucho gusto. Le escucho.

—La conversación que usted mantuvo con el grupo de inversores que le visitó, ¿tuvo lugar en las instalaciones generales del centro o en su despacho?

—Al principio conversamos en el patio, al aire libre. Cuando me explicaron la razón de su visita, sin embargo, nos trasladamos al despacho de la administración del centro.

—Durante el tiempo que estuvieron conversando en el patio, señor Karatzás, ¿hubo algún grupo de refugiados que pudieran oírlos?

—Pues sí, se reunieron unos cuantos. La mayoría eran de procedencia árabe y proferían frases en ese idioma, aunque los saudíes no les hacían ningún caso.

Le agradezco la colaboración y cuelgo el teléfono. Después me dirijo a mis hombres:

—Tenemos que movernos en dos direcciones. Yo me voy a encargar de investigar la empresa constructora y a su ingeniero. Vosotros volveréis al centro de refugiados, localizaréis a aquellos internos que estuvieron presentes durante la conversación y los interrogaréis. Quiero, además, que interroguéis al personal del centro para averiguar cómo reaccionaron cuando se enteraron de los planes de inversión. Cuando terminéis, quiero que paséis también por el parque marino, por si alguien hubiera visto u oído algo allí.

—Otro viajecito en medio del caos circulatorio —gruñe Dermitzakis con desgana.

El que no tiene cabeza, tiene pies, como diría Adrianí.

El estado mayor del Departamento de Homicidios se retira mientras yo le pido a Stela que busque el teléfono de la empresa constructora Meandro y que me ponga con el director de servicios técnicos. Mientras tanto, llamo al subdirector para ponerle al día.

—¿Le parece probable que el asesino sea alguno de los internos del centro? —me pregunta mi superior.

—No podemos descartarlo, aunque tengo muchas reservas al respecto. Es más probable que lo matara alguno de los empleados griegos por miedo de perder su trabajo si se llegara a cerrar el centro. Volveré a llamarle en cuanto tenga noticias.

A continuación llamo a Kosmás Roditis, el director de servicios técnicos de Meandro.

—Señor Roditis, nos han informado de que usted estuvo en contacto con cierto inversor saudí que estaba interesado en construir un complejo de ocio en la costa de Skaramangás —le digo tras las presentaciones iniciales.

—Sí, con el señor Al Falaj —me confirma Roditis, y a continuación pregunta con cautela—: Nos han dicho que le han asesinado. ¿Es eso cierto?

—Sí, por desgracia. Me gustaría hablar con el ingeniero que lo acompañó cuando visitó Skaramangás.

—¿Con Stratos Tzovas? Por supuesto. —Hace una pausa antes de añadir—: Resulta difícil de creer. Un empresario viene con el deseo de invertir en Grecia y nosotros lo asesinamos. Luego nos preguntamos por qué este país no progresa.

Mi primera intención es citar a Tzovas en mi despacho, pero descarto la idea de inmediato. Es preferible que vaya yo a las oficinas de la empresa, por si resulta necesario interrogar también a otros miembros del personal.

Las oficinas de Meandro se encuentran en un edificio de la avenida Reina Sofía, en el municipio de Marusi, cerca de la plaza de los Héroes. Esta vez prefiero ir con el Seat, por un lado, para no usar coches patrulla sin una causa justificada, y, por otro, para que mi visita no parezca demasiado oficial.

Por suerte, la distancia desde Jefatura es relativamente corta y el tráfico en la avenida Kifisiás no presenta mayores complicaciones. Las oficinas de la empresa se ubican en un edificio de cuatro plantas, un poco más abajo de la plaza de los Héroes.

Parece que han dado instrucciones para cuando llegue, ya que la joven de recepción me indica que debo subir a la tercera planta. Cuando la secretaria de Roditis me abre la puerta de su despacho, veo a un cincuentón con la cabeza rapada a cero. El hombre se levanta para recibirme y señala la silla que hay frente a su escritorio.

—Estamos todos conmocionados, señor comisario —me dice en cuanto me he sentado—. Claro que aún no habíamos acordado una colaboración, todavía nos encontrábamos en la fase de las negociaciones previas, pero, aun así, nos resulta inconcebible.

—¿Cómo consiguieron el contacto para su empresa? —le pregunto.

—Por medio de una compañía técnica británica. Su presidente conocía al señor Ioanidis, el presidente de nuestra empresa. Le llamó y concertaron una reunión.

—Según nos han informado, era un grupo de tres saudíes y un británico.

—Exacto. Dos de los saudíes eran colaboradores de Al Falaj. El británico representaba la compañía inglesa que le he mencionado. Había venido para ver si podíamos acordar una colaboración trilateral.

—¿Fueron todos juntos a inspeccionar los terrenos?

—Será mejor que esto se lo cuente el señor Tzovas.

Lo llama por teléfono y poco después entra en el despacho un cincuentón con perilla. Después de las presentaciones, Tzovas se sienta frente a mí.

—Señor Tzovas, quisiera que me informase sobre las conversaciones que mantuvo con Al Falaj y sus colaboradores —le digo.

—Como ya debe de saber, se pusieron en contacto con nosotros por recomendación de una compañía británica. Deseaban explorar la posibilidad de construir un gran complejo de ocio que comprendiera un puerto deportivo, un hotel y un restaurante.

—¿Eligieron Skaramangás tras una investigación previa? ¿Habían visitado también otras zonas?

—No. Nuestro colaborador británico sabía que esos terrenos en concreto están sin explotar. Hasta cabía la posibilidad de que consiguieran una parte de la superficie que ocupan los viejos astilleros. Cuando les advertí de que el acceso por vía terrestre no resultaba fácil, me contestaron que en su proyecto primaba el acceso por mar al puerto deportivo.

—¿Se lo confirmaron o se quedó usted con la impresión de que su decisión de construir allí era definitiva?

—Sí, esa fue mi impresión. Aquellos terrenos les gustaron mucho. Otro aspecto positivo para ellos fue que el espacio se encuentra alejado del paseo marítimo y de la avenida

Poseidón. Según me dijeron, los dos saudíes y el británico planeaban volver a Londres. Solo se quedaría en Atenas Al Falaj, para continuar las negociaciones con nosotros.

—¿Sabe cuándo se marcharon?

—No lo sé exactamente, aunque, por lo que pude entender, los tres pensaban marcharse esa misma tarde, después de nuestra visita a Skaramangás.

—Me quedan dos preguntas más y luego se librarán de mi presencia —les digo—. La primera pregunta es: cuando ustedes fueron a inspeccionar los terrenos, ¿había en las inmediaciones refugiados del centro que se pudieron acercar para averiguar qué hacían ustedes?

—No, no había nadie. Estábamos solos —me contesta Tzovas.

—Bien. Y la segunda pregunta es la siguiente: ¿saben por qué razón Al Falaj volvió a visitar la zona?

—No. Esto es lo que yo tampoco entiendo —me responde Tzovas sin vacilar.

—Estupendo, les agradezco mucho la colaboración. Si surgen más preguntas a raíz de nuestra investigación, me pondré en contacto de nuevo con ustedes.

—Cuando quiera. Estamos a su disposición —me contesta Roditis.

Subo al Seat e intento ordenar mis pensamientos.

La cuestión a la que más vueltas le doy es por qué Al Falaj volvió a Skaramangás y con quién. Queda descartado que fuera solo. No conocía el camino y le resultaría complicado encontrarlo aunque dispusiera de un GPS. Puesto que no le llevó ninguno de los conductores de la embajada saudí, la única explicación es que lo hiciera otra persona con la intención de matarle.

Si la víctima hubiese sido un hombre griego, investigaríamos sus contactos para encontrar pistas. Aquí, sin embargo, se trata de un saudí que había venido a Grecia por primera vez.

Llamo a Dermitzakis con el móvil para recordarle que investiguen también en el parque marino, por si pescamos alguna información en sus instalaciones.

Me pongo en marcha con la inquietud de acabar mal con los saudíes si las cosas siguen igual.

9

Las plantas de las macetas están cabizbajas, como si lamentaran su infortunio. Cada día, cuando termino mi jornada en el refugio, vengo a regarlas, pero eso no basta, no es suficiente. Porque las plantas son como los niños. Si solo ves a tus hijos en Navidad y Semana Santa, lo que haces es ir a visitarlos, pero no hay verdadera comunicación. Con las plantas pasa lo mismo. Las voy a ver cuando tengo tiempo, pero ya no hay conexión con ellas.

Anna me observa mientras las examino y voy arrancando cuidadosamente las hojas secas.

—Las quiere, señor Lambros, ¿verdad? —dice con una sonrisa.

—Pasé muchos años de mi vida con la única compañía de estas plantas antes de conocer a Jaritos y su familia, y, más tarde, de ir a vivir al asilo —le explico.

Sin embargo, no he ido con Anna a mi vieja casa de la calle Ekavis solo para dedicar a las plantas los cuidados necesarios. Katerina ha podido hablar con dos inmigrantes con los que suele colaborar, y ellos han aceptado reunirse aquí conmigo.

Cuando me lo dijo, me alegré. Pero empezó a atormentarme la pregunta de dónde podríamos encontrarnos. Descarté de entrada el refugio de los sin techo. Si alguien se chivara de que estoy utilizando el asilo para organizar el movimiento internacional de pobres e inmigrantes, no tardarían en echarme sin contemplaciones. Por no decir que hasta podrían clausurar el refugio y ahorrarse, de paso, los costes de su mantenimiento.

Una alternativa era el café de Agías Zonis. Pero tampoco soy un desconocido por aquellos lares. Me han visto ir en compañía de Jaritos y, en otras ocasiones, con algunos sin techo del refugio. Prefiero no ir allí acompañado de dos inmigrantes y de un joven desconocido, porque la curiosidad daría lugar a preguntas entre los habitantes del refugio y, de igual manera que Adrianí descubrió el secreto a través de Melpo, ellos lo descubrirían gracias a los demás.

Fue entonces cuando se me ocurrió la idea de reunirnos en mi casa paterna de Nea Filadelfia. Era el sitio ideal donde poder encontrarnos lejos de las miradas indiscretas.

Llamé a Kurtidis y le di instrucciones sobre cómo llegar a la calle Ekavis. Después rogué a Anna que viniera conmigo para que, entre los dos, limpiásemos y ordenásemos un poco la casa, que ha estado deshabitada y se encuentra en un estado lamentable.

La mitad de las baldosas de la escalera están rotas y gastadas, y debemos andar con cuidado para no tropezar y acabar tendidos entre las macetas del patio.

En el interior de la casa, el tufo a moho resulta insoportable. Anna corre a abrir las ventanas para que entre aire fresco mientras yo inspecciono rápidamente mi vieja guarida. Con excepción del moho acumulado, todo lo demás se encuentra tal como lo dejé. Incluso queda un poco de gas en la bombona para preparar el café que Anna ha traído.

Ella mira a su alrededor.

—Todas las casas de los refugiados de Asia Menor están hechas con el mismo patrón —dice—. Bueno, la tuya tiene una escalera exterior y hay otras que no. Una vez dentro, sin embargo, puedes moverte con los ojos cerrados.

—La mía huele a moho —matizo.

Anna se echa a reír.

—Las casas que no huelen a moho, huelen a comida —me contesta—. Pregúntamelo a mí. He crecido con el olor a comida.

Consulto mi reloj. Le he dicho a Kurtidis que venga con los dos inmigrantes en torno a las once. Aún queda una hora y decido ocuparme un poco de mis plantas.

Vuelvo a bajar al patio. Abro el arcón metálico donde guardo las herramientas de jardinería. Junto a las herramientas encuentro un poco de abono. Empiezo a limpiar las macetas y a repartir el abono. Soy consciente de que me estoy engañando a mí mismo, puesto que volveré a marcharme y las abandonaré otra vez a su suerte, pero el trabajo ayuda a mejorar mi estado de ánimo.

Al levantar la cabeza en un momento dado veo que llega Kurtidis con los dos inmigrantes. Uno de ellos es de tez morena; y el otro, negro del África. Interrumpo mi trabajo para ir a recibirlos.

Kurtidis se encarga de las presentaciones. El moreno se llama Salej, el africano, Léopold. Subimos todos juntos a casa. Anna les invita a tomar un café y los tres aceptan encantados.

Empiezo a pensar en cómo introducir el tema, pero Léopold, el africano, es más rápido que yo.

—Katerina nos dijo que usted quiere hablar con nosotros.

Se dirige a mí. Habla el griego con fluidez, aunque con acento extranjero.

—¿Qué les dijo exactamente? —le pregunto.

El africano mira a su amigo, por si quiere tomar la palabra. El otro le indica que continúe haciendo un gesto con la cabeza.

—La idea es muy buena, aunque también... —se detiene en busca de la palabra correcta— peligrosa —concluye cuando la encuentra.

—¿Por qué? —vuelvo a preguntar.

—Porque no nos quieren —me responde—. Piensan que venimos a quitarles el trabajo y no nos quieren.

Salej le interrumpe y empieza a hablar en inglés. Por suerte, tengo a Kurtidis para que haga de intérprete.

—Salej dice que su gente se encuentra en una situación aún peor —traduce las palaras del inmigrante—. Los griegos los consideran ladrones y traficantes de drogas.

Léopold toma la palabra de nuevo.

—Por supuesto, no son todos iguales. Muchos de los nuestros tienen amigos griegos allí donde viven. Y, en la escuela, nuestros hijos juegan con niños de Grecia. —Hace una pausa para reflexionar—. Le repito, no obstante, que es peligroso y que los nuestros tienen miedo. No sé cuántos aceptarían participar.

—No hace falta que acuda la comunidad entera —le explica Kurtidis—. Que vengan unos pocos la primera vez, y luego ya veremos. La presencia simbólica tiene mucha importancia.

—Además, si sois pocos, nos será más fácil protegeros en las manifestaciones —añado.

—Y si hay entre vosotros mujeres con niños, nadie se atreverá a tocaros, podéis estar seguros —concluye Kurtidis.

—Hablaré con mis amigos y les pediré que participen —afirma Léopold.

—Mi gente no irá —dice Salej, y Kurtidis le traduce—. Los hay que tienen miedo. Pero hay otros que son agresivos y que podrían provocar alborotos. Veamos primero cómo se desarrolla la primera manifestación, y luego volvemos a hablar.

—¿Cuándo y dónde será la primera concentración? —me pregunta Léopold.

—Déjanos tu número de teléfono y te avisaremos.

—Ya me lo ha dado —interviene Kurtidis.

La conversación ha concluido. Tomamos nuestros cafés y los dos inmigrantes se marchan.

Kurtidis repite la pregunta de Léopold:

—¿Dónde tendrá lugar la concentración?

—Es demasiado pronto para organizarla en la plaza Síntagma o en Omonia. La gente no nos conoce todavía. Podríamos enfrentarnos a reacciones hostiles y a peleas. Además, seguramente nos reuniremos muy pocos y pensarán que somos una pandilla de locos. El lugar más adecuado para nuestra primera concentración es el Campo de Marte.*

—Estupendo, así estaremos cerca de la sede de la Confederación Nacional de Trabajadores. ¿Y la fecha?

—Organicemos primero la movilización y luego decidiremos la fecha. ¿Has hablado con tus inmigrantes?

—Empezaré hoy mismo. Primero quería ver cómo iba la reunión con los de los países más pobres.

Antes de irnos echo una última ojeada a la casa. Anna la ha barrido y tiene el mismo aspecto que cuando aún vivía aquí.

Recojo las herramientas de jardinería y luego emprendemos juntos el camino de regreso.

---

* Uno de los mayores parques públicos de Atenas. *(N. de la T.)*

10

Stela me informa de que Velidis quiere hablar conmigo. Intuyo que han localizado al testigo que encontró el cadáver del saudí, y estoy en lo cierto.

—Se llama Tasos Kusis y es médico —me dice Velidis—. Puedes llamarle a su teléfono móvil, porque ya le he advertido de que no se librará del interrogatorio.

Le llamo en cuanto termina mi conversación con Velidis.

—Usted fue quien encontró el cadáver del saudí en Skaramangás y avisó a la policía, ¿no es cierto? —le pregunto después de presentarme.

—Así es.

—Tendrá que venir a la Dirección General de la avenida Alexandras para que le hagamos algunas preguntas, señor Kusis.

—De acuerdo, pero le ruego que sea ahora, porque por la tarde me resulta complicado.

—Cuando llegue ha de subir a la quinta planta, al despacho del comisario Jaritos.

Pido a Stela que les dé el nombre del testigo a los agentes de la entrada, para que lo dejen pasar.

Mientras tanto, mis colaboradores han terminado sus pesquisas y han vuelto, fastidiados y decepcionados.

—El único dato nuevo que hemos conseguido es que

uno de los guardias del parque marino oyó cantar a alguien.

—¿Qué cantaba?

—No se acuerda, no prestó atención. Pensó que era un grupo de amigos que escuchaban música en la playa.

Soy el único que no se siente decepcionado, porque no esperaba averiguar nada en especial. Sencillamente, se trataba de completar la investigación en aquella zona.

—Bueno, no hace falta que os deprimáis —los animo—. A fin de cuentas, hemos salido a pescar, pero los peces no han picado.

No pienso mencionar las constantes presiones que el director va a recibir de los saudíes por medio del ministro del Interior y que luego me trasladará a mí. Este tema no es de la incumbencia de mis colaboradores.

Les comunico que ya hemos localizado a la persona que encontró el cuerpo sin vida del saudí y que justo ahora le estoy esperando para interrogarle. Prefiero que el interrogatorio cumpla con todas las formalidades, por eso les pido que estén presentes.

Poco después, Stela conduce a Kusis a mi despacho. El hombre ronda los cuarenta y cinco. Lo invito a la mesa de reuniones y nos sentamos todos a su alrededor.

—Señor Kusis, ¿puede contarnos cómo encontró el cadáver? —le pregunto.

—Pasaba por allí con mi coche, me dirigía al centro de refugiados. Soy médico cardiólogo y pertenezco a la organización Médicos del Mundo. De repente, mientras conducía, vi un cuerpo caído de bruces en el suelo. Me detuve de inmediato para ver si podía prestar auxilio. Entonces vi las puñaladas en su espalda. No hacía falta ser médico para comprender que estaba muerto. Llamé enseguida a la policía. No hay nada más que contar, señor comisario.

—¿Por qué no esperó a que llegara la policía? —le pregunta Dermitzakis.

—Me dirigía al centro porque nos habían avisado de que uno de los inmigrantes había sufrido un ataque al corazón. Tenía que llegar sin demora, por si debíamos trasladarlo a un hospital y hacía falta llamar a una ambulancia. Todo esto requiere su tiempo. No podía permitirme arriesgar la vida de una persona para esperar a la policía, sobre todo si tenemos en cuenta que no tenía nada relevante que contarles. Avisé a emergencias y seguí mi camino.

—¿Por qué no dio sus datos cuando llamó por teléfono? —interviene Askalidis.

—Porque me hubieran pedido que los esperara, mientras que yo tenía la obligación de marcharme. Aquello supondría un acto de desobediencia, con todas las consabidas consecuencias.

—¿Se fijó en si había otro vehículo u otra persona en los alrededores? —le pregunto.

—No, el lugar estaba desierto. Allí no había ni un alma.

—¿Recuerda a qué hora, más o menos, encontró el cadáver?

Kusis reflexiona un momento.

—Me comunicaron el episodio cardiaco a las ocho. Se tardan unos tres cuartos de hora en ir desde mi casa al centro de refugiados, de manera que debió de ser entre las nueve menos cuarto y las nueve.

—Gracias, señor Kusis. No tenemos más preguntas —le digo.

El testigo se marcha. Digo a mis colaboradores que ya pueden volver a sus despachos. En estos momentos no podemos dar más pasos hacia el esclarecimiento del asesinato, pero es una buena oportunidad para ocuparme de mi otro quebradero de cabeza.

Primero llamo por teléfono a Katerina para asegurarme de que su despacho está disponible para la reunión. La secretaria ya se ha tomado sus días libres y mi hija no está esperando a ningún cliente. Es decir, tenemos vía libre.

Luego llamo a Zisis, quedamos en encontrarnos dentro de una hora en el despacho de Katerina.

Por último, llamo a Dervísoglu y le pido que suba a mi despacho. Afortunadamente, el muchacho ya está vestido de paisano y no necesita pasar antes por su casa para cambiarse. Le pido que me espere en la esquina de la Pinacoteca Nacional para ir juntos desde allí al despacho de mi hija en Pangrati. La idea es que Dervísoglu salga de Jefatura antes que yo, para que nadie nos vea juntos y sospeche que estamos conspirando entre bambalinas.

Me está esperando en el lugar preciso que habíamos acordado. Por el camino le esbozo un breve retrato de Zisis y de las dificultades a las que se ha enfrentado a lo largo de su vida, para que sepa qué detalles cuidar cuando hable con él.

Zisis ha llegado antes que nosotros y está sentado charlando con mi hija. Después de hacer las presentaciones, Katerina sale del despacho y nos deja solos.

—¿Has planeado ya alguna concentración? —pregunto a Zisis.

—He encontrado el lugar más adecuado, pero la concentración en sí todavía está en pañales.

—¿Dónde se hará?

—En el Campo de Marte.

—Buena idea —contesto.

El espacio del Campo de Marte es más fácil de vigilar, y la concentración no bloqueará el tráfico, de modo que ya evitamos un conflicto.

—La idea es buena. Lo que no sé es cuántos acudirán. A

lo mejor acabamos siendo el centenar de siempre —me responde Zisis.

—¿No usáis Facebook? —le pregunta Dervísoglu.

—¿El qué? —se extraña Zisis.

Suelto una carcajada.

—Si no fuéramos iguales, no seríamos compadres —digo a Dervísoglu—. Yo tampoco entiendo nada de las movidas de internet.

—Pediré a Kurtidis que se encargue de eso. Él sí está metido en el tema —contesta Zisis.

—¿Quién es Kurtidis? —pregunta Dervísoglu.

—Un compañero de tu edad que nos ayuda a organizar las concentraciones —le explica Zisis. Y luego añade—: No te preocupes, no le diré quién eres.

—No lo dudo, y tampoco estoy preocupado —le responde Dervísoglu con una sonrisa.

—Dale a Lambros tu número de móvil —digo a Dervísoglu—. Tendréis que encontrar una manera anónima de comunicaros. Nunca debéis utilizar vuestros verdaderos nombres.

—Cuando te llame te diré: «Soy tu tío» —dice Zisis a Dervísoglu.

—Y yo: «Soy tu sobrino» —contesta Dervísoglu.

Zisis se echa a reír.

—Mi sobrino es el nieto de tu jefe, aunque él no habla todavía —le explica.

Se ponen de acuerdo en que Zisis llamará a Dervísoglu por teléfono para comunicarle el día y la hora exactos de la concentración.

Ya hemos repasado todos los temas y la reunión llega a su fin. Zisis se marcha acompañado de Dervísoglu. Yo me quedo atrás para despedirme de Katerina.

—Si tu madre está con su nieto, dile que voy directo a casa, porque estoy agotado —le pido.

—Sí, está en casa. Acabamos de hablar por teléfono —contesta mi hija.

La noticia cae como maná del cielo. Paro el coche delante de un puesto de *suvlakis* en la calle Formíonos y pido dos kebabs completos con pita. Cuando llego a casa, los meto en un plato y me siento frente al televisor. Televisión y *suvlakis,* el placer supremo.

La suerte sigue sonriéndome. Es la hora de las noticias. La presentadora está hablando con un tipo al que nunca había visto. Va trajeado y lleva corbata, pero los botones de su americana están a punto de saltar de pura indignación.

—¿Cómo es posible que vengan empresarios a invertir en nuestro país y nosotros los asesinemos? —ruge el hombre—. Durante la crisis económica hacíamos lo que fuera para que vinieran extranjeros a invertir en este país, desde suplicar y prometerles el oro y el moro, hasta poner velas y hacer ofrendas votivas a la Virgen. Y ahora que por fin les hemos convencido y empiezan a venir, ¿los asesinamos? ¿Qué monstruos inhumanos son esos que asesinan el futuro de nuestro país? —Hace una pausa para tomar aliento y continúa—: Espero que la policía esclarezca este crimen sin demorarse ni un minuto. Nuestros gestores deben entender que cada día que pasa sin detener a los culpables equivale a una inversión perdida.

Nos ha fastidiado, pienso, y el *suvlaki* se me atraganta. Mañana por la mañana empezarán a sonar los teléfonos y la única duda es si la reunión tendrá lugar en el despacho del director o en el del ministro.

—¿Cree que puede tratarse de un acto terrorista? —pregunta la presentadora.

—Si fuera un acto terrorista, alguien lo habría reivindicado —contesta el tipo, y tiene toda la razón.

—¿Y no podría ser una mano negra extranjera? —insiste la presentadora.

—¿Por qué no dar el manotazo a otros países que reciben inversiones mucho más cuantiosas? La única mano que hay aquí, señora Zotis, es la que nos llevamos a la cabeza.

—Veo que no has perdido la oportunidad —suena la voz de Adrianí. Se ha plantado en la puerta y me mira con cara de reproche—. Cuando el gato duerme, los ratones bailan —suelta la máxima—. Hay judías verdes en la nevera. ¿Por qué no te las comes con feta, con lo mucho que te gustan?

La única salida posible es tratar de bromear.

—*Suvlakis* con tele. He querido despertar al griego que hay en mí —contesto.

—Déjate de historias. Sabías muy bien que vendría para preparar la comida desde el momento en que Katerina me ha dicho que estarías en casa. Lo que tú querías era devorar los *suvlakis* antes de que yo llegara.

—Tú también cenaste *suvlakis* ayer en casa de Katerina —protesto.

—Sí, para hacerle los honores a Zisis y a su nuevo movimiento. ¿Has visto alguna vez a alguien que coma un plato fúnebre de buena gana?

Se da la vuelta y se dirige a la cocina. En mi plato queda medio *suvlaki* que no me he podido comer por la discusión con mi mujer. Apago el televisor y la sigo a la cocina. Tiro los restos del *suvlaki* a la basura y me siento a la mesa.

—Los *suvlakis* solo eran el aperitivo —le digo para apaciguarla—. Ahora cenaré contigo las judías con feta.

No se molesta en contestarme, sino que saca las judías de la nevera para calentarlas. Luego pone la mesa en silencio, con dos platos y el queso feta.

—¿Cómo está nuestro nieto? —pregunto para apaciguar

su estado de ánimo—. Le he echado de menos esta noche, pero me encontraba realmente extenuado.

La cara de mi mujer se ilumina.

—Tengo noticias que contarte.

—A ver, cuéntame.

—Hoy lo hemos dejado en el suelo y ha intentado gatear —dice, y se desternilla de risa—. Melpo no podía creérselo y empezó a hacer la señal de la cruz para que no le echáramos el mal de ojo.

—Claro, come tanto que ha crecido antes de tiempo.

Adrianí quita las judías del fuego y las lleva a la mesa.

—Escucha, si no tienes hambre, no hace falta que comas por obligación. No quiero que te indigestes por mi culpa.

—¿Crees que un *suvlaki* y medio me van a quitar el hambre? —respondo.

Nos sentamos a cenar. A pesar de mi gran debilidad por los *suvlakis,* debo reconocer que sus judías están deliciosas.

11

Adrianí tenía razón. Mi estómago me ha estado fastidiando toda la noche. En cuanto entro en mi despacho por la mañana, llamo a Dimitríu para averiguar si ha descubierto algo interesante entre los datos del móvil de Al Falaj. Es nuestra única esperanza, porque no tenemos otras pistas que seguir.

—Casi todas las llamadas recibidas eran de Arabia Saudí o de Inglaterra —me contesta él—. Solo hemos encontrado tres llamadas recibidas de teléfonos móviles griegos. Todas ellas, de miembros de Meandro.

—¿Podemos averiguar quiénes se pusieron en contacto con la víctima?

—Intentaremos identificar a los proveedores del servicio telefónico. No creo que tengamos dificultades con los británicos, aunque sospecho que habrá que pedir antes autorización de la policía de Inglaterra. De lo que nos espera en Arabia Saudí y del tiempo que tardaremos en obtener resultados no tengo ni idea. Ni siquiera sé si al final conseguiremos algo.

—Empieza por Inglaterra —le digo—. Entretanto solicitaré la colaboración de la embajada de Arabia Saudí.

Me dispongo a avisar a mis colaboradores cuando me interrumpe una llamada del subdirector.

—¿Por casualidad vio anoche en las noticias la entrevista

al presidente de la Asociación de Industriales? —me pregunta.

—La vi.

—Entonces no hace falta que le diga que han saltado todas las alarmas. Tenemos reunión dentro de una hora en el despacho del señor ministro.

Un gran alboroto en el pasillo ahoga mi respuesta. No es necesario que salga para adivinar lo que está pasando.

—Justo ahora nos están invadiendo los periodistas —informo al subdirector—. Iré en cuanto me los haya quitado de encima.

—No alargue demasiado la puesta al día.

—No se preocupe, no tengo mucho que contarles.

Colgamos el teléfono y salgo al pasillo. Apenas he asomado la nariz y soy víctima de un asedio.

—¿Qué nos puede contar del asesinato del saudí?

—¿Ha avanzado ya la investigación?

Disparan las preguntas sin esperar a oír mi respuesta a cada una de ellas.

—En estos momentos aún nos encontramos recopilando datos —les explico—. Es demasiado pronto para tener indicios concluyentes.

—¿Vio la entrevista que concedió anoche en televisión el presidente de la Asociación de Industriales? —me pregunta Merikas.

—La vi.

—Me gustaría que comentara algo al respecto.

—La policía es plenamente consciente de la gravedad de la situación y está haciendo todo lo posible para esclarecer cuanto antes el asesinato del inversor saudí. Esta es mi declaración y no tengo nada más que añadir —contesto.

Vuelvo a mi despacho. Espero a que cese el bullicio antes de salir otra vez para poner rumbo a la avenida del Mediterráneo. Ya que la reunión tiene lugar en el despacho del ministro y es prioritaria, opto por ir en un coche patrulla.

Tardo solo diez minutos en llegar a mi destino. Subo primero al despacho del director, pero el agente que está de guardia me informa de que mi superior ya se encuentra reunido con el ministro. Cuando, previa autorización de la secretaria, entro en el despacho ministerial, encuentro a mis dos superiores sentados a la mesa de reuniones con el ministro. A punto estoy de bromear sobre que las mesas ya no sirven para comer sino para celebrar reuniones, pero consigo callarme a tiempo.

—Señores, el asesinato del empresario saudí representa, aparte de todas las demás consideraciones, un gran dolor de cabeza en lo político, puesto que da mala fama a nuestro país en un periodo en que necesitamos inversiones extranjeras. —Hace una pausa y nos mira. Al ver que ninguno de nosotros dice nada, toma aliento y continúa—: La entrevista que hicieron anoche al presidente de la Asociación de Industriales resultó muy reveladora en cuanto a las presiones que vamos a recibir. El primer ministro me ha encargado que supervise las investigaciones, de modo que exijo ser informado de los acontecimientos en todo momento. —Calla de nuevo y se vuelve hacia mí—. El señor subdirector me ha comentado que usted ha hablado con los medios de comunicación antes de venir aquí —me dice.

—Así es.

—A partir de ahora no hará más declaraciones. Dirá a los medios que el responsable de informarles es el encargado de prensa del Ministerio del Interior.

—Me quita un gran peso de encima, señor ministro —le confieso.

—Muy bien. Y ahora pasemos al plato principal. ¿En qué punto se encuentran las investigaciones?

—Por desgracia, avanzan a paso de tortuga. Todos los indicios coinciden en que el asesino, valiéndose de algún pretexto, condujo al saudí al lugar del crimen. Probablemente fingió querer mostrarle algo, y mientras el saudí miraba lo apuñaló. Luego le asestó dos puñaladas más en el mismo sitio.

—Pero ¿cómo puede ser que nadie oyera el motor del coche? —se extraña el ministro.

—Lo más probable es que dejaran el coche aparcado lejos y que fueran a pie, para poder inspeccionar mejor el terreno.

—¿Descarta por completo que se trate de un atentado terrorista?

—El presidente de la Asociación de Industriales respondió a esto anoche. No hay atentado terrorista si nadie lo reivindica, señor ministro —le explico.

—Claro que, visto desde determinada perspectiva, sí fue un atentado terrorista —interviene el subdirector—. El asesinato del saudí puede aterrorizar a quienes pretendan hacer inversiones en Grecia.

—¿Cuáles van a ser sus próximos pasos? —me pregunta el ministro.

—Ya estamos investigando las llamadas recibidas en el móvil de Al Falaj, aunque, en este caso, necesitamos que usted nos ayude.

—Con mucho gusto. Haré todo lo que esté en mi mano para facilitar el avance de la investigación.

—En el móvil de Al Falaj aparecían llamadas recibidas de teléfonos de Arabia Saudí. Necesitamos que la embajada colabore para identificar a las operadoras y, a través de ellas, localizar a los titulares de los números desde los que llamaron. Si procedemos a través de los cauces oficiales, es decir, la policía, no sabemos cuánto podríamos tardar en obtener esos datos.

—De acuerdo, hablaré con el embajador de Arabia Saudí y le informaré.

Se levanta de su asiento, cosa que significa «adiós y muy buenas». Pillamos la indirecta y nos retiramos.

—Vengan a mi despacho, a ver si podemos trazar algún plan de actuación —nos invita el director.

—No disponemos de información suficiente para trazar un plan, señor director —le explico cuando ya estamos sentados en torno a su escritorio—. En estos momentos nuestra única esperanza es obtener indicios válidos a través de las llamadas del saudí. Las que recibió de teléfonos móviles griegos fueron todas de la empresa Meandro.

El director se dispone a contestarme, pero le interrumpe el timbre de mi móvil. Miro el número desde el que me llaman y resulta ser el de Jefatura.

—Denme un minuto, me llaman del trabajo —les digo.

—Señor comisario, acaba de telefonear el guardia del parque marino, el que oyó la música. Nos ha dicho que la canción tenía que ver con el dinero —me informan en cuanto contesto.

—Manden un coche patrulla para que lo lleve a Jefatura. Yo también voy ahora mismo.

Cuelgo el teléfono e informo a mis superiores.

—¿Cree que podemos sacar algo de esto? —me pregunta el director.

—Todavía no lo sé, pero, dadas las circunstancias, tenemos que agarrarnos a un clavo ardiendo. Cuando haya oído lo que tiene que decirnos el guardia, les informaré y valoraremos la situación.

Subo otra vez al coche patrulla y emprendemos el camino de vuelta a Jefatura. Durante el trayecto intento imaginar qué podría significar la canción sobre el dinero, pero las posibilidades son infinitas, desde una vulgar canción de borrachera hasta un mensaje cifrado en clave de sol. Al final decido aplazar todas las hipótesis y supuestos hasta haber interrogado al guardia y así poder sacar conclusiones con mayor fundamento.

Cuando llego a mi despacho, el guardia no ha aparecido todavía. Digo a Dermitzakis que en cuanto llegue lo conduzca a la sala de interrogatorios y que me avise enseguida.

Me siento más esperanzado, ya que se nos han abierto dos nuevas vías de investigación: la ayuda del ministro para rastrear las llamadas telefónicas desde Arabia Saudí, y el testimonio del guardia del parque marino. Claro que tampoco podemos descartar que ambas vías acaben conduciéndonos a un callejón sin salida.

Unos quince minutos más tarde me avisan de que el guardia ya se encuentra en la sala de interrogatorios. Llamo a mis colaboradores para que también estén presentes mientras hablo con él.

El guardia es un hombre de mediana estatura y luce bigote. Cuando entramos en la sala de interrogatorios nos repasa con la mirada a cada uno de nosotros.

—Cuéntale al señor comisario cómo es la canción que has recordado —le pide Dermitzakis.

—Me acordé de que ya la había oído antes en algún lugar —responde el guardia—. Cuando me preguntasteis en el parque, os dije que era una canción que me sonaba, pero que no recordaba de qué. Desde entonces no he podido quitarme de la cabeza la cuestión de dónde demonios la había oído. Al final, esta mañana se me ha hecho la luz. Fue en un club nocturno, aunque no me acuerdo del nombre del cantante. Decía algo como... «De qué me sirve el dinero...». Solo recuerdo esto, el resto no me viene.

—«De qué me sirve el dinero, para qué quiero los talegos...» —canturrea Askalidis.

—¡Eso! —exclama el guardia entusiasmado—. Bravo, colega, entiendes más que yo de música —felicita a Askalidis.

—¿Recuerdas qué hora sería cuando oíste la canción? —le pregunto.

—No miré la hora, pero serían sobre las ocho.

—¿Había más gente contigo? —pregunta Dermitzakis.

—No, estaba solo. Habíamos terminado la ronda nocturna y mis otros dos colegas habían ido a cenar algo.

—¿La canción la cantaba una persona sola, sin acompañamiento musical? —pregunta Dervísoglu.

—No, sonaban instrumentos musicales. Debía de ser desde un teléfono móvil, porque el sonido llegaba muy apagado. A lo mejor por eso se me olvidó tan pronto la canción.

—De acuerdo, ya hemos terminado. Ten un poco más de paciencia hasta que tu declaración esté lista para que la firmes —le digo al guardia, y señalo a Kula, que ha estado transcribiendo la declaración en su portátil.

Los demás nos retiramos y subimos a mi despacho.

—La hora en que el guardia oyó la canción coincide con la hora de la muerte según los cálculos de Stavrópulos, entre las siete y las nueve de la noche —digo a mis colaboradores después de sentarnos.

—O sea, que la canción era una especie de señal —concluye Askalidis.

—Sí, pero ya era de noche y la zona estaba desierta —apunta Dermitzakis—. ¿A quién podría dirigirse la señal?

—Lo más probable es que la música cumpliera una doble función —explico—. Por un lado, operó como una especie de misa fúnebre, y, por el otro, el que la oyera sacaría sus propias conclusiones una vez conocido el asesinato. —Hago una pausa y los observo—. Quiero que uno de vosotros vaya al centro de refugiados para averiguar si hubo más gente que oyó la canción.

Al final, parece que tenemos una pista, por pequeña que sea. Cuando me quedo solo llamo al subdirector para informarle.

—¿Cree que se podría considerar una especie de reivindicación? —me pregunta él después de escucharme.

—Si se produce otro asesinato y se repite la canción, como mínimo deberíamos considerarla como una especie de mensaje de parte del asesino.

—No me diga que pronostica que habrá más asesinatos —responde el subdirector inquieto.

—No lo pronostico, aunque, por desgracia, tampoco puedo descartarlo —contesto, y colgamos el teléfono.

12

—Estaba equivocado. ¡Sí que vendrán los inmigrantes de los antiguos países comunistas! —anuncia Kurtidis entusiasmado.

—Hiciste el análisis equivocado —le contesto con cara de viejo maestro de escuela—. De acuerdo, también eran pobres durante el comunismo en sus países, pero aquí pueden protestar mientras que allí no podían. Esta es la diferencia.

—Habla la sabia voz de la experiencia —dice el chico riéndose.

—¿Por qué?

—Porque es exactamente como usted dice. No vendrán por ser pobres, sino porque pueden participar en la protesta. La pobreza la conocen, pero no saben cómo son las protestas públicas. Cuando se lo propuse a un vecino de Bulgaria, me aseguró que vendría porque no había participado en una protesta en su vida.

—Te felicito, lo has hecho muy bien. Al menos, habrá algunos más que los de siempre.

—También subí una entrada a Facebook. Me imagino que vendrá gente que habrá visto allí la convocatoria.

Consulto mi reloj. Son las diez de la mañana. Hemos anunciado la concentración para las once. Es la misma hora que le dije a Dervísoglu. No quiero que venga antes porque, como policía que es, haría un reconocimiento del lugar y podría llamar la atención de los congregados.

—Vámonos —digo a Kurtidis—. Será mejor llegar un poco antes para adelantarnos a los posibles problemas.

Nos ponemos en marcha con mi grupo. Prefiero evitar las avenidas Patisíon y Kypselis. Mejor ir por la calle Kérkyras y desde allí salir a la avenida Evelpidon.

Entramos en el Campo de Marte desde Evelpidon y llegamos a la estatua del rey Constantino cruzando el parque.

El grupo del albergue municipal para gente sin techo se nos ha adelantado y ha llegado primero. Echo un vistazo a mi alrededor. No veo a Dervísoglu y me quedo más tranquilo.

—¿Crees que hoy participará más gente? —me pregunta alguien del albergue municipal.

—Veremos. En cualquier caso, esta vez estamos mejor organizados. A lo mejor vienen también unos inmigrantes de África —apostillo para ver su reacción.

Él se encoge de hombros.

—Yo no he visto a africanos ricos en mi vida. Es decir, también serán pobres. Bienvenidos sean.

Llegan todos a la vez, como si se hubieran puesto de acuerdo. Unos vienen desde la avenida Patisíon; otros, desde Alexandras, y otros más, atravesando el parque. Entre estos últimos distingo a Dervísoglu. Me alegro de que se le haya ocurrido integrarse en un grupo organizado, esto aumenta mi confianza en él. Jaritos no estaba equivocado.

—Los que vienen desde la avenida Patisíon son mis vecinos —me dice Kurtidis.

Observo la muchedumbre que se ha concentrado e intento calcular por encima cuántos son. A primera vista, deben de ser como mínimo el triple de los que fuimos a la plaza Atikí. No veo a los africanos por ningún lado. A lo mejor se incorporan una vez que nos hayamos puesto en marcha, para no llamar demasiado la atención.

Los sin techo del albergue municipal han construido una plataforma improvisada con tablas de madera. Subo a la plataforma y rezo para mis adentros para no caerme si me apasiono demasiado mientras hablo. Primero recorro el gentío con la mirada para calibrar sus reacciones. Todos permanecen tranquilos, esperando a que empiece mi discurso. Hay una única pancarta que reza: LOS POBRES UNIDOS JAMÁS SERÁN VENCIDOS. La policía brilla por su ausencia. Seguramente se habrán concentrado en otro punto del parque.

—Nuestra concentración anterior proclamó la muerte de la izquierda —empiezo a hablar—. El propósito del encuentro de hoy es organizar un movimiento de los pobres.

Aparece el grupo de africanos. Se mantienen un poco apartados mientras escuchan.

—Olvidaos de la vieja división derecha-izquierda. Hoy en día la línea divisoria está entre la riqueza y la pobreza. Ya sé lo que me vais a decir, que esta ha sido siempre la línea divisoria. De acuerdo, pero, en épocas anteriores, la izquierda representaba el chaleco salvavidas de los pobres, de los más débiles, de los perseguidos. Ahora la izquierda está muerta y los pobres debemos aprender a nadar solos, porque no tenemos a nadie que nos represente ni que defienda nuestros derechos.

»Los pobres somos el movimiento. Nuestras concentraciones tienen también este propósito: enseñar a los pobres a nadar sin chaleco salvavidas.

Mi voz se apaga de golpe cuando veo que medio centenar de hombres y mujeres irrumpe donde nos hemos concentrado. Su forma de vestir no tiene nada que ver con la ropa de los sin techo y de los inmigrantes. Todos rondan los cincuenta y van bien vestidos.

No soy el único que se ha quedado con la boca abierta. Los demás también se vuelven, los miran y no dan crédito a lo que ven.

—Nos hemos enterado de que organizabais una concentración de pobres y hemos venido —me dice un cincuentón a gritos.

—Se agradece la solidaridad —le contesto.

—No hemos venido para solidarizarnos. Hemos venido porque también somos pobres —responde una mujer.

—Si vosotros sois pobres, imagínate nosotros —replica Stellos en voz alta.

La mujer se vuelve y le mira.

—¿Ves la ropa que llevo puesta? Ha sobrado de la tienda que tuve que cerrar.

—Y la mía es de la época en que trabajaba en una empresa —interviene otro—. La empresa cerró. Tengo cincuenta y tres años y no encuentro trabajo en ningún sitio. Todos contratan a gente joven, que trabaja doce horas sin descanso y cobra el salario mínimo. ¿Por qué iban a pagarme un sueldo y la cotización correspondiente a mí, que me jubilaré dentro de quince años?

—¿Habéis oído hablar del movimiento italiano de las «sardinas»? —pregunta otra mujer.

Todos intercambiamos miradas, yo incluido, pero nadie le contesta, porque es la primera vez que oímos nombrar este movimiento.

—Las sardinas es un movimiento de gente como nosotros —continúa la mujer—. Lo llaman así porque dicen que todos, italianos y migrantes por igual, están metidos a presión en la misma lata, como las sardinas. Nosotros aquí no estamos metidos en la misma lata, estamos hirviendo en la misma olla. ¿Os dais cuenta?

—Mi padre era *Gastarbeiter** en Alemania, señor orador —me grita uno de los manifestantes—. Los alemanes no estaban en su contra, porque los *Gastarbeiter* hacían los trabajos que ellos no querían ni tocar. Ahora nosotros tenemos miedo de los extranjeros, porque pronto nos estaremos peleando por los mismos trabajos.

Ay, si el viejo Marx levantara la cabeza, me digo. Él, que proclamaba el levantamiento de los proletarios de todo el mundo. El proletariado ha acabado en el cajón de los objetos perdidos y ahora ocupan su lugar los pequeñoburgueses, a los que nosotros llamábamos reaccionarios y lacayos del sistema capitalista.

Veo que los africanos se van atreviendo a acercarse a la periferia de la concentración. Miro a los congregados. Guardan silencio y esperan a que continúe con mi discurso.

—Gracias por venir —me dirijo a los pequeñoburgueses, dándoles la bienvenida—. Nos habéis dado fuerza y coraje, y hemos entendido que estamos todos unidos. Pero no basta con haber venido. Queremos que os quedéis. Lucharemos todos juntos.

Después de haber recibido tantas palizas en mi vida, ahora que soy viejo cosecho aplausos al bajar de la plataforma improvisada. Hago señas a los africanos y a los pequeñoburgueses para que se acerquen.

—Vosotros mismos habéis visto que os reciben como amigos —le digo a Léopold.

—Muchas gracias. Ha sido muy bonito —responde él.

---

* Se llamaba *Gastarbeiter* (literalmente, «trabajadores invitados») a los migrantes que fueron a Alemania a trabajar en la década de 1960. *(N. de la T.)*

—Hablad con vuestra gente para que vengan más la próxima vez.

—Lo haremos y vendrán.

Me vuelvo hacia los míos.

—Sin embargo, esto no basta. Hace falta ir a trabajar en cada barrio, en cada vecindario. Tenéis que empezar por vuestros conocidos, hablar con la gente. Convencerles de que vengan la próxima vez, así creceremos en número y en influencia.

Me siento como si, por arte de magia, estuviera regresando a mi juventud, cuando el partido me enviaba a los viejos barrios obreros de Atenas, como Pérama y Asírmatos, para movilizar a los parados y a los jornaleros. Ahora a los parados se les han unido los de la clase media arruinada.

Kurtidis interrumpe mis cavilaciones.

—Podemos imprimir octavillas con el ordenador —me dice—. Yo me encargo.

Se vuelve hacia los que se arremolinan a nuestro alrededor.

—Si me dais vuestros números de móvil, os avisaré para que paséis a recogerlas cuando estén listas.

Una mujer y un hombre le dan sus nombres y sus números de móvil. Otra mujer se dirige al que tiene a su lado y le dice:

—Ilías, tu hermana está casada con un italiano, ¿verdad? ¿Por qué no le preguntas si sabe cómo se organizan las «sardinas»? Podríamos aprender de ellos.

—Tienes razón. La llamaré hoy mismo.

Empiezan las despedidas y las promesas.

«Seguiremos en contacto.» «Levantaremos a la gente y crearemos un movimiento.»

Veo que Dervísoglu está hablando animadamente con un grupo de gente y se marcha con ellos. Le diré a Jaritos que es un *crack*.

Stellos se me acerca entusiasmado.

—¡Ha sido una pasada!

—Sí, pero ahora toca arremangarse. Vámonos, hay mucho que hacer.

Nuestro grupo se pone en marcha y volvemos por donde llegamos.

Mentiría si dijera que no estoy rebosante de alegría.

13

Zisis sonríe de oreja a oreja, tanto por el éxito de la concentración como de pura satisfacción por el comportamiento de Dervísoglu.

Estamos sentados en el café de Agías Zonis. Ha sido idea mía encontrarnos aquí, para evitar que nos escuchen hasta los oídos más amigos. Hemos acordado que después iremos juntos a ver a mi nieto.

—No dio pie a la menor sospecha —me dice Zisis—. Llegó con la gente y se marchó con la gente. Yo le miraba y no podía creérmelo. ¿Hay pasma de este tipo?, me preguntaba. —De pronto, se da cuenta de que ha usado la palabra «pasma» y se apresura a disculparse—. Perdona por el término, es la costumbre —dice con una sonrisa cohibida.

—No me molesta en absoluto. Nos llaman así tan a menudo que ya nos hemos acostumbrado. Lo que me extraña es que no usemos la palabra también nosotros.

—En cualquier caso, te felicito. Hiciste una elección estupenda —me dice Zisis.

Me pongo de pie, ya que del resto podemos hablar en presencia de los demás.

—Y ahora vamos a disfrutar de nuestro nieto.

Subimos ambos al Seat y ponemos rumbo a la calle Athanasías. Por suerte, no hay demasiado tráfico y llegamos a casa de Katerina relativamente rápido.

Nos abre la puerta Fanis, con Lambros anidado entre sus brazos. Adrianí está en la cocina preparando la cena. Katerina se encuentra en la sala de estar con Maña y Uli. No nos reciben con demasiada efusividad, aunque Maña y mi hija nos estampan sendos besos en las mejillas. Uli nos saluda con su característico apretón de manos.

Dejo que Zisis juegue primero con el pequeño Lambros mientras me acerco a Uli.

—¿Cómo está tu padre? —le pregunto.

—Ya está mucho mejor. Afortunadamente, le tocó un cardiólogo muy bueno que supo prevenir males mayores. —Me dedica una sonrisa pícara—. Al final, el cardiólogo y yo nos hicimos amigos.

—Los alemanes son buenos médicos —comento, como haría cualquier griego que opinara sin tener conocimientos del tema.

—No es alemán, es griego —me explica Uli—. Se llama Dimakis y es muy conocido en Alemania.

—Dimakis es un cardiólogo de primera línea —confirma Fanis—. Tuve la oportunidad de conocerlo cuando hacía mis prácticas. Él era nuestro médico supervisor. Más tarde se trasladó a Alemania, donde ha llegado a adquirir un gran renombre.

Los dejo continuar con la erudita conversación médica y me acerco a mi nieto. Ahora es Katerina quien lo lleva en brazos y Maña le está haciendo carantoñas. En cuanto me ve, el pequeño empieza a reír y a agitar los brazos con entusiasmo.

—Qué raro. Normalmente, los niños tienen debilidad por las abuelas; y las niñas, por los abuelos. Lambros lo hace al revés —comenta Adrianí, que acaba de salir de la cocina.

—Es porque a ti te ve todos los días, mientras que a su abuelo no lo ve tan a menudo —le contesta Katerina. Luego se dirige a su hijo—: Venga, chico, vamos a cenar y luego a la camita.

Nos sentamos todos juntos y empezamos a charlar hasta que llegue el momento de la cena.

—¿Cómo ha ido la concentración, señor Lambros? —pregunta Maña a Zisis.

—Mucho mejor de lo que esperaba. No han asistido solo los nuestros, sino también un grupo de los antiguos países comunistas: búlgaros, albaneses y rumanos, sobre todo. Y resulta que el africano que me presentó Katerina logró convencer a su gente y se nos ha unido también un grupo de África. Aunque la sorpresa ha venido de otro lado.

—¿De dónde? —pregunta Maña.

—De medio centenar de expequeñoburgueses acomodados. Nos han dicho que se habían apuntado porque ahora ellos también son pobres y quieren incorporarse al movimiento.

—¿De qué movimiento habláis? —pregunta Uli, que ha estado en Alemania y se ha perdido los prolegómenos.

Zisis le ofrece un rápido resumen de su proyecto y, cuando termina, Uli le contesta riéndose:

—No esperéis que se os unan alemanes.

—No, aunque nos han hablado de un movimiento italiano, las sardinas —responde Zisis.

—Sí, yo también he leído sobre eso —confirma Maña.

—Los alemanes dirán: griegos e italianos. ¿Qué hay de nuevo? —comenta Uli en tono jocoso.

—Pues no te creas. En Francia están los chalecos amarillos —comenta Maña.

—¡Esos franceses siempre lo tienen que estropear todo! —responde Uli, y esta vez nos echamos todos a reír.

—¿No lo veis? Luego nos criticáis a nosotros por nuestras relaciones con los turcos —interviene Fanis—. Los alemanes no tienen mejor opinión de los franceses. La única diferencia es que ellos pueden disimular, mientras que nosotros estamos en los Balcanes y siempre lavamos nuestros trapos sucios a la vista de todos.

—Mientras veníamos en el coche he tenido que dar la razón a Jaritos. —Zisis cambia de tema.

—¿Por qué? —pregunto sorprendido.

—Porque todos los puestos de *suvlakis* estaban llenos. La gente ya solo va a comer en las suvlakerías. Lo mismo pasa en la calle Fokíonos. A veces, cuando salgo a dar un paseo por la noche, las veo todas llenas a rebosar. En nuestra próxima concentración deberíamos repartir *suvlakis* como comida icónica de la pobreza.

—Podéis hacer otra cosa —interviene Adrianí.

—¿Qué cosa?

—¿No has dicho que, además de los griegos, acude gente de otros países? Proponed que cada grupo lleve la comida de los pobres de su país y repartidlas todas, no solo a los manifestantes, sino también a los curiosos que pasen por ahí.

Es en momentos como este cuando Adrianí me deja sin palabras. Zisis se pone de pie entusiasmado.

—¡Esta idea merece un sobresaliente! Te felicito, Adrianí —exclama, y se le acerca para darle un abrazo.

Mi mujer también se levanta para ir a preparar la cena.

—Así la gente no tendrá que comer tantos *suvlakis* —espeta de paso, para no privarme de su pulla antes de meterse en la cocina.

Katerina ya ha acostado a su hijo y vuelve a la sala de estar.

—Léopold me ha llamado por teléfono, tío Lambros. Estaba entusiasmado —le dice a Zisis al sentarse con nosotros.

—Como pasaba el tiempo y no los veía, he pensado que

no vendrían. Pero han aparecido justo cuando empezaba mi discurso.

—Ya te digo, estaba entusiasmado. Me ha dicho que a la próxima manifestación irá más gente. Si quieres encontrarte con él, sin embargo, que sepas que todos los domingos está en tu barrio.

Zisis la mira sorprendido.

—¿Dónde en mi barrio?

—En la calle Eptanisu hay una iglesia católica. Allí se reúnen todos los domingos para asistir a misa.

Katerina hace una pequeña pausa antes de preguntar:

—¿Los de Salej no han acudido?

—No, tenían miedo. Me lo dejó claro de antemano.

—Lo entiendo. Volveré a hablar con él, a ver si la próxima vez reúnen el valor para acudir.

Maña ya ha puesto la mesa y Adrianí trae la cena. Ha preparado boquerones al limón y tarta de verduras.

—Adrianí, ¿cómo te da tiempo de preparar dos comidas al tiempo que cuidas de tu nieto? Me dejas boquiabierto —dice Fanis.

—Soy afortunada, hijo mío —le contesta Adrianí—. Hago lo que mi madre me enseñó a hacer desde pequeña. Imagínate que también tuviera que limpiar casas si necesitáramos el dinero.

Fanis descorcha una botella de vino blanco y nos sentamos todos a la mesa. Como suele suceder, en la mesa hablamos poco, ya que nos abalanzamos todos sobre la comida. Incluido yo, que pruebo los manjares de mi mujer todos los días.

El resto de la velada transcurre agradablemente hasta la hora en que nos marchamos, a eso de las once.

—No podías evitar meterte con los *suvlakis* —le digo a Adrianí ya dentro del Seat.

Ella me suelta una de sus máximas:

—El que se pica, ajos come. —Se vuelve para mirarme—. Aunque no lo he dicho por ti, Kostas —me explica—. Lo he dicho porque, a través de la comida, cada uno entenderá mejor la pobreza de los demás. La comida no solo habla de la riqueza, también habla de la pobreza. ¿O crees que en África sacian su hambre con *suvlakis*?

Y me condena al silencio, cual monje en el monasterio. Llegamos a casa sin mediar más palabras y vamos directos a dormir.

Me despierta el timbre de mi teléfono móvil y me incorporo bruscamente en la cama. Voy corriendo a la sala de estar para no despertar a Adrianí, que masculla protestas mientras sigue durmiendo. Antes de contestar miro el reloj. Es la una de la madrugada.

—Perdone que le despierte, señor comisario, pero me acaban de llamar de la comisaría de Exarjia. Han encontrado un cadáver en la calle Kunduriotu —suena la voz de Dermitzakis.

—¿Y tienes que despertarme porque hay un muerto en Exarjia? —replico cabreado.

—No le habría despertado si el muerto no fuera un hombre chino.

Vuelvo corriendo al dormitorio y agarro mi ropa al vuelo.

14

Piso el acelerador a fondo aun siendo consciente de que es peligroso, porque me acaban de sacar de la cama y todavía no me he despejado del todo. Afortunadamente, consigo llegar al barrio de Exarjia sin consecuencias que lamentar. Dermitzakis me ha aconsejado que vaya por la calle Ikonomu. El asesinato ha tenido lugar en la confluencia de las calles Ikonomu y Kunduriotu.

En cuanto bajo del Seat, veo el precinto rojo que impide la entrada a Kunduriotu delante de una casa destartalada en la esquina misma, rodeada de andamios y con una red de seguridad debajo de la primera planta, obviamente para proteger a los transeúntes de cualquier accidente. Ya están aquí la furgoneta de Identificación y la ambulancia. Al otro lado del precinto hay aparcado un coche patrulla.

—¿Dónde está la víctima? —pregunto al agente apostado junto al vehículo.

Él señala una especie de arriate con un árbol plantado dentro. Se encuentra junto a la verja del jardín de la casa destartalada, que está trabada con una barra de hierro sobre la que alguien ha pintado una cabeza de toro con cuernos.

La víctima yace boca abajo en el arriate, a los pies del árbol. Inclinado sobre ella, Stavrópulos examina el cuerpo.

Un poco más allá está mi equipo, esperándome para recibir instrucciones.

—Por una vez he llegado antes que tú —me dice Stavrópulos, con una sonrisa de triunfo.

Veo la sangre en la espalda de la víctima.

—¿Cómo le han matado? ¿Con una puñalada en la espalda?

—Para ser más exactos, con tres puñaladas asestadas en el omóplato izquierdo, exactamente igual que al inversor saudí. Una de ellas le ha dado de lleno en el corazón y le ha matado al instante. El asesinato ha debido de tener lugar hace un par de horas como mucho. El cuerpo todavía está caliente.

Me vuelvo hacia los agentes del coche patrulla.

—¿Sabemos ya quién es?

—Claro que lo sabemos. En el barrio lo conocía todo el mundo. Era el señor Chan, que se dedicaba a comprar todas las propiedades que estaban en venta en Exarjia.

—Unas se las vendía a otros chinos y otras las convertía en alojamientos para Airbnb —añade su compañero.

La relación con la muerte del saudí se establece automáticamente. No solo porque ambos asesinatos son idénticos, sino porque las dos víctimas habían venido a Grecia para realizar inversiones. Al Falaj pensaba invertir en un gran complejo turístico. Chan lo hacía en propiedades inmobiliarias. Ha ocurrido lo que yo más temía. Tenemos a un segundo inversor extranjero asesinado.

Dimitríu se me acerca.

—No hemos encontrado el arma del crimen. El asesino se la ha llevado consigo.

Miro a mi alrededor. Señalo la casa a los agentes.

—¿A quién pertenece esta ruina? —les pregunto.

—Es la casa de Napoleón Lapaziotis. Está abandonada desde hace años.

No podemos descartar que el asesino hubiera atraído a la víctima hasta aquí con el pretexto de enseñarle la vivienda. Esta es una zona tranquila. No pasan muchos coches porque en las calles en pendiente hay escalinatas. Es el emplazamiento ideal para cometer un asesinato. Después de consumar el crimen, el asesino se ha ido por las escalinatas para evitar el tráfico y a los transeúntes.

Dimitríu se acerca al cadáver y empieza a registrarlo. Encuentra la cartera, el teléfono móvil y un manojo de llaves.

—¿Sabéis dónde vivía la víctima? —pregunto a los agentes. Ellos intercambian miradas y se encogen de hombros.

—Procurad averiguar la dirección y pasádsela al jefe de Identificación. Tenemos que registrar su casa.

Le pido a Dimitríu que me llame por teléfono en cuanto averigüen la dirección.

Los paramédicos suben el cuerpo a la ambulancia. Stavrópulos se me acerca.

—No esperes nada especial de la autopsia —me dice.

—No lo espero. Es uno de esos asesinatos que no encierran ningún misterio.

Mis hombres se acercan también y se colocan a mi alrededor.

—¿Qué hacemos nosotros? —me pregunta Dermitzakis.

Consulto mi reloj. Son las tres de la madrugada pasadas. No es hora para llamar al subdirector por teléfono y alegrarle lo que queda de noche. Tampoco podemos empezar a interrogar a los vecinos a estas horas.

—Vamos al despacho —les contesto—. Es el único lugar donde podemos hablar tranquilamente y decidir cuáles serán nuestros próximos pasos.

Nos ponemos todos en marcha, mis hombres con el coche patrulla y yo con el Seat. El coche patrulla va delante y yo detrás. El guardia de la entrada se queda mirándonos desconcertado. ¿Qué loco va a trabajar a las tres y media de la madrugada?

—Si venimos a estas horas, será porque ha habido un crimen —le explica Askalidis.

Subimos al Departamento de Homicidios. Yo ocupo mi viejo asiento tras el escritorio y los demás se sientan a mi alrededor.

—¿Cuáles son las primeras conclusiones, ahora que nos ha caído también el asesinato del chino? —les pregunto.

—La primera conclusión es fácil —responde Dermitzakis—. Hay una persona o un grupo de personas que se dedican a asesinar a los empresarios que vienen a invertir en Grecia.

—Lo de «un grupo de personas» no me parece probable —interviene Askalidis—. No hay bandas criminales ni organizaciones terroristas que usen cuchillos para matar. Ellos prefieren otro tipo de armas. El asesino a quien perseguimos es un llanero solitario.

Dermitzakis tiene sus dudas.

—Puede ser, aunque los que matan con cuchillo suelen hacerlo en crímenes pasionales o cuando se trata de conflictos de intereses económicos. No me parece muy verosímil que un asesino solitario use cuchillos para asesinar a inversores extranjeros.

—Hombre, pero ¿no ves lo que está pasando en Inglaterra, en Francia o en Alemania? —replica Dervísoglu—. Cada dos por tres sale un tarado a la calle y empieza a masacrar a los que pilla por delante. No utiliza ni Berettas ni Kaláshnikovs, sino simples cuchillos. Los cuchillos vuelven a estar de moda.

Decido intervenir para poner fin a la discusión, porque nos estamos alejando del tema.

—Vale, pues. Estamos todos de acuerdo en que ambos

asesinatos son obra de la misma persona. Como mucho, podrá tener algún cómplice. La única diferencia es que, en esta ocasión, el crimen ha tenido lugar en una zona densamente poblada. Esto nos facilita las cosas. Mañana peinaremos el barrio para tomar declaración a los vecinos. No obstante, tiene prioridad el registro de la vivienda de la víctima.

—¿Cuándo empezamos? —pregunta Dermitzakis.

—Ahora mismo no podemos hacer nada —le contesto—. Ni siquiera tenemos la dirección de la víctima. Cuando nos la comunique mañana la comisaría de Exarjia empezaremos por allí. Mientras tanto podemos relajarnos un poco, aunque en nuestros despachos. Nos vemos a las ocho de la mañana.

Subo a mi despacho. Me siento en el sillón y acerco una silla de la mesa de reuniones para apoyar las piernas.

El timbre del teléfono me obliga a abrir los ojos. Consulto mi reloj. Ya son las ocho de la mañana. Debo de haber dormido unas cuatro horas. Al otro lado de la línea me habla Dimitríu.

—Me han llamado de la comisaría de Exarjia. El chino vivía en la calle Metsovu. Necesito una hora para preparar mi equipo y esperar a que llegue el cerrajero.

—Vale. A las nueve en la calle Metsovu —le contesto.

Me echo un poco de agua a la cara para despejarme y bajo a la tercera planta para reunirme con mis hombres. Dermitzakis sigue durmiendo sobre el escritorio, con la cabeza apoyada en los antebrazos. Askalidis está roncando con la boca abierta y las piernas apoyadas en una silla, igual que estaba yo hace un rato. El único despierto es Dervísoglu. Sentado tras su escritorio, busca algo en el ordenador.

—¡Todos de pie! —grito dando palmadas.

Askalidis se incorpora sobresaltado y Dermitzakis levanta la cabeza lentamente. Dervísoglu apaga el ordenador.

—Ya tenemos la dirección del chino. Vivía en la calle Metsovu. En marcha.

—Danos un momento para lavarnos la cara y quitarnos las legañas —masculla Dermitzakis.

—Venga. Yo ya lo he hecho.

Justo en este momento entra Kula en el despacho. Se nos queda mirando estupefacta.

—¿Cuándo habéis llegado? —Y, enseguida, la siguiente pregunta—: ¿Ha pasado algo?

—Sí. Han matado a un chino —contesta Dervísoglu.

—Tú también te vienes con nosotros. Te pondremos al día por el camino —le digo.

Esta vez dejo el Seat. Partimos en dos coches patrulla, ya que no sabemos qué vamos a encontrar.

Por el camino llamo al subdirector para informarle de las novedades. Mi exposición de los hechos da lugar a un comentario lúgubre por parte de mi superior:

—De nuevo ha dado usted en el clavo. Ha aparecido una segunda víctima.

—Así es, por desgracia. Todavía no sé adónde nos conducirá la investigación. Me pondré en contacto con usted de nuevo en cuanto hayamos concluido nuestras pesquisas.

Colgamos el teléfono y nos quedamos cada uno sumido en sus preocupaciones. Yo, con la presión del nuevo caso; y él, con la faena de tener que informar al director.

15

El chino Chan vivía en la tercera planta de un bloque de pisos de la calle Metsovu, un poco más abajo de la esquina con la calle Rezimnu. Un pequeño grupo de hombres y mujeres se ha congregado en la acera delante de la entrada del edificio y están hablando en voz baja. En cuanto ven llegar los coches de policía se nos quedan mirando en silencio. Luego, los dos hombres se alejan caminando y las tres mujeres entran en el edificio, con la obvia intención de encerrarse en sus pisos.

La furgoneta de Dimitríu llega cinco minutos más tarde. El primero en bajar es el cerrajero, armado con las llaves de la víctima. Trata de abrir la puerta del bloque y lo consigue al segundo intento.

—Perfecto. Una de las dos restantes ha de ser la llave del piso —comenta satisfecho.

Entramos todos juntos en el edificio. Dimitríu, el cerrajero y yo somos los primeros en tomar el ascensor. El cerrajero abre la puerta del piso con la misma facilidad.

Es un apartamento de tres habitaciones. Desde el recibidor se entra en la sala de estar, la cual, a su vez, da acceso a una estancia contigua que, a todas luces, el chino utilizaba como despacho.

Ambos espacios están amueblados con austera sencillez,

solo con lo imprescindible. Un sillón, dos sillas y una mesita de centro en la sala de estar, mientras que en el despacho contiguo hay un escritorio con una silla y un ordenador.

El único objeto de interés en el despacho es la caja fuerte, colocada contra la pared detrás del escritorio. El cerrajero se acerca de inmediato y prueba a abrirla con la tercera llave. La llave entra en la cerradura, pero la caja fuerte no se abre.

—Tiene combinación —nos dice—. Habrá que trasladarla al laboratorio para poder abrirla.

—Mandaré una camioneta para que pase a recogerla y avisaremos a la comisaría para que la custodien —dice Dimitríu—. Es muy posible que en su interior encontremos algo que nos resulte útil para la investigación.

Entretanto ha llegado mi equipo. Juntos recorremos el resto del piso. Un pasillo corto conduce a la cocina y al cuarto de baño. El dormitorio se encuentra junto al baño.

—No creo que vayamos a encontrar nada importante aquí —opina Dimitríu—. Está claro que el apartamento fue amueblado pensando en una estancia corta.

Llama por teléfono a su departamento y les pide que manden una camioneta.

Me quedo con Kula para examinar juntos los apartamentos de los pisos superior e inferior, y mando a mis otros tres colaboradores a recorrer las demás viviendas.

Nadie nos abre cuando llamamos al timbre del piso de la planta superior. Luego, al llamar al piso de la segunda planta nos abre una mujer de avanzada edad.

—Quisiéramos hacerle algunas preguntas relacionadas con el hombre chino que vivía en el piso de arriba —le dice Kula.

—¿El señor Chan? Pasen.

Se hace a un lado para que podamos entrar y nos conduce a la sala de estar.

—He oído que lo han asesinado —comenta la mujer después de sentarnos.

—Sí, anoche —le responde Kula.

—No me sorprende en absoluto —declara la mujer.

—¿Por qué no? —le pregunto.

—Dicen las malas lenguas que recorría Exarjia, elegía los pisos que le interesaban y los compraba pagando en efectivo. Ni bancos de por medio ni nada por el estilo. «A tocateja y no se hable más», como decimos nosotros, los de la vieja escuela.

—¿Sabe usted qué hacía con todos esos pisos que compraba? —le pregunta Kula.

—Cómo no. Los alquilaba a extranjeros. Eso tiene un nombre en inglés, pero no lo recuerdo, a mí nunca se me han dado bien los idiomas extranjeros. También alquila dos pisos en este mismo edificio. Desde luego, no resulta tranquilizador saber que las llaves de la puerta de la calle cambian de manos cada dos por tres.

—¿Observó usted algo peculiar en el comportamiento del señor Chan? —Es mi turno de preguntar—. ¿Sabe si tenía amigos? ¿Si recibía visitas?

—Nunca vi que nadie lo visitara y tampoco solía relacionarse con los demás inquilinos del bloque. Cuando coincidíamos en la entrada o en el ascensor, nos sonreía amablemente y nos deseaba los buenos días en inglés. Eso era todo.

Kula me dirige una mirada interrogante. Ahora mismo no tengo más preguntas que hacer y nos ponemos de pie. Mis otros tres colaboradores nos están esperando en el vestíbulo del bloque de pisos y nos confirman el testimonio de la mujer mayor.

—Todos hablan de un tipo muy reservado, que no soltaba palabra más allá de dar los buenos días —me informa Dermitzakis.

—Hemos llamado a dos pisos donde viven extranjeros. Son los alojamientos de Airbnb del chino —añade Askalidis.

—Vamos a seguir investigando en el lugar del crimen. A lo mejor encontramos más pistas —les digo.

Nos montamos otra vez en los coches patrulla y nos dirigimos a la calle Kunduriotu. Kula y yo nos encargamos de registrar la vivienda que hay junto al lugar del asesinato, mientras que mis otros tres colaboradores echan a andar por las escalinatas.

Llamamos a la puerta del típico edificio de dos plantas de la vieja ciudad de Atenas, y nos abre un matrimonio que ronda los cincuenta.

—No hace falta que se identifiquen ustedes. Vienen por el asesinato del chino, está claro —dice la mujer, y ambos se hacen a un lado para dejarnos entrar.

Nos conducen a la salita de estar que se encuentra junto al vestíbulo. Es una habitación pequeña, como lo eran antaño las de todas las casas, y está llena de muebles, hasta el punto de que apenas queda espacio para moverse.

El matrimonio se nos presenta como Anestis y Marina Papanikolau. Se sientan en dos sillas frente a las que nos han ofrecido a nosotros y esperan a que comencemos el interrogatorio.

—¿Conocían ustedes al señor Chan, por casualidad? —empiezo yo.

—Todo el mundo en Exarjia conocía a Chan —me contesta Marina sin dudarlo.

—Aunque solo de lejos —aclara su marido—. Todos sus contactos tenían que ver con la compra de inmuebles. Que yo sepa, no mantenía relaciones personales con nadie.

—¿Es verdad que compraba muchas propiedades en Exarjia? —interviene Kula.

Marina se echa a reír.

—Ese hombre ya había comprado medio barrio. También nos hizo una oferta muy generosa a nosotros, pero esta es la casa de mi familia paterna y no queremos venderla.

—Para hacer honor a la verdad, debo reconocer que sus adquisiciones tenían su lado bueno. El valor de los inmuebles subió vertiginosamente en Exarjia. Después de la depreciación que siguió a la crisis económica y de que este barrio se convirtiera en guarida de anarquistas y alborotadores, la situación cambió gracias a Chan y a algunos otros como él. Exarjia ha vuelto a ser un barrio respetable.

—¿Saben si estaba interesado en comprar también la casa de al lado? —les pregunto.

—¿Se refiere a la casa de Lapaziotis? —pregunta Anestis—. No sé si le interesaba, aunque tampoco sería el primero. Son muchos los que han querido comprarla, pero esa casa no está en venta. Parece que hace tiempo los herederos tomaron la decisión de dejar que se vaya deteriorando para honrar la memoria del poeta.

—¿Oyeron algún ruido anoche en torno a las doce? —pregunta ahora Kula.

—Ayer fuimos al cine a la sesión de la tarde y volvimos a casa sobre las once —le responde Marina—. Nos acostamos nada más llegar. No nos despertó ningún ruido.

—Más de lo mismo —me dice Kula ya en la calle.

—Sí, pero la información que nos han dado nos ayuda a llegar a unas primeras conclusiones. Ni el saudí ni el chino tenían conocidos ni relaciones personales en Grecia. Esto facilitó los planes del asesino, aunque para nosotros supone un problema.

—¿Por qué iban a tener conocidos? No vinieron a Grecia para hacer amistades, sino para hacer *business*. Su único interés en nosotros era la cartera —responde Kula, con su lógica sencilla.

Decidimos probar suerte también en la casa contigua, por si los inquilinos han visto u oído algo.

Abre la puerta una cuarentona. Su mirada es hostil y no muestra ninguna intención de conducirnos al interior de la casa.

—Si venís por el chino, prefiero mantener la boca cerrada —declara sin rodeos.

—¿Por qué? —le pregunto.

—Porque les diría que ha tenido su merecido —estalla la mujer—. Nos ha arruinado.

—¿De qué manera os ha arruinado? —le pregunta Kula.

—El chino empezó a comprar todo lo que se le ponía delante y no quedó ni una casa libre para alquilar. Los propietarios perdieron la cabeza, porque vieron que sus pisos se podían convertir en una especie de hotelitos para turistas extranjeros. Empezaron a pedir unos precios exorbitados, como si estuviéramos en Tatoi.* —Hace una pausa para recuperar el aliento—. Somos una familia de cuatro. Mi marido, dos hijos y yo. A mí me habéis encontrado en casa porque no tengo trabajo. Nos mudamos a Exarjia porque mi marido trabaja en el ayuntamiento y los alquileres todavía eran razonables. Ahora, para encontrar un alquiler asequible, tendremos que mudarnos a Avlona o a Menidi.** Oigo decir en la tele: «Se está invirtiendo en propiedades inmuebles, sube el valor de la vivienda». Nadie habla del aumento de los alquileres ni de que esas inversiones nos echan de nuestras casas. Mi madre solía decir: «Ha venido el descarado para echar al honrado». Hoy en día deberíamos decir: «Han venido los turistas para echar a los atenienses».

---

* Zona residencial de lujo en el norte de Atenas. *(N. de la T.)*
** Barrios obreros en la periferia de Atenas. *(N. de la T.)*

—¿Oyó por casualidad algún ruido anoche, en torno a las doce? —le pregunta Kula.

—No. Si hubiera habido ruidos, me habría despertado. Desde que nacieron mis hijos tengo el sueño ligero.

Calla y nos observa.

—No quiero dármelas de lista, pero yo, en su lugar, investigaría entre los vecinos desesperados a los que echan de sus casas. Alguno habrá perdido los nervios hasta el punto de cometer un crimen. Yo, en todo caso, estoy con Mao —sentencia.

Nos la quedamos mirando atónitos.

—¿Es maoísta y le caen mal los chinos? —pregunta Kula, que no puede creer lo que oye.

La mujer la mira.

—Te lo explico. Hace años, cuando existía el Partido Comunista Marxista Leninista, sus seguidores organizaban manifestaciones, gritaban consignas, se liaban a hostias con vosotros, los policías, y a nosotros nos dejaban en paz. Ahora que los chinos han renunciado a Mao, vienen aquí y nos lo quitan todo. ¿Os parece que no es como para apoyar a Mao?

Me pregunto qué diría Zisis si oyera esta explicación. Kula anota los datos de la mujer y nos marchamos.

Askalidis nos está esperando delante de la entrada de la casa de Lapaziotis.

—¿Habéis cazado alguna liebre? —le pregunto cuando nos acercamos.

—Todavía no lo sabemos, pero nos gustaría que usted escuchara lo que nos ha contado una mujer que vive enfrente.

Pasamos por delante del lugar del crimen y entramos en la calle Ikonomu. Askalidis nos conduce a un edificio de tres plantas que hay enfrente y subimos todos juntos al segundo piso. Dermitzakis nos espera en la sala de estar, sentado con una mujer que debe de rondar los setenta.

—Señora Fotíu, por favor, cuéntele al señor comisario lo que oyó anoche.

—Debía de ser pasada la medianoche cuando me desperté —dice la mujer—. No puedo decirles la hora exacta, porque no miré el reloj. Alguien cantaba una canción que conozco.

—¿Qué canción? —le pregunto.

En lugar de contestar, la mujer empieza a cantar. Su voz desentona y está rota, pero nos canta toda la primera estrofa:

—«De qué te sirve el dinero si alma no tiene. Si te enamoras de él la ruina viene...» —Calla y sonríe—. Siempre me han gustado las canciones populares —trata de justificarse al final.

Miro a mis colaboradores, y todos estamos pensando lo mismo. El asesino volvió a utilizar una canción a modo de mensaje, igual que hizo tras la muerte del saudí.

—No habrá visto a quien cantaba, ¿verdad? —pregunto. Ya sé que mi pregunta caerá en saco roto, pero no tengo nada que perder por hacerla.

—Corrí al balcón en camisón, porque me enfadó mucho que alguien despertara a los vecinos a esas horas, pero no vi a nadie.

—¿Por casualidad provenía la canción de la esquina de la casa de Lapaziotis? —pregunta Askalidis.

—No. La calle estaba vacía. La voz llegaba desde un poco más arriba, desde nuestro lado de la calle.

—Debió de ser desde la otra esquina, frente a la casa de Lapaziotis —deduce Dermitzakis.

—Pues sí. Seguramente el sonido venía de allí —confirma Fotíu.

—¿Era una voz sola o iba acompañada de instrumentos musicales? —le pregunta Askalidis.

—No oí ningún instrumento. Era una voz sola, pero que cantaba muy alto —responde la mujer.

—¿Duró mucho la canción? —pregunta ahora Dermitzakis.

—No, solo la estrofa que os he cantado.

Ya no tenemos más preguntas. Agradecemos su colaboración y bajamos de nuevo a la calle.

Nos acercamos a la esquina. Efectivamente, es muy posible que el asesino se hubiera detenido aquí mientras cantaba la canción. Esto significaría que no huyó por las escaleras de la calle Kunduriotu, como habíamos supuesto en un primer momento, sino que acabó tranquilamente lo que quería cantar y luego prosiguió su camino. Está claro que apenas hay movimiento en la calle a esas horas de la noche.

—Quiero que peinéis toda la zona, casa por casa, para averiguar si alguien se interesó por Chan durante estos últimos días. Sobre todo, si quiso saber dónde vivía y qué lugares frecuentaba —indico a mi equipo.

Dejo que mis hombres continúen con la investigación y yo subo al coche patrulla acompañado de Kula para volver a Jefatura. Ahora lo prioritario es informar al subdirector.

16

La conversación con el subdirector dura poco. Ni yo tengo muchas novedades que contarle ni él tiene preguntas importantes que hacer. Al final, recurre a lo que es evidente.

—No me cabe la menor duda de que el asesino no actúa de manera impulsiva. Investiga a sus víctimas a fondo antes de atacarlas.

—Exacto, por eso mismo, señor subdirector, este segundo asesinato, que tuvo lugar en un distrito céntrico y densamente poblado de la ciudad, podría ofrecernos la oportunidad de recabar información sobre las investigaciones que realizó con el fin de enterarse de los movimientos habituales de sus víctimas y así poder elegir mejor el lugar más apropiado para darles muerte.

—Si seguimos así, no nos quedará otra solución que encender una vela a la Virgen para que ilumine nuestros pasos. —Es la respuesta amarga de mi superior.

—Este es siempre el problema con los lobos solitarios —trato de consolarle—. Sin embargo, también llega siempre el momento en que cometen un error que los delata.

El subdirector pone fin a la conversación con un deseo que comparto plenamente:

—Esperemos que nuestro hombre cometa su error pronto.

De repente, me doy cuenta de que me he olvidado de

convocar una reunión con los jefes de los demás departamentos. Digo a Stela que llame a Velidis, de Delitos Informáticos, y a Karambetsos, de la Brigada Antiterrorista.

Parece que, a pesar de todo, el ministro ha influido en mí, porque ocupo mi asiento en la mesa de reuniones mientras espero la llegada de mis colegas.

El primero en llegar es Velidis, seguido poco después de Karambetsos. Comienzo un informe exhaustivo de todo lo que tiene relación con ambos asesinatos. Como de costumbre, mis colegas no me interrumpen ni intervienen mientras hablo.

Cuando termino, Karambetsos es el primero en tomar la palabra:

—Solo te digo una cosa, Kostas. Queda descartado que cualquiera de los dos asesinatos haya sido un atentado terrorista. El objetivo de los terroristas no es únicamente matar, también buscan llamar la atención, para que la gente sepa por qué han matado a su víctima. Dices que después de cada asesinato se oyó cantar a alguien. En todos los años que llevo trabajando en la Brigada Antiterrorista nunca he visto un atentado con acompañamiento musical.

—Totalmente de acuerdo. Quería, sin embargo, contar con tu opinión, para estar seguro de que no voy a meter la pata hasta el fondo mientras siga investigando.

—Kostas, lo siento, pero te enfrentas a un lobo solitario —es su única respuesta.

Me dirijo a Velidis.

—Y tú, ¿qué tienes que decir, Kléarjos? —le pregunto.

Velidis se encoge de hombros.

—Lo único que está en mis manos es dar instrucciones a mis hombres para que peinen las redes sociales, a ver si damos con alguna publicación relacionada con los asesinatos. No veo qué más podemos hacer en este caso.

—Estoy de acuerdo. Creo que no sacaremos nada, pero hagámoslo de cualquier modo, para no dejar lagunas en la investigación.

Nos interrumpe una llamada de Kula.

—Señor comisario, acaban de volver los nuestros y han traído a una señora que quieren que interrogue usted.

—Que la lleven a la sala de interrogatorios y que alguien se quede con ella mientras los demás suben a mi despacho para informarme de lo que han averiguado.

—Si surge algo, te informaré de inmediato —me asegura Velidis antes de volver a su despacho.

Enseguida aparecen Dermitzakis y Askalidis.

—¿Me vais a dar una alegría o la cosa pinta mal? —les pregunto.

—Pues no estoy seguro. Hemos recorrido las tiendas del barrio y una señora nos ha contado algo extraño. Creo que debe escucharla usted también —me explica Dermitzakis.

—Vamos.

Bajamos los tres a la sala de interrogatorios, donde está sentado Dervísoglu con una mujer de unos cuarenta años. Mientras tanto ha llegado también Kula con su ordenador portátil para recoger el testimonio de la mujer.

—La señora Lefkaditis nos ha contado algo que me parece interesante —dice Dermitzakis a modo de introducción.

—La escucho —animo a la señora Lefkaditis a hablar.

—Unos días antes del asesinato del chino, una joven iba por las tiendas del barrio preguntando dónde podría encontrarle, aunque ni siquiera sabía su nombre. Simplemente, alguien le había dicho que un chino alquilaba habitaciones a través de Airbnb y quería saber dónde podría encontrarlo, porque estaba interesada en alquilar una habitación. También pasó por mi tienda de cosmética.

—¿Era griega? —pregunto.

La mujer vacila un poco antes de contestar.

—Hablaba un inglés perfecto, aunque su pronunciación no parecía ser de una inglesa nativa. Lo sé porque estudié dos años en Inglaterra antes de dejarlo. Cuando le pregunté, me contestó que era de Canadá. En aquel momento no le di más importancia. De cualquier forma, en mi vida había visto al chino. Cuando han venido sus colaboradores me he acordado de aquello y se lo he contado.

—Es cierto lo que dice la señora Lefkaditis. Aquella joven estuvo preguntando a todo el mundo —confirma Dervísoglu.

—Hubo algo más que me llamó la atención —añade Lefkaditis.

—¿De qué se trata? —pregunto.

—La información de Airbnb está en internet. No es necesario preguntar en los comercios del barrio, como hacen muchos cuando quieren alquilar un piso.

—¿Puede describirnos a la joven? —pregunta Askalidis.

Lefkaditis reflexiona un poco.

—Era de mediana estatura y llevaba el pelo corto, de color castaño. También llevaba gafas de sol, una cazadora de color gris y una mochila a la espalda.

—¿Edad?

La mujer piensa otra vez.

—Entre los veinticinco y los treinta.

—Un coche patrulla pasará a recogerla y la llevará a Identificación. Allí hará una descripción de esa persona para que dibujen su retrato, y usted misma comprobará si se le parece.

—En menudo lío me he metido —protesta Lefkaditis. Pero después se lo piensa mejor—: Vale, pero tendrá que ser antes de las diez de la mañana, porque a esa hora abro la tienda. O el miércoles o el sábado por la tarde, que no abrimos.

—Denos la dirección de su domicilio. El coche patrulla acudirá a recogerla mañana a las nueve de la mañana —le dice Dermitzakis.

Lefkaditis se retira acompañada de Kula para firmar su declaración una vez impresa. Los demás nos quedamos en la sala de interrogatorios para pasar a la fase de conclusiones.

—¿Qué opináis? —pregunto a mis colaboradores.

—Lo que ha dicho Lefkaditis es cierto. Las habitaciones de Airbnb se alquilan a través de internet. Nadie sale a la calle para buscarlas. Por lo tanto, esa mujer no buscaba una habitación, buscaba información —dice Dermitzakis.

—Y luego está el hecho de que se hacía pasar por turista de Canadá. Pero tuvo la mala suerte de toparse con Lefkaditis, que estudió en Inglaterra y reconoce el acento británico —añade Dervísoglu.

—Por lo tanto, ahora sabemos que el asesino tiene, al menos, una cómplice —concluyo—. No podemos descartar que cuente con más colaboradores. Ahora bien, cómo vamos a dar con ella es otro tema, y bastante complicado.

—Hay algo que podemos hacer ya —dice Askalidis.

—¿Qué? —pregunta Dermitzakis.

—Pasar el retrato robot a Delitos Informáticos para que busquen en Facebook y en Twitter, a ver si encuentran a una usuaria que se le parezca.

—Si es realmente cómplice del asesino, habrá borrado sus cuentas de las redes sociales, aunque no perdemos nada por buscar —opina Dervísoglu.

Nos interrumpe el timbre del teléfono.

—El señor Dimitríu acaba de llegar y le está esperando —anuncia la voz de Stela.

—Subo enseguida —respondo.

—Ha venido Dimitríu —informo a mis colaboradores—. Si quiere verme, será porque ha descubierto algo importante.

Encuentro a Dimitríu charlando con Stela. En cuanto me ve se pone de pie.

—Vamos a mi despacho —le digo.

—Hemos abierto la caja fuerte —anuncia él en cuanto nos sentamos.

—¿Qué habéis encontrado?

En lugar de responder, Dimitríu me tiende un folio impreso que lleva en la mano. Lo cojo y, al primer vistazo, me quedo de piedra. En la caja fuerte habían encontrado doscientos mil euros en efectivo, las escrituras de compra de las viviendas que había adquirido el chino, su pasaporte y un bloc de notas lleno de anotaciones en chino.

—¿Guardaba doscientos mil euros en su caja fuerte? —pregunto sorprendido.

—Seguramente tenía la intención de comprar un piso o más de uno próximamente y guardaba el dinero para pagarlo en efectivo, como hacen casi todos los chinos. Hemos mirado su pasaporte por encima. Su nombre completo era Chan Yonk Sun y el sello de entrada en Grecia es de hace una semana —explica Dimitríu.

—Para empezar, toda esta información se debe considerar estrictamente confidencial —le digo—. Hablaré con el director, y ya veremos cómo proceder a partir de aquí.

—No se preocupe. No habrá filtraciones.

—Volveremos a hablar en cuanto tengamos claros nuestros siguientes pasos.

Como ve que descuelgo el teléfono, Dimitríu sale del despacho en silencio y sin despedidas formales. Sin embargo, no quiero llamar directamente al director. Prefiero respetar la jerarquía y marco el número del subdirector.

—¿Hay novedades? —pregunta él sin preámbulos.

—Normalmente, es usted quien me convoca a las reuniones. En esta ocasión, soy yo quien solicita una reunión con el director.

—Si me pide una reunión, es que se trata de algo importante —comenta mi superior.

—Lo cierto es que todavía desconozco si reviste importancia —le explico—. En cualquier caso, es información reservada. Por eso quiero hablar del tema en persona.

—Venga enseguida.

Informo a Stela de que voy a la avenida del Mediterráneo y me pongo en marcha con el Seat. Por suerte, el tráfico es bastante fluido y no tardo mucho en llegar al ministerio.

El subdirector está esperando mi llegada con la puerta de su despacho abierta. En cuanto me ve se levanta y sale a la antesala.

—Acompáñeme —dice lacónicamente.

No me hace preguntas. Obviamente, se espera a oír primero mi informe. Vamos directos al despacho del director, prescindiendo de las formalidades protocolarias.

—¿Qué pasa? ¿Tan grave es? —me pregunta el director en cuanto entramos en su despacho.

—Sentémonos y se lo explico.

Empiezo por el testimonio de Lefkaditis.

—De acuerdo, ahora sabemos que el asesino tiene una cómplice, pero ¿por qué es esto alto secreto? —pregunta el director.

—Aún no he terminado, señor director. Ahora viene la parte reservada.

Saco de mi bolsillo el folio de Dimitríu y se lo entrego.

El director lee el contenido y pasa el folio al subdirector, que hace lo propio.

—¿Doscientos mil euros? —pregunta el subdirector, sorprendido, tras leer el folio.

—El pasaporte de la víctima, que también se encontraba en el interior de la caja fuerte, lleva el sello de la última entrada en el país, es de hace una semana. Según parece, el chino pensaba comprar otro piso y para eso llevaba encima el dinero en efectivo.

—¿Y qué hacemos? —me pregunta el director.

—Pienso que nadie, ni siquiera mi equipo, debe enterarse de lo que contenía la caja fuerte. Además, hasta que hayamos podido esclarecer este embrollo, la embajada China tampoco debe tener parte en este asunto. No me imagino qué zancadillas serían capaces de ponernos para evitar que se conozca el sistema con el que operan sus hombres de negocios en el extranjero. No obstante, considero imprescindible hablar con la embajada China en cuanto tengamos una imagen clara de la situación, para así poder evitar cualquier posible escollo en el camino.

—Esto significa que, mientras tanto, debemos abstenernos de informar al ministro —dice el director, pensando en voz alta—. Porque, si él decidiera ponerse en contacto con el embajador chino, yo no podría impedírselo.

—Al mismo tiempo, tenemos que revisar a fondo el pasaporte de la víctima, para ver si solía viajar también a otros países. Aun así, el peso principal de estas pesquisas cae sobre el bloc de notas. Como ha podido ver, las anotaciones están en chino y hará falta que alguien nos las traduzca. Sin embargo, no podemos encargárselo al traductor de la embajada por las razones que le acabo de exponer.

—¿Qué sugiere, pues? ¿Entregarlo al Departamento de Traducción del Ministerio del Exterior? —pregunta el subdirector.

—No. Me parece que lo más apropiado sería entregarlo

al señor Kulakos, el jefe de Delitos Económicos, aunque no por orden mía, sino de usted. Después de ponerle al día de la investigación, le dará el pasaporte y el bloc de notas.

El director pide por teléfono que le pongan en contacto con Kulakos. Después de explicarle a este los pormenores del caso, haciendo hincapié en la necesidad de discreción absoluta, se dirige a mí:

—Le está esperando para comentar la situación con usted y ver cómo van a proceder.

—Al menos, en lo que se refiere al chino, cabe esperar que la investigación ofrezca ciertos resultados —comenta el subdirector, quien, a la mínima oportunidad, siempre añade una nota de optimismo.

Me monto en el Seat y llamo a Dimitríu para pedirle que lleve inmediatamente a mi despacho el pasaporte y el bloc de notas del chino. Arranco el motor con la agradable sensación de haber manejado bien el asunto y de haber podido evitar las zancadillas.

Al llegar a mi despacho, Stela me entrega un sobre.

—Lo ha dejado el señor Dimitríu.

Llamo por teléfono a Kulakos y le pido que venga a verme enseguida. Él satisface mi deseo y aparece de inmediato. Le entrego el pasaporte y el bloc de notas.

—Yo mismo haré fotocopias y te los devolveré, para evitar problemas —me asegura.

—¿Sería posible encontrar a un traductor de confianza para que traduzca el bloc de notas con total discreción? —le pregunto.

Kulakos reflexiona un momento.

—Intentaré averiguarlo. No creas que será tan sencillo. —Se echa a reír—. Y ese tipo, ¿no podría haber tomado las notas en inglés?

—El otro asunto tiene que ver con el pasaporte. Debemos tomar buena nota de todas sus entradas y salidas del país, porque es importante conocer la frecuencia de sus idas y venidas, y si entremedio viajaba a otros países.

—Lo segundo será más sencillo. La traducción de sus anotaciones, en cambio, nos puede llevar algún tiempo.

No nos queda nada más que comentar, y Kulakos vuelve a su despacho. Hemos dado un paso adelante, aunque con el pie todavía suspendido en el aire. A ver cuándo toca tierra para permitirnos saber adónde nos encaminamos.

17

He juntado un par de mesas en el bar y nos sentamos alrededor de ellas. Además de Kurtidis, ha venido Ilías Berkas, el representante de los desheredados de la clase media, el que tiene una hermana en Italia. También ha venido Léopold, acompañado de otro hombre de origen africano. Nos lo ha presentado al llegar, se llama Maurice. El último del grupo es Dímiter, el búlgaro que representa a los países excomunistas.

—Hay una serie de asuntos que debemos discutir —les digo a modo de introducción—. Lo primero que tenemos que decidir es dónde vamos a celebrar la siguiente concentración.

Se ponen todos a pensar.

—¿Por qué no hacerla otra vez en la plaza Atikí? —propone Dímiter—. Esta vez vendrá mucha gente.

—Puede que sí, pero no tendría sentido —le respondo—. Allí celebramos el funeral. Si volvemos al mismo sitio, será un encuentro entre colegas que buscan consuelo.

—Entonces nos concentraremos en la plaza Síntagma —sugiere ahora Dímiter.

Ilías se levanta de su silla de un salto.

—¡Ni hablar! —exclama—. En el centro de la ciudad se cortan las calles cada dos por tres, y los que tienen allí sus tiendas están que trinan. Si se cortan las calles del centro por nosotros, se volverán todos en nuestra contra.

—Lo que dices es solo uno de los aspectos del problema —explico a Ilías—. El otro es que todavía no estamos preparados para concentrar a manifestantes en Síntagma. Esto no solo tiene que ver con el volumen de la concentración sino también con nuestras dificultades para establecer un eficaz cordón de seguridad.

—¿Por qué no hacerlo en la plaza Victoria? —propone Maurice.

Todos parecen estar de acuerdo, excepto Kurtidis, que guarda silencio.

—¿No te parece bien? —le pregunto.

Él no contesta enseguida.

—Estoy de acuerdo con vuestras reservas respecto de la plaza Síntagma, pero no con la propuesta de Victoria —dice al final.

—¿Por qué no? —Quiere saber Ilías.

—Un número importante de los pobres que acudirán a la segunda concentración, como los que irán de vuestra parte, por ejemplo, deben su pobreza a las prácticas abusivas del sistema financiero. No tuvisteis que cerrar vuestros comercios únicamente porque os fallaron los clientes, también porque ya no podíais pagar los créditos concedidos por los bancos. Por lo tanto, esta segunda concentración ha de tener como objetivo una entidad financiera. Por eso propongo que la celebremos en la plaza que hay delante del edificio de la Academia, frente al Banco de Grecia, que se encuentra en la avenida Panepistimíu.

Ilías no contesta, pero me doy cuenta de que la idea no le entusiasma. A mí, tampoco.

—No te falta razón, pero solo has tenido en consideración una cara de la moneda —digo a Kurtidis—. Tu propuesta representa a la clase media griega, pero deja fuera a todos los demás. ¿Qué tienen que ver los inmigrantes con nuestros bancos? ¿Acaso han venido a Grecia para pedir un préstamo? ¿Y qué tienen que ver los demás pobres o los sin techo, que están en el paro o trabajan por un mendrugo de pan?

—Yo nunca he pisado un banco —dice Léopold, y suelta una carcajada.

—Yo tampoco —apostilla Dímiter.

—De modo que tenemos dos alternativas —continúo—: concentrarnos en un terreno neutro, como lo fue el Campo de Marte, o en algún otro pero que tenga que ver con todos los manifestantes.

—¿Existe ese lugar? —pregunta Ilías.

—Sí, la plaza Kotzia. Está delante del banco más antiguo de Grecia. En los alrededores de la plaza los inmigrantes buscan trabajo incesantemente y los sin techo duermen en las aceras entre la calle Athinas y la plaza Vazis.

—Es verdad, la plaza Kotzia es el lugar más adecuado —reconoce Ilías.

—Ha encontrado la manera de que todos se sientan incluidos —me dice Kurtidis.

No sé si en el fondo echo de menos aquel lejano «Bravo, camarada», pero su cumplido me sube la moral.

—El siguiente tema es la movilización en sí. Esta vez tenemos que reunir a mucha más gente.

Me dirijo a Kurtidis:

—Nikitas, has dicho que vas a imprimir octavillas.

—Ya está hecho.

Abre su mochila y saca una hoja impresa. Nos agrupamos todos a su alrededor y juntamos las cabezas para verla mejor. Ha dejado unos espacios en blanco para la fecha, la hora y el lugar de la concentración. Leemos solo el mensaje:

El texto está impreso en negro.

—¿De qué color será el resto? —le pregunto.

—Todo será en negro, porque es el color que atrae más a la vista y se lee más fácilmente.

—Está muy bien. Aunque me pregunto si podrán leerlo los inmigrantes.

—Nosotros lo podemos leer —afirma Dímiter.

—Y nosotros tenemos a nuestros hijos, que van a escuelas griegas —añade Léopold.

—¿Cuándo estarán listas? —pregunta Ilías.

—Mañana mismo. Yo en persona se las entregaré a Dímiter, porque somos vecinos.

—¿Podéis dejar las nuestras en la iglesia? —pregunta Léopold.

—Claro. En cuanto las tengamos —le aseguro.

—Me voy para terminar las octavillas —dice Kurtidis, que se marcha acompañado de Dímiter.

Ahora es el turno de Ilías.

—Me voy también, he de preparar una reunión informativa.

Solo se quedan conmigo Léopold y Maurice. De pie en el bar, me observan con cierta timidez. Es obvio que me quieren decir algo, pero no saben cómo abordar el tema.

—¿Queréis comentar algo más? —les pregunto.

—Sí... —contesta Léopold cohibido.

—Pues, venga. Aquí se habla de todo.

—Nos gustaría que nos acompañara a la iglesia para hablar con nuestra gente.

—¿Dónde? ¿Aquí, en Kypseli?

—Sí. Nosotros ya les contaremos cuál es el plan, pero será mejor que lo oigan también de usted.

—De acuerdo, pero ¿cuándo?

—El domingo a las once. Después de misa.

Los miro atentamente.

—¿Estáis seguros de que el sacerdote no se opondrá?

—Hablaremos con él y se retirará —me explica Maurice.

—Vale, iré.

En mi vida me ha tocado organizar toda clase de movilizaciones y reclutamientos. Pero movilizar a los feligreses de una iglesia, católica para más señas, no lo había hecho nunca. Si me vieran Lenin, Stalin y Zhdánov, que decían que la religión es el opio del pueblo... Les diría que aun en la vejez sigo aprendiendo el abecedario de la vida.

Cuando finalmente se marchan Léopold y Maurice, digo a mi gente que recojan un poco el bar y que me esperen allí hasta que vuelva para explicarles la situación. Necesito quedarme un rato a solas para llamar por teléfono a Dervísoglu. Puede que la idea de manifestarnos en la plaza Kotzia sea buena, pero también entraña sus peligros. A lo mejor, cuando se entere Jaritos, decide que tendrá que tomar ciertas medidas de precaución, por si acaso algo se tuerce.

Dervísoglu contesta enseguida:

—Buenas tardes, tío. Soy su sobrino.

—Espero no molestar.

—Estamos tan agobiados que su molestia es un soplo de aire fresco —me responde.

Le traslado la conversación que hemos mantenido y le cuento mis temores.

—Si lo crees conveniente, puedes informar a tu superior. Solo dime qué habéis decidido para que esté preparado.

—No se preocupe, le mantendré informado —me tranquiliza, y colgamos el teléfono.

Vuelvo al bar. Está todo recogido y los míos me están esperando. Al verme, Anna se echa a reír.

—A este paso, pronto seremos el primer albergue internacional, señor Lambros.

El internacionalismo proletario se convierte en internacionalismo de refugiados, pienso. No sé si es para reír o para llorar.

18

Sé muy bien que no sirve de nada, pero estoy en ascuas. La traducción de las anotaciones de la víctima va a requerir tiempo y mucha paciencia. No va a ser fácil encontrar a alguien que sepa chino y que, además, sea de confianza para encargarle la traducción. El pasaporte presentará menos problemas, pero no nos facilitará la información que esperamos obtener del bloc de notas.

Como si me hubiera leído el pensamiento, Kulakos viene a verme.

—¿Has encontrado a alguien para que traduzca las notas? —le pregunto sin preámbulos.

—No tengas tanta prisa, no lo llevo en el bolsillo —me responde—. Sin embargo, he encontrado una serie de datos a los que vale la pena que les eches un vistazo. —Deja el pasaporte del chino encima de mi escritorio—. A lo largo de este año, Chan viajó en tres ocasiones a Grecia. Permaneció en el país un promedio de dos meses o dos meses y medio. Lógicamente, venía para comprar propiedades inmobiliarias, ya que los arrendamientos podía tramitarlos también por internet.

—¿Iba también a otros países? —pregunto, pensando en la joven que habló con Lefkaditis y le dijo que era de Canadá.

—No. Todos los viajes que figuran en su pasaporte se hicieron entre Atenas y Pekín. Como si fuera una línea de autobús. He llamado a Dimitríu para preguntarle si había averiguado algo más, y me ha enviado los contratos de las compras de inmuebles que se encontraban en la caja fuerte del chino. —Hace una pausa y me mira—. Solo te digo una cosa, Kostas. El chino pagaba unos precios desorbitados.

—Me lo imagino, nuestras pesquisas por el barrio han dado el mismo resultado.

Me acuerdo de la mujer que se había convertido en maoísta porque no podía pagar el alquiler.

—No creo que el chino derrochara su dinero a lo loco. Seguía un plan predeterminado —dice Kulakos.

Le miro estupefacto.

—¿Su plan era pagar más de lo que valían las casas? —pregunto sin dar crédito a lo que estoy oyendo.

—Por un lado, con esta táctica lograba tener la voz cantante en el mercado, porque, cuanto más subían los precios, menos eran los compradores con capital suficiente para competir con él en la adquisición de inmuebles. Por otro lado, la subida de los precios de venta a su vez empujaba al alza los precios de alquiler. Muchos vecinos se veían obligados a cambiar de casa por no poder seguir pagando el alquiler. Esto incrementaba la oferta de viviendas, pero también incidía en los precios, porque nosotros, los griegos, siempre pensamos que nos tocará la lotería y nos haremos ricos de la noche a la mañana. Al mismo tiempo, el chino ganaba más dinero con los alquileres turísticos de Airbnb, puesto que era el propietario de la mayoría de los pisos y, por lo tanto, podía fijar los precios.

—¿Y ese de quién aprendió el capitalismo, de Mao? —pregunto sorprendido.

—No, del régimen actual de su país. Existe un sistema

que financia a los inversores, al mismo tiempo que los controla. A los chinos no les interesa controlar a los gobiernos de otros países, lo que quieren es establecerse en sus mercados. —Kulakos se pone de pie—. Creo que el bloc de notas nos dará más información. Le avisaré en cuanto resuelva el problema de la traducción.

Si la teoría de Kulakos tiene algún fundamento, seguro que encontraremos indicios, puede que hasta pruebas, entre las anotaciones crípticas de la víctima.

Dervísoglu entra en mi despacho e interrumpe mis reflexiones.

—Me ha llamado el señor Lambros —dice mientras se sienta en la silla—. Están organizando una nueva concentración.

—¿Dónde?

—En la plaza Kotzia. Por eso me ha llamado y me ha pedido que le informe a usted.

—¿Cuándo?

—Todavía no han fijado la fecha.

Zisis me ha avisado porque será en la plaza Kotzia. Tengo que averiguar más detalles.

—Vale, hablaré con él y te cuento —le digo a Dervísoglu.

Estoy metido en dos casos en los que debo actuar con absoluto secretismo, pienso mientras llamo a Zisis por teléfono.

—Ya me he enterado —le digo cuando contesta—. ¿Te va bien hablar del tema esta noche en casa de mi nieto? Necesito algunas aclaraciones para tener una imagen completa de la situación.

Zisis responde que se pondrá en marcha de inmediato. Puesto que yo también necesito respirar un poco, decido seguir su ejemplo. Durante el trayecto me traen de cabeza dos asuntos. El primero es el asesinato del inversor chino; y el otro, la próxima concentración de los pobres. No será una manifestación anodina en el terreno neutral del Campo de Marte, esta tendrá lugar en el centro de Atenas. Debemos tomar medidas preventivas para que no se salga de madre, porque eso perjudicaría sobre todo a Zisis y a su movimiento de nuevo cuño.

Me abre la puerta Adrianí, que, como de costumbre, lleva a Lambros en brazos. En cuanto me ve el niño, empieza a chillar. No sé si se alegra de verme o si me está mandando a freír espárragos. Mi duda se aclara cuando lo cojo en brazos y se ríe.

Zisis está solo en el salón. Fanis y Katerina no han llegado todavía.

—¿Cómo has conseguido llegar antes que yo? —le pregunto sorprendido.

Él se echa a reír.

—Llego antes cuando el tráfico está atascado.

—¿Y eso?

—El carril del trolebús tiene vía libre mientras en todos los demás no se avanza ni un palmo.

Me siento y le observo.

—Estoy esperando a que me lo cuentes todo —le digo.

Zisis se encoge de hombros.

—Se han lanzado varias propuestas, desde la plaza Victoria hasta la avenida Panepistimíu, delante del edificio de la Academia. Al final nos hemos decidido por la plaza Kotzia. Es céntrica, aunque no tiene la relevancia de la plaza Síntagma.

—De acuerdo. Sin embargo, allí también se necesitará un equipo de seguridad.

—Por eso he avisado a Dervísoglu enseguida. Quiero evitar cualquier complicación.

—Daré orden a mis hombres para que preparen un plan de vigilancia discreta a distancia.

Nuestra conversación queda interrumpida por un vocerío repentino en el recibidor. Enseguida aparecen Katerina y Fanis. Vienen cargados de bolsas de plástico.

—¿Has abierto una consulta en el bufete de tu mujer y ahora venís juntos? —pregunto a Fanis.

—No, hoy teníamos que comprar ropa para Lambros —me responde Katerina—. Ha crecido y la ropa que tiene ya le va pequeña.

Ella, Fanis y las compras se dirigen a la habitación del niño. Libre ya de sus deberes de abuela, Adrianí viene a sentarse con nosotros.

—Me alegro de que no vayas directa a la cocina, sino que te sientes para charlar un poco —le dice Lambros.

—¿Qué voy a hacer en la cocina? Melpo, manitas de oro, se ha ocupado de todo. Ha preparado muslos de pollo con pasta. A mí solo me queda hacer la ensalada —declara mi mujer.

—¡Resulta que acerté de pleno en mi elección! —exclama Zisis satisfecho.

—¿Me puedes explicar cómo una mujer tan valiosa acabó viviendo en un refugio? —le pregunta Adrianí.

—Porque su valor no genera dinero, ni para los demás ni para ella misma —responde Zisis con sencillez.

Adrianí se levanta bruscamente y va a la cocina. No sé si lo ha hecho porque quiere que todo esté a punto y no se retrase la cena, o porque las palabras de Zisis le han dado un disgusto.

—¿Crees que podrás desplegar un cuerpo de vigilancia discreto? —me pregunta Zisis cuando nos quedamos a solas.

—Hablaré con el jefe de la Brigada Antidisturbios. Le

diré que busque un lugar adecuado para que sus hombres no llamen la atención.

—Kostas, debo confesarte que estoy un poco preocupado, aunque fui yo quien propuso ese lugar —se sincera Zisis—. Por otro lado, está claro que no podemos celebrar todas nuestras concentraciones en el Campo de Marte, porque se acabará convirtiendo en una rutina y la gente perderá el interés.

Nuestra conversación queda interrumpida otra vez por la aparición de Katerina y Fanis, que lleva al pequeño Lambros en brazos.

—Venimos a daros las buenas noches —anuncia Katerina.

Zisis y yo nos levantamos del sofá al mismo tiempo. Me acerco a mi nieto mientras Zisis se mantiene discretamente a cierta distancia. El pequeño Lambros se muestra contento, como siempre que tiene el estómago lleno. Empieza a hacerme carantoñas y todos nos echamos a reír. Fanis acerca el niño a Zisis.

—Dale las buenas noches también al otro abuelo —le dice a su hijo.

Cerca de Zisis, el pequeño se vuelve aún más efusivo. Estalla en carcajadas y empieza a dar palmadas en la cabeza de Zisis con su manita. Este se derrite de alegría y emoción.

—¡Vamos, cógelo! —le anima Fanis.

Zisis vacila y no acaba de atreverse, pero Fanis le coloca al niño en los brazos y ya no tiene más remedio que sostenerlo.

—¿Cómo voy a saber cómo se agarra a un bebé? —se justifica—. No he tenido hijos ni hermanos pequeños.

No obstante, al tiempo que da explicaciones va superando su timidez, porque Lambros sigue acariciándole, es decir, dándole palmadas en la cabeza y en las mejillas.

Adrianí aparece de nuevo para poner la mesa, y Katerina se lleva a Lambros a su dormitorio.

—Venga, ya es hora de dormir —le dice.

Los demás nos acomodamos en el salón hasta que la mesa esté puesta y el pequeño Lambros se haya quedado dormido. Zisis rebosa de alegría y satisfacción.

—Ahora ya he perdido el miedo, y cada vez que venga a verlo lo cogeré en brazos —declara ilusionado.

Adrianí ya ha terminado de poner la mesa y trae la ensalada de la cocina. Cuando Katerina vuelve para reunirse con nosotros, estamos todos listos para sentarnos a la mesa. Como de costumbre, Fanis es el encargado de servirnos el vino.

—¿Y bien? ¿Dónde tendrá lugar la próxima concentración? —pregunta Adrianí a Zisis apenas hemos tomado el primer bocado.

Él y yo intercambiamos miradas.

—¿Cómo sabes que habrá otra concentración? ¿Te lo ha dicho Melpo? —pregunta Zisis a mi mujer.

—Venga ya. Mientras estabais a solas os he oído cuchichear en voz baja, como dos conspiradores. No hace falta tener la carrera de filosofía para darse cuenta de que hablabais de la próxima concentración de pobres.

Nos echamos todos a reír mientras Zisis mira atónito a mi mujer.

—¡No se te escapa nada, Adrianí! —le dice admirado.

—Ya lo sé, pero qué le voy a hacer. Nací mujer cuando debí haber nacido hombre. —Calla un momento antes de repetir la pregunta—: ¿Dónde tendrá lugar la próxima concentración?

—En la plaza Kotzia —responde Zisis.

—¿Ofreceréis la comida de los pobres? —sigue interesándose mi mujer.

—No. Primero viene la catequesis —le contesta Zisis con una sonrisa pícara.

Nos volvemos todos hacia él con la boca abierta para mirarle. No sabemos si habla en serio o nos está tomando el pelo.

—¿De qué catequesis hablas, tío Lambros? —pregunta Katerina.

—Verás, a estas alturas de la película, he decidido convertirme en misionero —le responde Zisis con la misma sonrisa traviesa.

Seguimos mirándolo sin entender adónde quiere ir a parar. Solo Fanis encuentra una explicación.

—Me parece que sigues el ejemplo de todos esos que vinieron de los países excomunistas. En cuanto se vino abajo el régimen, les faltó tiempo para ir a la iglesia —aventura mi yerno.

—No es eso. Simplemente Léopold, el amigo de Katerina, me ha pedido que vaya el domingo después de misa a la iglesia católica de la calle Eptanisu para hablar con los feligreses inmigrantes y convencerlos de que acudan a la manifestación.

Katerina asiente con la cabeza.

—No me sorprende en absoluto, Léopold es un hombre muy inteligente. Cada vez que empieza a hablar me pregunto cómo una persona tan capaz acabó siendo un refugiado —comenta.

—Hay algo que no alcanzo a entender, Lambros —dice Adrianí—. ¿Cómo consigues hacer siempre lo que más detesto y, a pesar de todo, caerme bien? Primero eras comunista y ahora te has convertido en un misionero católico. ¿Cómo logras llevarme siempre la contraria y que te sienta como un hermano?

Todos reímos y Fanis levanta su copa.

—¡A la salud de los pobres!

Brinda y chocamos nuestras copas.

19

El hombre propone, pero el ministro dispone. Justo cuando estoy a punto de llamar a Alamanos, de la Brigada Antidisturbios, para comentar las medidas de seguridad que vamos a tomar de cara a la próxima concentración de los pobres, me llama por teléfono el subdirector.

—No tengo buenas noticias, señor Jaritos —me dice.
—¿Qué ha pasado?
—El embajador de China ha protestado ante el Ministerio del Exterior porque no le mantenemos informado sobre la investigación del asesinato de Chan Yonk Sun. El ministro del Exterior ha descargado su ira sobre el del Interior y este nos ha convocado a una reunión a las once para descargar su ira sobre nosotros. El director quiere que nos reunamos nosotros tres antes del encuentro con el ministro para acordar una línea común de actuación.
—De acuerdo, voy enseguida.

Informo a Stela de que debo salir y le pido que me consiga un coche patrulla de inmediato. Si cojo el Seat, podría quedarme atrapado en medio del tráfico y el asunto no admite retrasos. El coche patrulla está listo en cinco minutos. Indico al conductor que debe poner en marcha la sirena a la menor señal de embotellamiento.

Me habría gustado retrasar el momento de informar a los

chinos, pero no me puedo engañar a mí mismo. Estaba seguro de que en cualquier momento asomarían las narices. La cuestión es cómo conseguir convencer al ministro de que se limite a ofrecerles una imagen general del asunto sin entrar en demasiados detalles.

La primera parada obligatoria es el despacho del subdirector. Quiero tener una idea más clara de la situación, y que me cuente cómo cree que debemos manejar el tema.

Él empieza con una objeción que resulta cualquier cosa menos alentadora.

—Coincido con usted en que, si les contamos ahora toda la verdad a los chinos, luego no habrá quien nos los quite de encima. Sin embargo, si se la ocultamos valiéndonos de pretextos, podríamos provocar un serio incidente diplomático.

Es evidente que espera algún tipo de comentario por mi parte, pero yo no quiero enseñar mis cartas antes de poder oír también el planteamiento del director. Al ver que no recibe ninguna respuesta, el subdirector se pone de pie y dice:

—Vamos a hablar con el director.

Nos trasladamos al despacho del director, y a juzgar por su semblante comprendo que lo están presionando.

—Como pueden ver, señores, nos hemos metido en un buen lío. —Son sus primeras palabras cuando aparecemos en su despacho—. Y no me refiero solo a los chinos de la embajada, sino también a nuestro ministro del Exterior. La única solución que nos queda es contarles toda la verdad sobre este asunto.

—En ningún caso podemos contarles la verdad antes de conocer el contenido del bloc de notas —contesto de manera categórica—. Y ni siquiera podemos revelarles la existencia de dicho bloc. Porque en cuanto les digamos que la víctima guardaba anotaciones, inexorablemente nos las pedirán para traducirlas. Cuando nos envíen su traducción, no habrá forma de saber si han eliminado pasajes o han modificado su contenido. Doy por hecho que nos ocultarán aquellos puntos que no les interesa que sepamos y que, sin embargo, podrían resultar cruciales para nuestra investigación. Debemos explicárselo al ministro con toda claridad, y espero que lo comprenda.

—De acuerdo, tiene usted razón —dice el director—. Si revelamos que existe un bloc de notas de la víctima, es prácticamente seguro que se ofrecerán para traducirlo, con todas las consecuencias previsibles. Resulta imprescindible convencer al ministro.

—Puede que haya una manera de convencerle —interviene el subdirector.

—¿Cuál? —pregunto.

—Le explicaremos que las pruebas que podamos obtener con respecto al asesinato del chino nos ayudarán a esclarecer también el asesinato del saudí. Desde el momento en que el asesino es el mismo en ambos casos, los únicos indicios de los que disponemos provienen de la muerte del chino. El asesinato del saudí es una página en blanco. Si los chinos ocultan o falsean datos contenidos en el bloc de notas, corremos el riesgo de que se nos escape el culpable de ambos asesinatos.

—Me parece muy buen argumento —reconoce el director, aunque no puede continuar porque suena el teléfono.

—El ministro nos está esperando.

Entramos en su despacho y nos lo encontramos con el ceño fruncido e irritado.

—¡Esta historia con el chino nos ha creado serios problemas! —exclama mientras se sienta a la mesa y espera a que ocupemos nuestros asientos—. Admito que se puede asesinar a un ciudadano chino como se puede asesinar a cualquier otro ciudadano, griego o extranjero, pero es inadmisible que no hayamos informado a la embajada china durante todo este tiempo. —Se calla, y entonces repite—: ¡Inadmisible! —Nos mira uno por uno y adopta la expresión de un maestro de escuela—. Los chinos tienen inversiones muy importantes en nuestro país. Invierten en nuestros puertos, están interesados en ampliar su participación en otras actividades económicas. No se puede tolerar que no compartamos información con los representantes de un país que contribuye de semejante manera al desarrollo del nuestro, en un periodo, además, en el que tanto lo necesitamos. Exijo un informe completo del curso de las investigaciones.

Mis dos superiores se vuelven a la vez para mirarme. Les ofrezco un informe completo, con todos los datos conocidos, sin omitir ninguno. Cuando termino, el ministro parece haberse tranquilizado un poco.

—Muy bien. Ahora, al menos, podemos ofrecerles todos los detalles —respira aliviado.

—Por desgracia, señor ministro, esto nos plantea un problema —interviene el director.

—¿Qué problema?

El director le explica todas nuestras reservas con respecto al bloc de notas.

—Si la embajada lo solicita para traducirlo, es muy posible que la traducción sea selectiva, y nunca sabremos si nos han ocultado datos. Cabe la posibilidad de que tengamos que volver a traducirlo y esto provocaría un retraso considerable de la investigación. La única solución es que les entreguemos el bloc de notas, junto con todas las demás pertenencias personales de la víctima y la información sobre sus propiedades, después de que hayamos traducido las anotaciones nosotros primero.

El ministro se queda reflexionando, pero el subdirector le interrumpe:

—Y deberíamos tomar en consideración algo más.

—Le escucho.

—El asesinato del saudí no dejó pruebas incriminatorias. Los indicios de los que disponemos tras el asesinato del inversor chino contribuirán a la detención del asesino, que es el mismo en ambos crímenes. Cualquier posible ocultación de datos dificultará nuestro trabajo en ambos casos.

El ministro sigue pensativo.

—Me han convencido —admite finalmente—. Ahora la pregunta es cómo apaciguar la ira de la delegación china.

—Creo que les puede contar todo lo que sabemos menos la existencia del bloc de notas, señor ministro —le digo—. Incluso les podemos entregar el dinero en efectivo si lo solicitan. También el pasaporte de la víctima, aunque me gustaría retenerlo unos días más.

—¿Y qué hacemos con el bloc de notas? —me pregunta el ministro.

—Después de traducir y analizar su contenido, les diremos que lo encontramos en el curso de un segundo registro de la vivienda de la víctima —le contesto.

—Bien, pues esto es lo que transmitiré al Ministerio del Exterior. A ellos les corresponde informar a los chinos. —Después se dirige a mí—: ¿Qué les ha contado a los medios de comunicación?

—Nada, porque no ha venido ningún periodista.

—Es evidente que un chino que compra casas no tiene para ellos la misma importancia que un inversor saudí —comenta el director.

—Si acuden los medios de comunicación, derívelos al representante de prensa del ministerio —me dice el ministro.

—Es justo lo que habría hecho si hubieran aparecido, señor ministro —le contesto.

La temida reunión ha empezado bajo amenaza de vientos huracanados y, sin embargo, ha concluido con cielos despejados, como dirían los informes meteorológicos. Y esto resulta evidente en la expresión de nuestras caras mientras enfilamos el camino de vuelta al despacho del director.

—Me parece que hemos manejado el asunto de forma impecable —comenta este.

—Estoy de acuerdo con usted, pero no nos olvidemos de que urge solucionar el problema de la traducción de las anotaciones del chino —respondo—. En primer lugar, porque la falta de traducción está retrasando la investigación, y, en segundo lugar, porque no podemos esperar meses para comunicar a la embajada china que hemos descubierto un bloc de notas.

El único que no ha abierto la boca todavía es el subdirector. Se vuelve hacia mí y me dice:

—Tengo algo en mente. Mañana le diré si es factible.

De su expresión deduzco que de momento no quiere dar más explicaciones y me callo.

Durante el trayecto de vuelta a Jefatura tengo razones para sentirme más que satisfecho. Hemos podido aclarar la situación con el ministro y hemos llegado a un acuerdo sobre cómo manejar el tema ante la embajada china. Lo único que no se aclara todavía es la investigación, gruño para mis adentros.

—Dermitzakis le está buscando —me comunica Stela en cuanto entro en el despacho.

—Dile que suba.

Poco después, Dermitzakis me llama por teléfono.

—Creo que será mejor que baje usted, comisario. Quiero que vea algo y luego lo comentamos.

Bajo a la tercera planta y encuentro a todos mis colaboradores inclinados sobre un gran retrato robot que se encuentra desplegado encima de mi viejo escritorio.

—Es el retrato de la joven que preguntaba por el chino. Nos lo ha mandado Dimitríu —me informa Dermitzakis.

Me acerco para examinar el retrato robot y llego a la conclusión de que se ajusta plenamente a la descripción que nos hizo la testigo, la señora Lefkaditis. Es la imagen de una mujer joven de cabello castaño corto, que lleva gafas de sol, una cazadora de color gris y una mochila a la espalda.

—¿Qué hacemos? —me pregunta Dermitzakis.

—Haced copias del retrato e id a patear el barrio de Exarjia. Tenemos que averiguar con cuánta gente más habló la muchacha, qué les preguntó exactamente y si les dijo algo que nos pueda resultar útil en la investigación.

—¿Preguntamos también en la calle Metsovu? —sugiere Askalidis.

—Por supuesto, y a los inquilinos del bloque de pisos donde vivía la víctima. Es importante averiguar si la joven llegó a localizar la vivienda de Chan. Pero, ojo, hay que actuar con la máxima discreción, porque si la mujer es realmente canadiense, como le dijo a Lefkaditis, no podemos descartar que se marche al extranjero y todavía no tenemos ningún dato que nos permita localizarla para interrogarla.

Vuelvo a subir a mi despacho con la sensación de que hoy es un día de progresos. Ya que todo ha ido sobre ruedas hasta el momento, decido ocuparme de organizar la vigilancia de la concentración que prepara Zisis, así me quito otra faena de en medio.

Llamo a Alamanos a mi despacho y le expongo la situación. Él me escucha atentamente, pero noto que el tema no le inquieta.

—No se preocupe —me dice cuando termino—. Todas las vías de salida hacia la avenida Stadíu y más abajo de la calle Athinas son callejuelas estrechas. La única vía de escape es hacia la plaza Omonia. Por lo tanto, la vigilancia no plantea mayores problemas y se puede llevar a cabo discretamente. Trazaré un plan de actuación y vendré a verle para que lo apruebe. ¿Cuándo tendrá lugar la concentración?

—Todavía no han decidido la fecha.

—Entonces hay tiempo para que nos preparemos con calma.

Tras recibir el tercer consuelo de la jornada pienso que ya es hora de tomar, aunque sea con retraso, mi café y mi cruasán matutinos.

20

Como si no tuviera ya bastante con el problema de la traducción de las anotaciones del chino y con mi impaciencia por encontrar pistas que nos conduzcan a la identificación de la muchacha del retrato robot, encima ha surgido el embolado de Adrianí.

Anoche me comunicó inesperadamente que el domingo pensaba ir a la iglesia católica para escuchar a Zisis.

Me quedé atónito.

—¿Desde cuándo vas a las iglesias católicas? —le pregunté extrañado.

—No pienso entrar en la iglesia, me quedaré en el recinto exterior. Quiero saber qué les dirá Lambros a los inmigrantes africanos —me explicó mi mujer.

—¿Seguro que Zisis está de acuerdo?

—Melpo se lo ha preguntado y no le parece mal —fue la respuesta de Adrianí.

—¿Te das cuenta de que podrías meterme en un lío si alguien te reconoce? —insistí.

Entonces Adrianí se puso furiosa.

—Pero ¿tú estás en tus cabales? —empezó a gritar—. ¿Cómo demonios van a saber los africanos que soy tu mujer? Los únicos que lo saben son Lambros y Melpo. ¿O acaso hemos ido alguna vez de visita a la casa de un inmigrante africano y lo he olvidado?

Lo dejé correr porque, cuando a mi mujer se le mete algo en la cabeza, no hay quien le haga cambiar de opinión.

Entro en mi despacho como todas las mañanas, armado con mi café y mi cruasán tradicionales y con la esperanza de que el subdirector no me deje en ascuas mucho tiempo más. Apenas he dado un primer sorbo de café cuando suena el teléfono, confirmando la buena sintonía con mi superior.

—A las once recibirá la visita del señor Zu —me comunica.

—Un momento, por favor, que voy a apuntar el nombre. ¿Ha dicho que se llama Zu?

—Sí. Es médico acupuntor y muy amigo de mi suegro. Abandonó China unos años después de la caída de Mao y vino a vivir a Grecia, donde sus negocios han ido viento en popa. Mi suegro lo conoció cuando acudió a su consulta para que le ayudara a dejar de fumar. Son amigos desde entonces y a menudo intercambian opiniones sobre los avatares del socialismo. Ahora el doctor Zu es muy selectivo con sus pacientes y dispone de tiempo —me explica el subdirector.

—Me ha quitado un problema de encima, subdirector —reconozco con alivio.

—Espero que obtengamos buenos resultados.

Enseguida llamo a Kulakos y le pido que me traiga una copia del bloc de notas.

—¡Si ese hombre consigue traducirlas, estamos salvados! —exclama él entusiasmado.

En el despacho de Stela se oye de repente un alboroto que acalla el entusiasmo de Kulakos. Enseguida me doy cuenta de que ha aterrizado la bandada de periodistas y salgo a su encuentro con la íntima satisfacción de que será un encuentro muy breve.

—¿Qué puede decirnos del asesinato del chino en Exarjia, señor comisario? —me pregunta la bajita de medias rosa en cuanto asomo la nariz a la antesala.

—El único autorizado para hacer declaraciones es el representante de prensa del Ministerio de Protección del Ciudadano. Es a él a quien deben dirigirse. Yo no tengo nada que comentar —les informo.

—Ya, pero resulta que tenemos el comunicado que emitió ayer la embajada china —interviene Merikas—. Amenazan con que, si se retrasa mucho el esclarecimiento del asesinato del ciudadano chino, se podría ver afectada la política de inversiones de su país en Grecia. Y el encargado de las investigaciones es usted.

Como ayer estuve ocupado con los preparativos de la concentración de Zisis, no tuve tiempo para ver las noticias.

—Pues razón de más para que ustedes se dirijan al representante de prensa del ministerio. Las inversiones financieras no forman parte de mis competencias.

Sin más explicaciones, les doy la espalda y vuelvo a entrar en mi despacho. Los murmullos de protesta de los periodistas se van apagando poco a poco, hasta que en la antesala reina el silencio. Stela entra en mi despacho desternillándose de risa.

—Se han quejado de que estas no son maneras para un oficial responsable y se han largado —me dice.

Le informo de la inminente visita del acupuntor chino y le indico que lo conduzca a mi despacho en cuanto llegue. Justo en este momento hace su aparición Kulakos, provisto de una copia del bloc de notas metida en un sobre.

—¿Crees que debería estar presente en la conversación? —me pregunta.

—Deja que primero hable yo con él a solas. Según cómo vaya la conversación, tomaré una decisión u otra.

Zu llega puntual a la cita. A las once en punto Stela abre

la puerta de mi despacho y lo deja pasar. Debe de tener unos setenta años, es de mediana estatura y tiene el cabello blanco. Me pongo de pie y nos saludamos con un apretón de manos.

—El señor Efzimíu me ha dicho que necesita mi ayuda.

Deduzco que Efzimíu es el suegro del subdirector.

—Tal vez sepa que un ciudadano chino fue asesinado recientemente en Exarjia —empiezo a decir.

—Sí, lo sé. —Esboza una sonrisa—. Cuando llegué a Atenas por primera vez, los únicos chinos que había aquí eran los que trabajaban en la embajada. Ahora la ciudad está llena.

Su pronunciación le delata como extranjero, pero, por lo demás, su griego es impecable.

Saco del sobre la copia del bloc de notas.

—Entre las pertenencias del señor Chan encontramos este bloc lleno de anotaciones manuscritas. Tenemos la esperanza de que puedan sernos de ayuda. No obstante, quisiéramos que se encargara de la traducción una persona de confianza.

—Entiendo —contesta, y coge el bloc con una sonrisa más que elocuente—. Solo hay un problema.

—¿De tiempo? —pregunto.

—No. Es que no sé escribir bien en griego. Preferiría traducirlo mientras alguien escribe el texto en el ordenador.

Me enfado conmigo mismo por no haberlo pensado antes. Reflexiono durante unos instantes y llego a la conclusión de que la persona ideal para algo así es Kula, porque está continuamente bajo mi supervisión. La llamo por teléfono y le pido que suba a mi despacho de inmediato.

Nada más entrar y ver a Zu, la joven me dirige una mirada interrogante.

—¿Traigo el ordenador? —pregunta.

—No, no se trata de tomar declaración. La policía científica encontró en la vivienda de la víctima un bloc lleno de anotaciones de Chan, y el señor Zu ha accedido a traducirlas para nosotros. Tú te encargarás de transcribir todo lo que te dicte el señor Zu.

—¿Dónde lo haremos? —pregunta Kula.

—Todavía conservo mi consulta —interviene Zu—. Allí no nos molestará nadie y la gente pensará que es usted una de mis pacientes. La dirección es Argolidos número diez, en Ambelókipi.

Anoto la dirección, y Zu nos da también su número de móvil.

—Se lo agradezco de veras, señor Zu. Nos está prestando una ayuda inestimable —le digo.

—¿Cuándo empezamos? —pregunta Kula.

—Si le va bien, esta tarde a las cinco.

Tras un cálido apretón de manos, Zu se marcha con el bloc de notas y me quedo a solas con Kula.

—La traducción de esas anotaciones es absolutamente confidencial, Kula. Hasta que tengamos el texto entero traducido y podamos evaluarlo, no deben enterarse de su existencia ni en la propia Jefatura. Incluso hemos decidido ocultárselo a la embajada china hasta poder leer el contenido, por eso nadie debe conocer su existencia —advierto seriamente.

—No se preocupe, no habrá filtraciones, señor comisario —me tranquiliza Kula—. Además, yo soy la única que sabe la contraseña de mi ordenador.

—Bien, pues. Empiezas hoy mismo y quiero que me mantengas informado en todo momento.

Mi joven colaboradora sale del despacho y yo llamo a Kulakos para informarle de lo acontecido. Tras una larga pausa, él me pregunta con cierta reserva:

—Perdona, pero ¿estás seguro de que no va a irse de la lengua?

—No te preocupes por eso, tengo plena confianza en ella —le aseguro.

—Entonces espero que consigamos una pieza de caza mayor.

—Yo estaré contento aunque solo sea un pato —respondo, y nos echamos a reír.

Me dispongo a llamar por teléfono al subdirector para informarle también, pero enseguida cambio de opinión. Será mejor reunirme antes con mis colaboradores, por si han sacado algo en claro de sus pesquisas con el retrato robot.

Entran todos en mi despacho con unas sonrisas de oreja a oreja y comprendo que mi instinto no me ha fallado.

—¿Tenéis buenas noticias? —pregunto.

—Entramos calvos y salimos con melena —contesta Dermitzakis, y suelta una carcajada.

—Te escucho.

—Para empezar, comisario, aquella mujer llevó a cabo una investigación en toda regla en Exarjia. Recorrió todos los comercios, no solo los que se encuentran en la plaza. A todo el mundo le hablaba en inglés. Hizo lo mismo cuando entró en la tienda de una mujer que vende ropa interior femenina. Sin embargo, un poco más tarde, esta mujer coincidió casualmente con la joven mientras esperaba un taxi en la esquina de la calle Sturnari con Bubulinas. Antes de subir al coche, el taxista le preguntó adónde iba, porque ya llevaba a otro pasajero, y ella le contestó en griego: «A la avenida Evelpidon esquina con Paxon, en Kypseli». La mujer de la tienda nos dijo riéndose que era más probable que la «extranjera» fuera de Tracia que de Londres.

—Urge darnos una vuelta por la zona adonde se dirigía, por si alguien la reconoce —les digo.

—Ya hemos ido, pero no la ha reconocido nadie —me informa Askalidis.

—Al menos, hemos podido confirmar la sospecha de la señora Lefkaditis. Ahora ya sabemos que no solo no es inglesa, sino que es griega —añade Dervísoglu.

—Hemos vuelto a buscarla en Facebook, pero seguro que no tiene un perfil —continúa Askalidis.

—A lo mejor deberíamos avisar a la comisaría de Exarjia para que patrullen las calles en su busca. Si vuelve a aparecer, que la detengan —propone Dermitzakis.

—Avisadles para no dejar cabos sueltos, aunque no volverá a aparecer. Chan ya está muerto, por lo tanto, su trabajo ha concluido —comento.

En cualquier caso, nos damos todos por satisfechos con los resultados. Después llamo por teléfono al subdirector y le informo primero de mi conversación con Zu. Tras escucharme, mi superior me hace la misma pregunta que Kulakos:

—¿Estás seguro de que no habrá filtraciones?

—No tiene por qué preocuparse en absoluto. Confío totalmente en mi colaboradora.

Luego le hablo de la joven desconocida.

—¿Es griega? —exclama él—. Esto significa que, como mínimo, hemos encontrado a la cómplice del asesino.

—Sí, aunque no resultará nada fácil localizarla. Tras el asesinato se habrá escondido, por si acaso, y ni siquiera podemos encontrarla en las redes sociales habituales. La policía patrullará en Exarjia, pero no albergo demasiadas esperanzas —le explico.

—Lo que es innegable es que hemos avanzado un poco. Informaré al director enseguida —dice, y colgamos el teléfono.

De acuerdo, hemos dado un paso adelante, pero todavía no sabemos hacia dónde vamos.

21

Realmente, necesitaba dormir y descansar. Anoche le dije a Adrianí que no me despertara antes de salir por la mañana, puesto que ella pensaba ir a la iglesia católica para escuchar a Zisis.

Ya son las diez de la mañana pasadas cuando por fin abro los ojos. Mi mujer se ha ido hace rato y en casa impera un silencio absoluto. Me levanto de la cama y entro en el cuarto de baño, aunque sin hacer el menor caso a mis utensilios para el afeitado. Hace años que me concedí el permiso de no afeitarme los domingos.

La siguiente parada es la cocina, donde me está esperando mi café, ya preparado. Adrianí ha dejado el cazo encima de la placa eléctrica para que se mantenga caliente. Se me pasa por la cabeza la idea de encender el televisor, aunque enseguida la descarto. Prefiero tomar mi primer café de la mañana en paz. Me imagino que los sábados por la noche hasta el personal de la embajada china saldrá para desahogarse, así que es improbable que haya noticias dignas de consideración.

Justo acabo de tomarme el último sorbo cuando suena la llave en la puerta de entrada. Adrianí aparece en la cocina y me mira sorprendida.

—¿A qué hora te has levantado? —pregunta.

—A las diez pasadas. Solo te digo una cosa, me he hartado de dormir. Ya me he tomado un café, pero prepara otro para tomarlo juntos mientras me cuentas las novedades —le contesto.

Me siento a la mesa de la cocina y espero a que Adrianí sirva los cafés recién hechos para charlar un poco. Mi mujer se me queda mirando con su taza en la mano.

—Te diré una cosa. Es la primera vez que he escuchado a Lambros hablar a un grupo de gente y me he quedado con la boca abierta —empieza ella.

—¿Por qué? —Me extraño.

—Ha dicho a los africanos que no importa sin vienen de otro país. En la pobreza no hay griegos ni inmigrantes. La pobreza los une a todos. Por eso deben luchar todos juntos y no tener miedo de hacerlo. Hablaba tan bien que me ha emocionado. —Hace una pausa y se me queda mirando otra vez—. ¿Así hablan todos los comunistas? —pregunta al final desconcertada.

—¿Cómo quieres que lo sepa? ¿Acaso crees que mi padre, oficial de carabineros, me llevaba a los mítines de la izquierda y del Partido Comunista? Si yo hubiera ido por curiosidad, por iniciativa propia, habría sido capaz de vetarme la entrada en la Academia de Policía —replico.

—En cualquier caso, los inmigrantes han quedado entusiasmados. Todos se han despedido de él con efusivos apretones de manos y dándole las gracias. Hoy he conocido a un Lambros distinto. —Se levanta y abre la nevera—. Voy a preparar algo para comer, pero no esperes nada del otro mundo —me advierte.

—¿Por qué no dejas la cocina y vamos a comer fuera? —propongo. Dormir hasta tarde me ha sentado de fábula y estoy de buen humor—. Podemos ir a la taberna de Vlasis, en la calle Mijalakopulu.

—Buena idea. ¿Llamo a los chicos por si les apetece acompañarnos?

—Por qué no. Me encantaría que vinieran.

Adrianí llama por teléfono a Katerina y la oigo quedar con nuestra hija a la una.

—Ya está, Katerina llamará a la taberna para reservar una mesa —anuncia mi mujer, satisfecha.

Adrianí se dirige al dormitorio para arreglarse. Finalmente, decido caer en la tentación de echar un vistazo a la tele, pero me lo impide una llamada oportuna de Zisis.

—Nuestra concentración tendrá lugar este martes a las once de la mañana —me informa.

—Bien, tomo nota. Oye, dime una cosa. ¿Cómo has conseguido hechizar a mi mujer con lo que les has dicho a los africanos? —pregunto curioso.

Él no responde enseguida.

—Me alegro de que mi discurso le haya gustado a Adrianí —dice al final—. Esto significa que también habrá convencido a los inmigrantes.

—¿Por qué? ¿Qué es Adrianí? ¿Un criterio o una inmigrante? —bromeo.

—Un criterio, porque ella siempre pilla lo esencial.

«Dímelo a mí, que cada dos por tres me deja sin argumentos», pienso. Colgamos el teléfono justo en el momento en que mi mujer entra en la sala.

—¿Con quién hablabas? —me pregunta.

—Con Zisis. Me ha dicho que la concentración se celebrará el próximo martes.

—Ya lo sé. Lo ha anunciado esta mañana —suelta mi mujer.

Subimos al Seat y ponemos rumbo a la calle Mijalakopulu. Apenas hay tráfico. Por suerte, no me cuesta encontrar un espacio para aparcar, ya que las dos cosas suelen guardar una relación inversa en Atenas. Cuando el tráfico te trae de cabeza, resulta fácil aparcar, ya que todos los coches están en movimiento. Cuando, por el contrario, no hay mucho tráfico, los coches se encuentran aparcados en la calle en doble fila.

Somos los primeros en llegar a la taberna de Vlasis. Mi hija, Fanis y nuestro nieto aparecen media hora más tarde.

—Perdonad el retraso, pero tenía que dar de comer a Lambros antes de salir —se disculpa Katerina.

—Si no, no nos habría dejado ni un minuto en paz —añade Fanis.

Adrianí pide lenguado al horno, y yo, ternera cocida a fuego lento en la cazuela. Fanis se decide por una chuleta de cerdo con patatas; Katerina, por guiso de cerdo con apio.

Terminado el trámite de los pedidos, Adrianí vuelve al tema de su admiración por Zisis.

—No me digas nada, ya me lo ha contado todo Léopold —la interrumpe Katerina.

—¿Quién es Léopold? —pregunto extrañado.

—El senegalés que presenté al tío Lambros y que organizó la movilización de los inmigrantes africanos. Estaba entusiasmado. Me ha dicho que con gente como el tío Lambros en Senegal, nadie tendría que emigrar. Se habrían sublevado en su país —nos cuenta mi hija.

Llega la comida. Empezamos a comer mientras el pequeño Lambros, cansado de jugar, se queda profundamente dormido en su cochecito.

—Has acertado en proponer este sitio. La comida es excelente —me dice Fanis, que luego se dirige a su mujer—: Dame el periódico.

Katerina abre el bolso y saca un periódico. Fanis me lo pasa.

—En la página siete o en la ocho hay un artículo que creo que deberías leer.

Me dispongo a abrir el periódico, pero mi yerno me detiene con un gesto.

—Ahora, no. En casa, tranquilamente.

De todos modos, ya estamos en los postres y Katerina tiene prisa por volver a casa y acostar al pequeño Lambros en su cuna. Apuramos lo que queda en los platos y nos levantamos de la mesa. Tras el imprescindible intercambio de abrazos, mi mujer y yo nos montamos en el Seat.

—Tengo curiosidad por saber qué dice el periódico —comenta Adrianí.

—No creo que te interese —le contesto.

—¿Por qué no?

—Porque tendrá que ver con los dos asesinatos y mis asuntos profesionales te traen sin cuidado. Si estuviera relacionado con la concentración, Fanis nos lo habría comentado a todos —sentencio.

Cuando llegamos a casa, voy a sentarme en la sala de estar y abro el periódico. Es una publicación financiera. El artículo se encuentra en la página ocho y se titula: ¿ES QUE NOS HEMOS VUELTO LOCOS?

Hemos vivido una crisis económica que nos ha dejado exhaustos. Nuestros socios de la Unión Europea estaban hartos de nosotros. Todos señalaban nuestro fracaso como un ejemplo que se debe evitar.

Finalmente, después de hacer la travesía del desierto y gracias a los enormes y a menudo demoledores sacrificios del pueblo griego, hemos conseguido salir de la crisis y empezar a dar los primeros pasos hacia la normalidad.

La vuelta a la normalidad, sin embargo, no se logrará sin inversiones. Esto ya lo han entendido todos los griegos, desde los políticos hasta los ciudadanos de a pie. Las inversiones no solo traen desarrollo, sino también puestos de trabajo, que Grecia necesita como el enfermo necesita vitaminas para que su organismo se recupere y pueda mantenerse en pie. El primer objetivo de cualquier gobierno debe ser atraer inversores a todos los sectores de la economía.

Y mientras todo esto cae por su propio peso, un demente asesina a los inversores que vienen a Grecia. Aquí ya no estamos hablando de cuatro alborotadores que lanzan cócteles mólotov sino de alguien que se dedica a destruir el futuro del país. Y el nuestro propio.

El representante del Ministerio de Protección del Ciudadano dijo ayer a los medios de comunicación que la policía está movilizada y no escatima en esfuerzos para descubrir al culpable.

Nadie lo pone en duda, aunque tanto el Gobierno como la policía deberían tener en cuenta que cada día que pasa sin que el asesino sea detenido tiene como consecuencia que cada vez sean más los inversores que se echen para atrás. Luego a ver quién convence a nuestros socios de la Unión Europea de que no nos merecemos lo que nos espera.

Dado que la respuesta a todos estos temas es evidente, persiste la pregunta inicial: ¿es que nos hemos vuelto locos?

Ahora entiendo por qué Fanis quería que leyera el artículo. No sé si somos víctimas de una especie de desvarío nacional, como sostiene el autor del artículo, pero hay algo que no podemos negar. Que en lo que respecta a la policía, acabará enloqueciendo hasta el último miembro de la jerarquía.

Mi primer impulso es telefonear inmediatamente al subdirector, pero me acuerdo de que hoy es domingo y lo dejo para mañana por la mañana. Será una bonita introducción al «Buenos días y feliz semana».

22

Inversión: fem. 1. acción y efecto de invertir. / 2. mús. colocación de las notas de un acorde en posición distinta de la normal, o modificación de una frase o un motivo de manera que los intervalos se sigan en dirección contraria a la primitiva.

Ay, Dimitrakos. Vivías en un mundo diferente, que consideraba que la inversión era la colocación distinta de las notas en el pentagrama y la modificación de las frases musicales en las partituras. Si estuvieras vivo hoy, para poder entender qué significan las inversiones en nuestra época necesitarías ir a una academia privada.

El único vocablo afín a la inversión, como tú la entendías, que puedo encontrar en tu diccionario es el de «alteración». Lo que conseguimos con la pasada crisis económica fue una gran alteración. Por lo visto, Grecia seguía un camino que tenía que ser invertido. Ahora que se supone que hemos emprendido el rumbo correcto, aterrizan en nuestro país tipos de diferente índole que pretenden alterar aún más nuestro mercado y, por extensión, nuestra sociedad. Esto es, precisamente, lo que decía el articulista en el periódico de ayer: que debemos de estar locos para oponernos a estas reorientaciones tan necesarias.

En cuanto llego al despacho llamo a Kula.

—¿Cómo va la cosa? ¿Hay algún avance? —le pregunto.

—Creo que mañana habremos terminado —me contesta ella.

—¿Has pillado algo interesante?

Kula me mira dubitativa.

—No sé qué decirle, señor comisario. Me concentro tanto en la traducción que me dicta el señor Zu que, por miedo a que se me escape algún detalle, no tengo tiempo para valorar lo que me dice. Me parece que algunas anotaciones que se refieren a la relación de Chan con la embajada china pueden tener interés, aunque también es posible que me esté equivocando.

Una llamada telefónica interrumpe nuestra conversación. Kula vuelve a su despacho.

—Ayer un periódico dominical publicó un artículo que hace referencia a nuestra investigación —me dice el subdirector tras el «buenos días» introductorio.

—Sí, lo leí —contesto lacónicamente.

—Si lo leyó, sabrá también que ha provocado un incendio.

—No lo sabía, aunque me lo esperaba —repongo.

—Tendrá que venir usted a vernos para planificar la instalación preventiva de un pararrayos, porque mucho nos tememos que pronto nos caerá un rayo en la cabeza.

Por muy simpático que me resulte el subdirector, me saca de quicio:

—Escuche, no podemos orientar ni modificar nuestra investigación en función de lo primero que digan los periodistas o las embajadas. Como usted bien sabe, el avance de la investigación se basa en el descubrimiento de pruebas y en su valoración posterior. Las presiones recibidas desde fuera no van a acelerar el hallazgo de pruebas. Ojalá fuera tan fácil.

—Le comprendo, señor comisario —responde el subdirector sin perder la calma—. Pero es precisamente eso lo que queremos evitar: que las presiones externas logren descarrilar nuestra investigación y la desvíen hacia una dirección equivocada. —Y acto seguido añade—: Quiero que usted tenga la certeza de que será el único al mando de las investigaciones y que tendrá la última palabra en cualquier decisión que se tome.

Las garantías que me ofrece me satisfacen, aunque ya estoy harto de tener que interrumpir mi trabajo día sí y día también para emprender el camino de la avenida del Mediterráneo. Sin embargo, no puedo dejar a mis superiores en la estacada. Me trago la indignación y pongo rumbo al ministerio. Decido coger el Seat, porque no tiene sentido ocupar un coche patrulla para acudir a una reunión que considero menos que urgente.

He tomado una buena decisión, ya que llego a la avenida del Mediterráneo sin mayores dificultades, excepto por un pequeño embotellamiento justo en el desvío hacia la avenida. Al llegar al ministerio, voy directo al despacho del subdirector. Él se pone de pie al verme entrar.

—Sé muy bien que no le sobra el tiempo, comisario, pero si no trazamos ya una línea común de defensa, pronto tendremos al consejo de ministros al completo sobre nosotros, presionándonos y dictándonos lo que debemos hacer.

No niego que tenga razón, pero cada uno lidia con sus propias preocupaciones y la mía es, justamente, la investigación que pende de un hilo o, para ser más preciso, de un bloc de notas.

—De acuerdo, analicemos el asunto, a ver si damos con alguna solución —respondo, a pesar de mis reservas.

Nos dirigimos al despacho del director y por el camino me planteo si no debería trasladar mi propio despacho a la avenida del Mediterráneo, para evitar así la interminable sucesión de idas y venidas que me hacen perder tanto tiempo.

—Este caso se está transformando en un asunto político y tenemos que tomar nuestras medidas —nos dice el director cuando llegamos.

—Acordemos una estrategia de defensa, siempre que no suponga revelar datos que, de alguna manera, pudieran perjudicar la investigación —comenta el subdirector mientras ocupamos nuestros asientos—. A fin de cuentas, a nuestros dirigentes políticos también les conviene que este caso se esclarezca cuanto antes.

—¿Usted qué opina? —me pregunta el director.

—Coincido con el señor subdirector —le respondo—. En estos momentos todas nuestras esperanzas están puestas en la traducción de las anotaciones de la víctima. Si gracias a estas obtenemos pistas, me inclino a ser optimista y pensar que podremos desatar el nudo y que la investigación irá por buen camino. Aun así, ahora mismo no estoy en condiciones de asegurarle que las pruebas obtenidas se vayan a poder compartir con terceros de inmediato.

—¿Cómo va la traducción? —quiere saber el subdirector.

—Esta mañana mi colaboradora me ha asegurado que estará terminada mañana por la tarde —le informo—. No obstante, está tan concentrada en la transcripción de las anotaciones que no puede afirmar que algún dato le haya llamado la atención de manera especial. En mi opinión, el primer paso consistirá en leer la traducción y empezar a evaluarla. Según lo que descubramos, decidiremos qué información se puede compartir y cuál no.

—Es decir, señor director, si el ministro se pone en contacto con usted sobre este tema, tendrá que explicarle que en estos momentos nuestra máxima prioridad es el avance de la investigación, escriban lo que escriban los periódicos y ejerzan la presión que ejerzan las embajadas —le aclara el subdirector—. El responsable de prensa del ministerio deberá limitarse a trasladar información general hasta que tengamos algo concreto que comunicar.

—También le puede decir que esperamos poder obtener información en el bloc de notas de la víctima, para subirle un poco la moral —añado.

El director sonríe.

—De acuerdo, se lo diré. Y le pediré que tenga paciencia unos días más hasta ver qué sacamos de las anotaciones. Como mínimo ganaremos un poco de tiempo.

La reunión ha concluido.

—Nos ha salvado con el señor Zu —le digo al subdirector cuando salimos al pasillo—. No sé cuánto habríamos tardado en tener la traducción si no nos hubiera tocado la lotería con él.

—¿Sabe el refrán que dice: «La operación ha sido un éxito, pero el paciente ha muerto»? —me pregunta él—. En el caso de Zu, espero que la operación sea un éxito y que el paciente sobreviva.

Nos despedimos y yo doy las gracias al destino, porque me ha tocado un subdirector con el que puedo entenderme.

Cuando llego a mi despacho Stela me comunica que me ha estado buscando Alamanos, el jefe de la Brigada Antidisturbios. Le digo que lo llame inmediatamente.

Alamanos aparece poco después sonriente y con un mapa bajo el brazo.

—Hemos trazado un plan operativo y todo está bajo control, comisario —anuncia. Después despliega el mapa encima de mi escritorio. Es un callejero del centro de Atenas.

—Evidentemente, cortaremos la calle Athinas desde la plaza Omonia hasta la calle Evripidu, como hacemos siempre —empieza a explicar—. También cerraremos las callejuelas de acceso desde la avenida Stadíu hasta la plaza Kotzia. Mis hombres se desplegarán en la calle Kleisthenus, detrás del ayuntamiento, y en las bocacalles Sófocles y Likourgos. No creo que vayamos a encontrarnos con problemas de consideración.

—Es decir, puedo estar tranquilo —aventuro.

—No se preocupe, tendremos el control absoluto de la concentración —me asegura él.

En cuanto se marcha Alamanos llamo a Dervísoglu a mi despacho para ponerle al día. Le explico el plan que me ha comunicado el jefe de los antidisturbios.

—Yo tampoco creo que vaya a haber problemas —me dice Dervísoglu—. La concentración anterior, según pude observar, fue pacífica y habríamos controlado a los congregados sin problemas. Por lo tanto, si se produce algún alboroto, será por elementos ajenos a la concentración y los antidisturbios los dispersarán rápidamente.

—Si detectas el menor movimiento sospechoso, llámame por teléfono enseguida para que pueda avisar a Alamanos —le digo.

—No se preocupe, no se me escapará ni un detalle —me asegura Dervísoglu, y la verdad es que confío en él.

No me queda otra que permanecer a la espera; tanto por la concentración de Zisis, como por las anotaciones del chino.

23

Salta a la vista que esta concentración es más multitudinaria que las anteriores. Han acudido más representantes de la clase media, más inmigrantes africanos, y por primera vez distingo a jóvenes entre la muchedumbre. En las concentraciones anteriores no había ni uno de muestra.

Para pasar desapercibido, Dervísoglu se ha introducido en el grupo de inmigrantes de los antiguos países comunistas. Anoche, Jaritos me informó de las medidas de vigilancia adoptadas por la policía y este tema ya no me preocupa.

—La juventud nos honra con su presencia —comento a Kurtidis.

—Los he movilizado yo —me contesta el chico, orgulloso de haberlo conseguido—. Escribí una entrada en Facebook diciéndoles que son ellos los que engrosarán las filas de la pobreza en el futuro próximo. Si quieren educarse en cómo combatirla, tienen que empezar a tomar clases y practicar desde ya.

—¡Enhorabuena, has logrado ponerlos en marcha! —le felicito.

Kurtidis ha demostrado ser un tesoro para nosotros. No solo posee entusiasmo, sino también capacidades organizativas. Ha sido él quien ha hecho los preparativos para la concentración de hoy en la plaza Kotzia. Ha dispuesto que yo hable desde una tarima colocada de espaldas al banco para que los manifestantes escuchen sin perder de vista la entidad financiera en ningún momento. Lo que no pudo conseguir en la avenida Panepistimíu, delante del Banco de Grecia, porque se rechazó hacer una concentración allí, al final lo ha logrado aquí.

Veo que Berkas se acerca a nosotros acompañado de un hombre y una mujer. El hombre debe de tener unos cincuenta años, la mujer parece ser algo más joven.

—Lambros, me gustaría presentarte a mi hermana, Anguelikí, y a su marido, Giovanni —me dice—. Los dos han participado en movilizaciones organizadas por las sardinas en Italia. Están aquí de visita, pero también para ver cómo nos organizamos nosotros.

La hermana de Berkas me da un cálido apretón de manos diciéndome: «Encantada y mi enhorabuena», y su marido hace lo propio mientras pronuncia un «Molto...» no sé qué. No puedo pillar el resto. Al ver mi incomodidad, Berkas sonríe.

—Te ha dicho «mucho gusto» en italiano —me aclara.

—Lo mismo digo. Encantado de que hayan querido sumarse a la concentración —le respondo. Después me dirijo a Kurtidis, que está esperando a mi lado—: Ya es hora de empezar.

Subo a la tarima improvisada, la misma que habíamos montado en el Campo de Marte. Inmediatamente impera el silencio entre la multitud congregada. Todos están esperando escuchar mi discurso.

—El que os habla se ha pasado la vida militando en las filas de la izquierda —empiezo.

—Entonces, ¿por qué celebraste su funeral? —Surge una voz de entre la muchedumbre.

—Ahora mismo os lo explico, compañeros. Nosotros,

los viejos izquierdistas, pensábamos entonces que solo existía un tipo de pobreza, y que en aquella pobreza cabían todos los pobres de la sociedad: los proletarios que trabajaban en las fábricas, los peones necesitados que trabajaban cada día a destajo, y también los jornaleros del campo.

»Últimamente, sin embargo, gracias a todos vosotros, he descubierto que no hay un solo tipo de pobreza, sino muchos. Una cosa es la pobreza de los braceros, los peones y los obreros, que trabajan a destajo y se vuelven locos buscando curro día tras día. Otra cosa es la pobreza de los sin techo, que no tienen dónde caer muertos, y también la pobreza de nuestros jóvenes, que engrosan las filas del paro después de haber estudiado tanto y de haber obtenido tantos títulos. Y también es distinta la pobreza de las clases medias venidas a menos o la que aflige a los inmigrantes. Cada uno de ellos padece su pobreza particular, que es diferente de las demás.

»El eslabón que nos une a todos tiene que ser la lucha común por liberarnos de la pobreza. Esta es la batalla que debemos librar todos juntos. No importa si la pobreza de cada uno de nosotros no es la misma que la pobreza de los demás. Lo que cuenta de verdad es la lucha común de todos los pobres.

—¿Qué estás diciendo, rojo de mierda? —Se alza una voz desde las filas de atrás.

—Así sois vosotros siempre. Después de la guerra quisisteis traernos el comunismo y, como no lo conseguisteis, ahora nos queréis endilgar a los inmigrantes —añade otra voz a su lado.

Las voces hostiles provienen del grupo de jóvenes. Según parece, unos fascistas han conseguido infiltrarse entre ellos con el propósito de provocar altercados. Todo el mundo se vuelve para ver dónde están los parásitos. Al mismo tiempo, veo que Dervísoglu se aleja discretamente hacia la calle Athinas.

—Lucharemos para defender a nuestros pobres, no a los extranjeros, que han venido para quitarnos el pan de la boca. Esos, que cojan su pobreza y vuelvan a sus países —continúa vociferando el primero.

Desde la tarima veo que el colectivo de africanos está a punto de salir corriendo, pero, mientras sus filas se van adelgazando, descubro a Katerina entre los congregados. Está hablando animadamente con Léopold, mientras que Adrianí a su lado agarra con fuerza el carrito del pequeño Lambros.

No me habían dicho que pensaban venir a la concentración y el corazón me da un vuelco. Estoy a punto de bajar de la tarima para ayudarlas a huir de los problemas cuando una voz me obliga a detenerme en seco.

—¡Callaos ya! —grita alguien de la agrupación de los sin techo—. Habéis venido aquí para vendernos solidaridad. ¿Cuándo habéis hecho algo por nosotros, por pequeño que sea? Lo único que sabéis hacer es utilizarnos para soltar vuestras arengas.

Los dos elementos, cabreados, echan a andar hacia el hombre que les ha interpelado con la obvia intención de pegarle una paliza, pero en ese preciso instante llegan desde la calle Athinas tres hombres de la Brigada Antidisturbios. Se acercan a los dos fachas y los sacan de la plaza Kotzia a empujones.

—¡Volveremos y os moleremos a palos, gilipollas! —grita uno de ellos mientras los agentes los siguen empujando.

La calma se instaura de nuevo en la plaza y los africanos optan por permanecer en su sitio. Detrás de ellos se encuentran Katerina y Adrianí con Lambros en su cochecito.

—Os doy las gracias por haber reaccionado y no haber

permitido que nos revienten la concentración —digo a la multitud, al tiempo que distingo a Berkas acercándose a la tarima.

—Giovanni quiere intervenir. ¿Puede? —me pregunta.
—Claro que sí.
—Anguelikí traducirá sus palabras.

Berkas hace señas a Giovanni para que se acerque mientras yo veo que Dervísoglu se ha reincorporado a la concentración y vuelve a ocupar su sitio.

—El amigo Giovanni ha venido de Italia para participar en nuestra manifestación y quiere deciros algo —anuncio a la muchedumbre.

Cedo la tarima a la pareja. Giovanni contempla a la gente reunida en la plaza. Impera el silencio, todos están esperando a escuchar lo que tiene que decirles.

Giovanni comienza su intervención pronunciando unas palabras en griego:

—Buenos días a todos.

La multitud le devuelve el saludo. Después, Giovanni pasa al italiano y su mujer traduce:

—Yo soy italiano. Mi mujer es griega. En Italia formamos parte de un movimiento del que quizás habéis oído hablar: el movimiento de las sardinas. No sé hablar en público, por eso os contaré una historia que creo que os va a gustar.

»Un hombre muere y se presenta ante san Pedro. El santo le dice: "Has sido un buen hombre y te has ganado el derecho de elegir tú mismo si quieres ir al paraíso o al infierno. Ves a ver ambos lugares y luego decides".

»El hombre va primero al infierno. A su alrededor hay piscinas, gente tumbada tomando el sol, grupos musicales que tocan alegremente y ninfas que bailan al son de la música. El hombre sale del infierno y va al paraíso. Allí la imagen es de gente sentada a la sombra de los árboles, que come pan con olivas y habla entre sí en voz baja.

»El hombre vuelve a acercarse a san Pedro y le dice: "San Pedro, ya lo he decidido. Quiero ir al infierno". "Hazlo, si es esto lo que quieres", le responde el santo.

»El hombre se dirige al infierno, pero, en esta ocasión, ve calderas llenas de agua hirviendo, gente aullando de dolor dentro de ellas, diablos que empujan a más personas con sus tridentes para hacerles caer dentro de las calderas y viejas brujas aterrorizando a los demás. Entonces vuelve corriendo a san Pedro y le dice: "Pero, san Pedro, ¡esto no es lo que vi la primera vez!". "Lo que viste era un anuncio publicitario del infierno", le responde san Pedro.

»Y esto son, precisamente, los fascistas que han venido para reventar la concentración, y sus partidos políticos: anuncios publicitarios del infierno. Se han expandido por toda Europa. Me alegro de ver que vosotros no habéis caído en la trampa y los habéis echado. Los anuncios publicitarios son la perdición. Lo único que vale es la lucha, en Grecia, en Italia y en el mundo entero. Así que ¡todos a la lucha!

La multitud estalla en fuertes aplausos salpimentados de vítores. Mira por dónde, lo que yo intentaba comunicar con mi discurso, el italiano lo ha contado con una historia.

La pareja vuelve a mezclarse con la muchedumbre y yo subo de nuevo a la tarima.

—Doy las gracias a Giovanni por lo que nos ha contado. Como podéis ver, no estamos solos. Hay más gente en otros países que lucha como nosotros. Quiero mandar de parte de todos los que estamos aquí un saludo combativo a nuestros compañeros de Italia. Ahora nuestro próximo objetivo debe ser la siguiente concentración.

Giovanni está esperando a que termine de hablar para estrecharme la mano efusivamente.

—Mi enhorabuena —me dice con la ayuda de su mujer, que traduce sus palabras—. Los nuestros también se alegrarán de saber que no estamos solos.

—¿Cuándo quedamos? —me pregunta Berkas.

—Nikitas os avisará. Y te agradezco que hayas venido con tu hermana y tu cuñado. Nos han dado coraje para seguir adelante.

Veo que Adrianí y Katerina se van retirando discretamente, tal como han venido. Al mismo tiempo, Kurtidis y Stellos se acercan para hablar conmigo.

—¡Ha sido una pasada! —exclama Kurtidis entusiasmado.

Stellos se muestra más reservado.

—Sí, pero tendremos que contar con vigilancia para la próxima concentración. Podrían venir más cabrones de esos, obligar a que intervengan los antidisturbios y reventar la manifestación, justo ahora que estamos cogiendo carrerilla.

—No te precipites. Todavía no sabemos ni la fecha ni cómo organizaremos la próxima concentración. En cuanto lo tengamos claro, hablaremos de la vigilancia.

Léopold es el último en hacer acto de presencia.

—¡Katerina tenía razón cuando insistió en que viniéramos hoy! —exclama alborozado—. Estoy seguro de que la próxima vez seremos muchos más.

Todo el mundo está contento, mientras que yo me acuerdo de los viejos tiempos, de la tan repetida frase de ánimo: «El pueblo está con nosotros, camarada», y se me llenan los ojos de lágrimas.

24

Sentado frente a mí, en mi despacho, Dervísoglu me presenta su informe sobre la concentración. No para de sonreír y se le ve muy satisfecho.

—¿No hubo altercados ni otro tipo de complicaciones? —pregunto para estar completamente seguro.

—Nada en absoluto. Cuando los provocadores empezaron a meter maraña vinieron tres colegas de la Brigada Antidisturbios y los obligaron a alejarse, eso fue todo —me asegura el joven, y luego se echa a reír—: Se podría decir que fue un golpe de buena suerte, porque luego apareció el italiano.

—¿Qué italiano? ¿También hubo italianos en la manifestación? —pregunto con extrañeza.

Dervísoglu empieza a hablarme de un italiano que está casado con una griega, que resulta que es la hermana de uno de los manifestantes. Según me cuenta, el italiano y su mujer forman parte de un movimiento popular parecido en Italia.

—En lugar de soltar un discurso, nos contó una historia interesante que entusiasmó a todo el mundo —me explica el chico. Luego se pone serio y me mira dubitativo. Es obvio que le preocupa algo y que no sabe cómo abordarlo.

—¿Hay algo más? —le pregunto.

—Sí. Su hija estuvo también en la concentración —responde a regañadientes—. La pude reconocer porque la vi cuando nos reunimos en su despacho con el señor Lambros. Estaba con una señora que llevaba un cochecito de bebé.

—¿Qué cochecito?

—De su nieto, me imagino —responde Dervísoglu, siempre a regañadientes.

Me agarro a los brazos de mi silla para no pegar un brinco hasta el techo.

—¿Puedes describirme a esa señora? —pregunto, mientras me esfuerzo por disimular mi consternación. Rezo por que me dé la descripción de Melpo, pero mis esperanzas quedan frustradas al descubrir que la descripción es el vivo retrato de Adrianí.

—De acuerdo, Fotis. Muchas gracias —le digo sin añadir más comentarios, para que salga ya de mi despacho y yo pueda recuperar la calma.

Me resulta difícil aceptar que mi mujer, en connivencia con mi hija, hayan acudido a la concentración de los pobres y, como si esto no fuera suficiente, hayan bautizado en el activismo y en las manifestaciones de protesta a mi nieto de siete meses. Pero dejemos a un lado a mi mujer, que cuando se le mete algo en la cabeza no hay quien la haga dar marcha atrás. ¿Es que mi hija, toda una abogada, no era consciente de los peligros que encierran las manifestaciones reivindicativas?

Se han comportado como unas conspiradoras y no me han dicho nada, es evidente. Ambas sabían muy bien que movería cielo y tierra para disuadirlas de que fueran a la concentración. Al margen de esto, sin embargo, ¿cómo es posible que a ninguna de las dos se le haya ocurrido que alguien podría identificarlas y que la conmoción resultante me causaría graves problemas, puesto que me vería en la tesitura de tener que explicar lo inexplicable a mis superiores?

Vale, admito que el subdirector se muestra comprensivo con el hecho de que tenga un amigo comunista porque resulta que su suegro también lo es, pero, aun así, no me imagino a la mujer de mi superior participando en manifestaciones de protesta.

Estoy alteradísimo y no me siento en condiciones de seguir sentado tranquilamente en mi despacho de Jefatura. Aviso a Stela de que doy por acabada mi jornada laboral por hoy y voy a buscar el Seat para poner rumbo a casa de Katerina.

Para empezar, necesito que me expliquen cómo demonios se les ha ocurrido ir a la manifestación de Zisis. Después quiero evitar a toda costa que algo así se repita, y para ello hace falta que les explique que su participación en eventos de este tipo puede causarme serias complicaciones en el trabajo.

Al mismo tiempo, sin embargo, me esfuerzo por dominar los nervios, porque carece por completo de sentido pelearme con ellas. Lo que debo hacer es hablar tranquilamente para darles a entender cuáles son y a qué se deben mis objeciones.

Llamo al timbre y me abre Adrianí con el pequeño Lambros en brazos, de la sala de estar me llega el sonido de unas risas.

Cojo a mi nieto en brazos. Estoy convencido de que el contacto físico con el niño conseguirá calmarme, y lo cierto es que ya empiezo a sentirme más relajado. Katerina y Fanis se encuentran en la sala de estar y me reciben con amplias sonrisas.

—Veo que estáis de buen humor —comento mientras devuelvo al bebé a los brazos de Adrianí—. ¿De qué cosas divertidas habéis estado hablando? ¿Del discurso del italiano en la concentración?

Los tres se me quedan mirando estupefactos.

—¿Cómo sabes que hemos estado en la concentración? ¿Te lo ha dicho el tío Lambros? —me pregunta Katerina.

—No. Todavía no he hablado con Zisis.

—Entonces, ¿cómo te has enterado? —quiere saber Adrianí.

—Soy policía, mi trabajo consiste en reunir información de varias fuentes —le contesto.

Sigue un incómodo silencio que me resulta muy familiar gracias, precisamente, a mi trabajo. Todos los culpables guardan silencio al principio. Luego se les desata la lengua y no hay quien los haga callar.

—¿Puedo saber por qué habéis ido a la concentración? —sigo preguntando.

—Yo he ido porque había quedado con Léopold —empieza a explicar Katerina—. Quería ver cómo están, él y su gente, y también necesitaba hablar con él.

—¿Tú o tu hijo? Porque llevabas a Lambros contigo. —Sigue un nuevo silencio. Esta vez me dirijo a Adrianí—: ¿Y tú por qué has ido?

—Ya te dije que me entusiasmó oír hablar a Lambros en el recinto de la iglesia católica. Quería escuchar también su discurso en la concentración —me responde mi mujer.

—¿Y por qué no me dijisteis que pensabais ir a esa concentración? —insisto.

—Si te lo hubiéramos dicho, nos lo habrías prohibido —es la respuesta de Adrianí—. Por eso mismo no se lo contamos ni a Lambros, para no ponerle en una posición delicada.

—No cabe duda de que le hubierais metido en un aprieto, aunque no tan grande como el problema que me podríais causar a mí. ¿No se os ocurrió pensar que soy oficial de la policía, de alto rango para más inri, y que vuestra participación en una manifestación de protesta me habría puesto en una posición muy difícil si algo hubiera salido mal?

Katerina opta por guardar silencio y dejar que sea mi mujer quien se enfrente a mí.

—Sinceramente, no te entiendo —replica ella—. A fin de cuentas, no hemos ido a una manifestación comunista ni de elementos anarquistas. Hemos ido a una concentración de pobres. También nosotros somos pobres. Aunque tú tengas un sueldo fijo de funcionario, igual que Fanis, esto no es ninguna garantía para Katerina ni para mi nieto. ¿Has olvidado que durante la crisis comíamos todos juntos porque el dinero no alcanzaba para llenar la mesa de dos familias? ¿Ya no te acuerdas de que ibas al trabajo en autobús porque necesitábamos ahorrar el dinero de la gasolina? ¿Qué hay de malo en haber ido a una concentración de pobres cuando la pobreza sigue esperándonos a la vuelta de la esquina? ¿Qué debería hacer, según tú, para poder ir a la manifestación? ¿Solicitar antes el divorcio?

—De acuerdo, vosotras habéis ido. Pero ¿por qué os habéis llevado también a Lambros? Según me han informado, se han colado dos provocadores de extrema derecha entre los participantes. ¿Os imagináis qué habría pasado si en lugar de dos hubiesen sido ciento dos y hubiesen tenido que intervenir los antidisturbios? ¿Os parece que el jaleo y los altercados pueden contribuir en algo a su crecimiento?

—Sí que pueden contribuir —interviene Fanis con calma—. Este es el mundo en el que tu nieto tendrá que vivir. El número de pobres va en aumento. Pásate por el hospital para ver lo que me encuentro cada día. Por consiguiente, tiene que aprender a reivindicar sus derechos desde ya.

No me da tiempo de responder porque suena el timbre de la puerta. Katerina va a abrir y aparece acompañada de Maña y de Uli.

—Papá no está de acuerdo en que hayamos asistido a la manifestación, sobre todo teniendo en cuenta que nos hemos llevado a Lambros —explica Katerina a Maña—. ¿Tú qué opinas?

—Habéis hecho muy bien en ir —contesta Maña—. Me habría encantado acudir también, pero tenía una cita y no podía aplazarla. Y me parece todavía mejor que hayáis llevado a Lambros con vosotros. —Se vuelve hacia mí—: Señor Jaritos, Lambros crecerá y vivirá en este mundo, que cada día es más pobre. Tanto si se queda en Grecia como si sale al extranjero en busca de trabajo, tendrá que aprender a luchar. Cuanto antes lo aprenda, mejor para él.

De repente, siento que me he convertido en el poli malo en el seno de mi propia familia. La única tabla de salvación que me queda es Uli.

—¿Y tú qué opinas? —le pregunto.

Él me mira y sonríe.

—Eres como el bombero que descubre que su casa está en llamas —me dice.

Todos se echan a reír menos yo, porque me cuesta distinguir la diferencia entre el poli malo y el bombero incompetente.

Fanis viene a sentarse a mi lado.

—Tu hija es abogada —me dice en voz baja—. Debes confiar en ella. Sabe muy bien cómo defenderse, igual que todos los abogados. Antes de ir a la manifestación me dijo que se quedarían a un lado, cerca de la calle, para poder alejarse inmediatamente en caso de que hubiera problemas.

Zanjo la conversación, porque sé que no llegaré a ninguna parte. Pienso, no obstante, que soy afortunado, ya que tengo una buena relación con mi hija a pesar de que los polis no suelen llevarse demasiado bien con los abogados.

Katerina se pone de pie.

—Melpo ha preparado tarta de puerros. Voy a ver cómo le ha salido —anuncia.

—Le ha salido bien, no te quepa duda. Es una gran cocinera —le contesta Adrianí.

Pronto nos encontramos todos sentados a la mesa, charlando distendidamente de todo un poco. Uli nos comunica que su padre ya se encuentra mejor y que piensa invitarlo a venir a Grecia, junto con su madre, para que nos conozcan también a nosotros. Katerina nos describe las reacciones del pequeño Lambros mientras estaban en la concentración.

—¿No le han asustado los gritos y el ruido? —pregunta Maña.

—Cuando han estallado las primeras consignas ha empezado a llorar, pero el sobresalto le ha durado poco. Rápidamente ha encontrado una solución. Cada vez que se levantaba un clamor o sonaban aplausos, él empezaba a chillar más alto y a agitar los brazos.

Todos se esfuerzan por despejar el malestar que se había creado tras mi llegada. Yo mismo lo intento, aunque todavía estoy de mal humor.

—Hay algo que no entiendo —le digo a Adrianí, ya en el coche, mientras enfilamos el camino de vuelta a casa.

—¿Qué no entiendes?

—Tú siempre discutías con tu hija y siempre proclamabas que había salido a mí. ¿Cómo es que, de repente, sois carne y uña?

Mi mujer me echa una mirada desdeñosa.

—Tú eres un hombre y no entiendes a las mujeres —me contesta.

Punto final.

25

Apenas me he sentado en mi despacho aparece Kula con un sobre que deja delante de mí encima del escritorio.

—Ya está. Esta es la traducción completa del bloc de notas —me anuncia.

El sobre contiene un grueso fajo de folios. Me entra vértigo, porque necesitaré un día entero para leer las anotaciones. Kula se da cuenta de mi zozobra y me sonríe.

—Ayer por la tarde, cuando el señor Zu y yo terminamos el trabajo, me moría de curiosidad. Me senté y lo leí todo de un tirón, acabé a medianoche. Aunque reconozco que no fue solo la curiosidad, también tenía miedo de que se me hubiera escapado algo importante y usted me echara una bronca. —Saca un papel de su bolsillo y lo mira un instante—. Le sugiero que lea las páginas doce, veinticinco y el final. En mi opinión, lo importante está en las últimas diez páginas, pero lea también las dos anteriores. Cuando tenga tiempo ya lo podrá leer entero.

—Muchas gracias, Kula. Me acabas de quitar un peso de encima —reconozco.

Cuando me quedo solo, comunico a Stela que, hasta nuevo aviso, no quiero interrupciones, ni llamadas telefónicas ni visitas. Abro el sobre y busco primero la página doce.

Cada vez que estoy en Atenas tengo miedo. No me permiten abrir una cuenta bancaria. Voy por la calle con todo el dinero en el bolsillo y esto me asusta. Se lo he dicho a B pero no quiere ni oír hablar de una cuenta bancaria. No quiere que nadie pueda seguir el rastro del dinero, ni que se sepa cuántas casas y apartamentos compramos. Quieren que todas las transacciones se hagan en efectivo. He tardado un tiempo en darme cuenta de que los griegos quieren lo mismo, porque así pueden declarar un valor inferior y pagar menos impuestos. Todo el mundo está contento menos yo.

Esta anotación puede significar dos cosas. La primera, que el dinero no era de Chan. Que él simplemente cumplía órdenes, ejercía de intermediario. La segunda, que los chinos que mantienen actividades comerciales en el extranjero están sometidos a un control tan férreo que no pueden dar ni un paso sin la aprobación de su Gobierno. Ninguna de estas dos posibilidades tiene, sin embargo, un interés directo para la investigación.

Paso las páginas y llego a la veinticinco. Aquí el tono es casi triunfal.

¡No me imaginaba semejante éxito! Nos falta muy poco para alcanzar nuestro objetivo. Tendremos el barrio entero bajo control. Seremos nosotros quienes decidamos los precios, las condiciones, todo lo relacionado con las propiedades inmobiliarias. Recuerdo que nosotros, en la época comunista, anhelábamos poseer una casa propia. Ahora no tenemos que buscar a los propietarios, son ellos los que vienen a vernos y nos ofrecen vendernos sus casas. Me pregunto si nosotros haríamos lo mismo si tuviéramos casas en propiedad.

Paso a las últimas diez páginas y ahí doy con el filón de oro.

> Esa casa que me ha enseñado el agente inmobiliario y que, según me ha dicho, pertenecía a un gran poeta griego podría ser como un número premiado de la lotería. Claro que el edificio está prácticamente en ruinas, pero si lo rehabilitamos, lo publicitaremos como la casa de un gran poeta y podremos cobrar un alquiler altísimo. El agente me ha dicho que hay problemas con los herederos, pero que estudiará qué puede hacer.

No hace falta ser un genio para darme cuenta de que no existe ningún agente inmobiliario. El que se hizo pasar como tal fue el asesino. Le echó el anzuelo de la casa de Lapaziotis y lo demás vino solo.

Así se explica también el afán de la muchacha por localizar al chino. Quería saber dónde encontrarlo para que se pusiera en contacto con él el supuesto agente inmobiliario. Es casi seguro que había averiguado dónde vivía el chino, pero para el asesino era demasiado arriesgado ir a su casa, ya que algún vecino podría reconocerlo posteriormente. Mi teoría demuestra ser acertada en la siguiente anotación.

> El agente ha venido con una joven, que es una de las herederas. Su madre era nieta de Lapaziotis. He querido ver el interior de la casa, para poder calcular el costo de la rehabilitación y decidir si vale la pena tirar adelante. Ella me ha explicado que no tiene derecho a abrirla sin el consentimiento de los demás herederos. El agente inmobiliario le ha propuesto que le entregue las llaves para que podamos visitar la casa de noche y de esa manera evitar que nos vea alguien. Es una buena idea y hemos acordado que lo haremos

así, aunque sea llevando una linterna, para poder ver si es factible la rehabilitación.

Esta fue la trampa que le tendieron. El asesino lo llevó hasta el lugar del crimen por la noche, con el pretexto de entrar en la casa, y allí lo mató. Más adelante, alguien tendrá que leer todas las anotaciones, pero lo que he averiguado hasta ahora me ayuda a sacar ciertas conclusiones.

La primera es que queda confirmada la existencia de una cómplice del asesino. La muchacha no se limitó a reunir información sobre el chino, también colaboró en su muerte. Por lo tanto, debemos remover cielo y tierra para localizarla. En estos momentos es la única persona que conoce la identidad del asesino.

La segunda conclusión es que hemos hecho bien en ocultarle a la embajada china la existencia del bloc de notas. Sin duda, habrían intentado encubrir su participación en la compra de propiedades inmobiliarias que llevaba a cabo Chan en Exarjia y nos habrían entregado una traducción parcial.

Llamo inmediatamente por teléfono al subdirector y le hago un resumen de mis conclusiones.

—Urge que nos reunamos para decidir cómo vamos a proceder —concluyo.

—Venga, ahora mismo. Yo informaré al director.

Digo a Stela que me pida un coche patrulla. No solo porque tengo prisa, sino también porque me gustaría poner mis pensamientos en orden antes de la reunión. Esto no lo puedo hacer si conduzco. Al final, lo único que consigo sacar en claro a lo largo del recorrido es que hemos obrado bien con el bloc de notas, y que los argumentos que le presentamos al ministro han demostrado ser acertados.

Entro en el despacho del subdirector con las anotaciones traducidas bajo el brazo.

—¿Preferiría comentar el tema conmigo antes de ir a ver al director? —me pregunta él.

—Lo único que puedo decirle es que el señor Zu ha hecho un gran trabajo. Gracias a él, se nos han aclarado muchas cosas —respondo.

El subdirector se echa a reír.

—Le podría decir «para algo sirve la izquierda», pero lo cierto es que Zu es cualquier cosa menos de izquierdas. Una vez pregunté a mi suegro de qué hablan cuando están juntos, y me dijo que Zu despotrica contra el comunismo, mientras que mi suegro lo defiende.

Nos encaminamos al despacho del director con el ánimo ligero. Al entrar nos encontramos con que también él está radiante de júbilo.

—Se ha demostrado que teníamos razón en cuanto al bloc de notas. Hemos hecho ciertos progresos.

—También teníamos razón cuando mostramos nuestras reservas ante el ministro —añade el subdirector.

Saco del sobre las páginas del bloc traducidas, separo aquellas que contienen los pasajes más jugosos sobre las actividades ilícitas chinas y griegas, y se las doy al director.

—Le sugiero que haga fotocopias y se las entregue al ministro, así podrá convencerse de que no hablábamos por hablar —le digo.

El director se encarga de fotocopiar las páginas él mismo, para estar seguro de que las copias queden bien y no se hagan más de las estrictamente necesarias.

—Y ahora quiero oírlo todo de primera mano —me dice cuando regresa a nuestro lado.

Le hago un extenso resumen de todo lo que he leído.

—Por supuesto, leeré la traducción entera, aunque no espero descubrir nada más sustancial de lo que hemos visto ya.

—En cualquier caso, usted tenía razón. El bloc contenía datos reveladores que nos ayudarán a avanzar en la investigación —me dice el subdirector.

De repente se me ocurre una idea y me entran ganas de golpear la cabeza contra la pared.

—Quiero que llamen enseguida a la embajada de Arabia Saudí para preguntar en qué hotel se hospedaba Al Falaj —apremio al director.

Mis dos superiores me miran sorprendidos.

—¿Por qué? —me pregunta el director—. ¿Qué relación puede haber entre el chino y Al Falaj?

—El chino, no. La muchacha —le explico—. No podemos descartar que el asesino hubiese utilizado a la muchacha como cebo para atraer también al saudí e invitarle a una breve aventura amorosa. No creo que nadie se negara a algo así.

No hacen falta más explicaciones. Acto seguido el director pide a su secretaria que le ponga en contacto con el encargado de negocios de la embajada saudí. Una vez establecida la conexión, le pregunta en qué hotel se hospedaba Al Falaj.

—Se alojaba en el Hilton —nos informa, tras una breve conversación telefónica.

Llamo inmediatamente a Dermitzakis.

—Quiero que vayáis ahora mismo al hotel Hilton para averiguar si la joven que estuvo buscando al chino en Exarjia se había reunido también con Al Falaj y cuándo. No perdáis tiempo, es extremadamente urgente. Y una cosa más: que Kula hable con la señora Lefkaditis y le pregunte si aquella joven era guapa. En el retrato robot parece bastante atractiva, pero será mejor contar con una segunda opinión para estar seguros de ello.

Cuelgo el teléfono y me dirijo a mis dos superiores:

—Si se confirman mis sospechas, sabremos que nos enfrentamos a dos personas. La mujer que opera como cebo y el hombre que actúa como ejecutor.

—Como mínimo, el bloc de notas nos ha ayudado a avanzar un poco —dice el director.

—Seguramente avanzaremos todavía más si se confirma que la cómplice estaba también implicada en el asesinato del saudí —añado.

La conversación ha terminado y yo vuelvo a mi despacho con el coche patrulla. Como era de esperar, mis colaboradores todavía no han regresado del Hilton. Para no quedarme de brazos cruzados, llamo a Kula.

—Ya he hablado con Lefkaditis —me anuncia ella con una sonrisa—. Me ha dicho que hoy en día las chicas jóvenes visten de una manera tan parecida que resulta difícil distinguir cuáles son guapas y cuáles no. No obstante, cree que si la muchacha vistiera correctamente, como ha de vestirse una mujer, sin duda resultaría atractiva.

Despido a Kula y me quedo a solas, intentando analizar todo lo que sé. Si se confirma el encuentro de la muchacha con el inversor saudí, entonces no cabrá duda de que hay dos implicados en ambos asesinatos. Si no, cabe la posibilidad de que la joven le hiciera un favor al asesino porque eran amigos, por ejemplo, aunque sin saber que él planeaba un asesinato. Por mucho que esta segunda hipótesis esté cogida por los pelos, no la podemos descartar por completo.

Oigo ruidos en la antesala y enseguida aparecen en mi despacho mis tres colaboradores. Se quedan ahí de pie, mirándome. Me levanto y me dirijo a la mesa de reuniones, porque intuyo que nuestra conversación será larga.

—¿Y bien? ¿Qué habéis averiguado? —les pregunto.

—En la recepción del hotel y en la cafetería siempre le vieron solo —me contesta Dermitzakis—. Solo el hombre que atiende en la barra ha recordado haberle visto una noche en compañía de una joven y que hablaban en inglés. Le hemos enseñado el retrato robot. Ha dicho que se le parece, pero que la chica que vio en el bar era mucho más sexy.

—¿Vestía de otra manera?

—Puede que fuera eso —dice Dervísoglu—. Nos ha dicho que llevaba *leggins,* una blusa muy escotada y que iba muy maquillada.

—Se trata de la misma muchacha, pero, para explicároslo, primero tenéis que conocer los antecedentes —les digo.

Me miran curiosos mientras empiezo a contarles la historia de las anotaciones de Chan. Cómo encontramos el bloc de notas en la caja fuerte de la víctima y cómo, al final, conseguimos traducirlo. Después les leo el último pasaje, el que habla de la casa de Lapaziotis.

—¡No cabe duda de que se trata de la misma mujer! —exclama Askalidis—. El asesino la utilizó como cebo en ambos casos.

—Exacto —coincido—. Ahora, al menos, sabemos que hay dos implicados en los asesinatos del saudí y del chino.

—Perfecto, hemos dado un paso importante, pero ¿cómo seguimos adelante? —me pregunta Dermitzakis.

—Hay algo que todavía no hemos podido confirmar.

—¿De qué se trata?

—No sabemos si fue el asesino quien llevó al saudí hasta el lugar del crimen o si fue la joven quien lo condujo a donde lo esperaba el asesino para matarlo. Hasta ahora hemos dado por cierta la primera posibilidad, pero, una vez confirmada la complicidad de la mujer, también cobra fuerza la segunda.

—¿Y qué hacemos? —me pregunta Askalidis.

—Lo único que podemos hacer ahora es visitar el centro de refugiados y el parque marino. Intentaremos averiguar si la cómplice estuvo allí para conocer el aspecto del saudí. No tengo demasiadas esperanzas de que vayamos a conseguir algo, pero no perdemos nada investigándolo, ya que no podemos hacer nada más provechoso.

—Voy yo —se ofrece Askalidis.

—Iréis los tres, así cubriremos el parque y el centro al mismo tiempo —les indico.

—¿Podría ser que la joven trabaje en Meandro y que conociera allí al saudí? —se pregunta Dermitzakis.

—Una empleada de cualquier empresa no puede pasarse el día entero recorriendo Exarjia y preguntando por un chino —le contesta Dervísoglu.

Aquí termina la reunión. Mis colaboradores vuelven a sus despachos y yo llamo al subdirector para informarle.

—Bajo ningún concepto deben enterarse los medios de comunicación de la implicación de la joven en los asesinatos —le advierto.

—No se preocupe. No se producirá ninguna filtración.

Al menos, hemos descubierto al dúo criminal. Aún no hemos podido arrojar luz al resto. No seamos exigentes.

26

La atmósfera de entusiasmo comenzó a crecer cuando volvimos al refugio de los sin techo y ha seguido hasta esta misma mañana. Todos tienen algo que comentar, la mayoría, las cosas que más les habían llamado la atención. Las que más les habían impresionado. Parece que el premio se lo lleva el italiano con su imaginativa intervención, mientras que los tres fachas provocadores entran en la categoría de *hooligans* futboleros. No porque yo entienda gran cosa de fútbol. Me limito a sacar conclusiones a partir de los comentarios de los especialistas que me rodean.

Melpo se está preparando para ir a casa de mi tocayo.

—Mi enhorabuena, señor Lambros. ¡Fue un gran éxito! —me felicita al pasar.

La acompaño hasta la puerta de la calle.

—¿Te dijo Katerina que pensaba ir a la concentración con Adrianí? —le pregunto en cuanto nos encontramos a solas.

Ella me mira estupefacta.

—¿Fueron a la concentración? No, no me dijeron nada. Primera noticia. Me imagino que les gustó —concluye Melpo con una sonrisa.

—A mí, en cambio, no me gustó nada —replico.

—¿Por qué no?

—Porque no contamos con un buen servicio de vigilancia, y dos mujeres inexpertas con un bebé en una manifestación son como corderos que van al matadero —le explico.

—¿El comisario lo sabía? —me pregunta Melpo.

—No tengo la menor idea. No he hablado con él.

No le digo que sí pienso hacerlo, para que no les revele a Adrianí ni a Katerina que voy a delatarlas.

—¿Puedo decirles que lo sé para ver qué me contestan?

—Por supuesto. Lo sabes por mí.

Melpo se marcha y yo vuelvo a mi sitio. Todos me miran con expectación, por si voy a anunciarles algo.

Al ver que guardo silencio, Anna decide preguntar directamente:

—¿Cuál será nuestro siguiente paso, señor Lambros?

—Lo sabremos este mediodía. Tenemos una reunión para decidir cómo y dónde será la próxima concentración.

Ya he hablado con Nikitas Kurtidis. Él va a convocar hoy a los de clase media venidos a menos y a los inmigrantes para que decidamos entre todos el día y el lugar de la siguiente concentración, siguiendo la lógica de «al hierro caliente batirlo de repente». Nuestro refugio se ha encargado de movilizar a los indigentes de los demás refugios.

Llamo a Jaritos a su móvil para aclarar la situación y le comento:

—No tenía ni idea de que Adrianí, Katerina y mi tocayo iban a ir a la concentración. Melpo tampoco lo sabía. Si me lo hubieran dicho, se lo habría impedido. Como mínimo, que fueran con Lambros.

—Yo tampoco lo sabía. Me lo dijo Dervísoglu, que reconoció a Katerina entre la gente.

—¿Has hablado con ellas?

—Sí. Se me pusieron todos en contra —me contesta Jaritos.

—Si tienes tiempo esta noche, iré para hablar también con ellas. A lo mejor mi experiencia logra convencerlas más fácilmente.

—Perfecto, nos vemos esta noche en casa de Katerina —concluye Jaritos, y es evidente el alivio en su voz.

Por suerte, cuando llega Kurtidis, el bar ya está vacío y podemos hablar sin interrupciones. Espero a que encienda el ordenador portátil que lleva siempre consigo antes de comentar nada. Él, sin embargo, no me deja hablar, sino que gira la pantalla del ordenador hacia mí y me dice:

—Quiero que lea esto.

—¿Qué es? —pregunto.

—La entrada de un blog que nos concierne.

No sé qué es un blog ni me interesa averiguarlo. Empiezo a leer el artículo.

> Como si no tuviéramos bastante con las concentraciones de protesta de los sindicalistas, como si no fueran suficientes las manifestaciones por cualquier menudencia, ahora nos ha salido el movimiento de los pobres. Según parece, los griegos tienen envidia del movimiento de los chalecos amarillos en Francia y de las sardinas en Italia y han querido imitarlos. Lo que hacen no es más que un *copy-paste*.

—¿Qué es esto escrito en inglés que se supone que hacemos? —pregunto a Kurtidis.

—¿Se refiere al *copy-paste*? Significa copiar un fragmento de un texto para pegarlo en otro sitio.

—Es decir, una copia. ¿Por qué no lo dice en griego? —le pregunto extrañado, pero sigo leyendo.

> Todos esos que protestan porque son pobres, sean franceses, italianos o griegos, no han entendido todavía que la revolución

tecnológica lo ha cambiado todo. Ahora la tecnología realiza los trabajos que antes hacían los seres humanos. Este desarrollo no solo reduce los puestos de trabajo necesarios, sino también los costes laborales. La otra novedad paralela es que muchos trabajadores ya son autónomos y trabajan desde sus casas a través de internet. Lo mismo vale para todos aquellos que declaran ser pobres porque tuvieron que cerrar sus comercios. Las compras ya se hacen a través de internet. Todo el mundo quiere comprar, pero ya no acuden a las tiendas físicas. Se sientan delante de su ordenador, buscan en internet lo que quieren comprar, que va acompañado de fotografías y descripciones detalladas, lo compran y lo reciben en casa.

Sugeriría a los que organizan movimientos contra la pobreza y el desempleo que enfoquen sus esfuerzos en un movimiento para su formación, así podrán trabajar en las nuevas condiciones. De lo contrario, pronto deberemos realizar un análisis estadístico para diferenciar entre desempleados e inadaptados.

—¿Quién ha escrito todo esto? —pregunto a Kurtidis.
—Un tal Spyros Kallasis.
—Nos ha abierto los ojos.
Kurtidis se echa a reír.
—¿Piensa proponer que cambiemos nuestro movimiento contra la pobreza para que defienda la formación profesional de los pobres?
—No. Espera hasta que lleguen los demás y lo comprenderás.

Estos no tardan en aparecer. El primero es Dímiter, seguido de Berkas y, por último, el representante de los inmigrantes africanos. Mientras tanto van llegando los representantes de los demás refugios de gente sin techo. Anna los invita a un café, como hace siempre.

—Nikitas nos ha traído un texto que ha escrito...

—Spyros Kallasis. —Kurtidis acude en mi ayuda.

—Eso es. Un tal Kallasis. Os lo leerá y después hablaremos de nuestra próxima concentración.

Kurtidis empieza a leer el texto de Kallasis. Cuando termina, se produce un breve silencio antes del estallido general.

—Pero ¿qué chorradas está diciendo? —grita Berkas fuera de sí—. ¡Lee lo que publica la prensa financiera y luego hace *copy-paste*, lo mismo de lo que nos acusa a nosotros! ¡Menudo gilipollas!

El representante del otro refugio, en cambio, suelta una carcajada.

—¿Cómo no se me ocurrió? —comenta—. Debería tener un ordenador allí donde se encuentra mi colchón, en la plaza Vazis, y aprovechar el tiempo para convertirme en profesional independiente que vende por internet.

Léopold se dirige a Kurtidis:

—Si conoces al autor del artículo, ¿puedes preguntarle una cosa?

—¿Qué cosa? —le pregunta Kurtidis.

—La formación que nos propone, ¿la tenemos que hacer aquí o en Senegal?

—En la India —le contesta Kurtidis—. Allí están los verdaderos *cracks* de la informática.

Estalla una carcajada general. Ni siquiera Berkas, que estaba indignado, puede contener la risa.

—¡Vale, ahora callaos para que os cuente la idea que se me ha ocurrido! —les grito. Todos callan y se me quedan mirando—. No tiene sentido contestarle con palabras en la próxima concentración —explico—. Debemos contestar con una acción.

—¿Qué tipo de acción? —me pregunta Berkas.

—Organizaremos un encuentro donde, en lugar de discursos, habrá comida.

—¿Comida? —pregunta sorprendido Dímiter.

—Sí, el rancho de los pobres. Cada colectivo preparará su propio rancho, lo que comen los pobres de su país. Nosotros, los griegos, cocinaremos el nuestro. Los búlgaros, el suyo. Lo mismo hará Léopold con su grupo. Vosotros, Ilías, cocinaréis la comida que coméis los pequeños y medianos burgueses ahora que os habéis arruinado. También iremos a hablar con los sin techo, para que nos cuenten qué comen ellos.

—¡Es una idea excelente! ¡Enhorabuena, señor Lambros! —exclama Kurtidis, y todos manifiestan su aprobación.

—¿Y dónde tendrá lugar la concentración? —me pregunta Berkas.

—Otra vez en la plaza Kotzia, aunque, en esta ocasión, será abierta al público.

—¿Abierta? —dice Dímiter, temeroso—. Se va a liar.

—Colgaremos una pancarta que diga: VENID A PROBAR EL RANCHO DE LOS POBRES. Y otra con la inscripción: LOS POBRES OS INVITAN. Habrá cacerolas llenas de comida. Ni discursos, ni protestas ni nada que se pueda interpretar como una provocación.

—¡Eres un genio! —me dice Berkas.

Podría contestarle que todos los años que milité en el partido no los pasé haciendo ganchillo precisamente, pero prefiero callar.

—¿Cuándo será la concentración? —pregunta Kurtidis.

—Primero, cada colectivo decidirá qué comida va a preparar y cuándo estará terminada. Cuando tengamos toda la información, fijaremos el día y la hora.

Nuestra reunión ha terminado. Todos estamos encantados. Ellos, que se van, y también yo, que me quedo. Claro que aún me espera la reunión de esta noche con la familia. Tendré que poner freno a Katerina y, sobre todo, a Adrianí, al tiempo que intentaré tranquilizar a Jaritos. Sé, por mi experiencia en el partido, cuánto cuesta conseguir un equilibrio.

27

Anoche me privé de la compañía de mi nieto y me quedé despierto hasta tarde leyendo las anotaciones completas de Chan. Fue agotador, pero tenía que hacerlo, porque urge que informemos a la embajada china de la existencia del bloc de notas y que se lo entreguemos junto con el dinero encontrado en la casa de la víctima. Al final, después de pasarme tanto tiempo leyendo, confirmo que Kula tenía razón. Más allá de los pasajes que ella había destacado, lo demás eran anotaciones de citas de trabajo para llevar a cabo las compraventas.

Mi único consuelo fue la llamada telefónica de Zisis, que me convenció de que no soy el único malpensado que tiene reparos. Y me tranquilizó todavía más su intención de hablar con mi mujer y mi hija. No es lo mismo oír las cosas de boca del papá madero que del organizador de las concentraciones en persona.

Llamo al subdirector y le comunico que ya podemos entregar el dinero y el bloc de notas a la embajada china.

—Perfecto, hablaré con el director y después le indicaré dónde tiene que realizar la entrega —me responde mi superior.

De repente, me doy cuenta de que se me ha olvidado informar de los descubrimientos más recientes a Kulakos, de

Delitos Económicos. Digo a Stela que lo llame. Cuando entra en mi despacho, le doy los pasajes seleccionados para que los lea.

—Menos mal que nos quedamos el bloc de notas —dice Kulakos cuando termina de leer—. En el mejor de los casos, los chinos solo nos habrían entregado la traducción de las últimas páginas, donde Chan habla del agente inmobiliario.

—Ahora, sin embargo, estamos obligados a entregárselo —le respondo.

Kulakos se encoge de hombros.

—Basta con que nos quedemos con una copia, para andar sobre seguro —dice.

Nos interrumpe la llamada del subdirector.

—El bloc me lo envía a mí. El director se va a reunir con el ministro y le pondrá al día de todo.

Nada más colgar llamo a Dimitríu y le comunico que debe ocuparse de que le entreguen inmediatamente el bloc de notas original y el dinero encontrado en la casa de Chan al subdirector en persona, en el interior de un sobre sellado.

—¿Crees que las anotaciones ayudarán a resolver el caso? —me pregunta Kulakos mientras se pone de pie.

—Representan un paso importante en la investigación, aunque la clave es la cómplice del asesino, a la que todavía no hemos podido identificar —le contesto.

Kulakos vuelve a su despacho y yo me quedo solo en el mío, a la espera. Aguardo a que lleguen mis colaboradores con la esperanza de que hayan descubierto algo significativo, ya sea en el centro de refugiados o en el parque marino.

La espera se prolonga durante una hora, hasta que aparece Dermitzakis solo y se sienta frente a mí.

—Un tipo del parque marino, que hizo de guía al saudí y al ingeniero de la empresa constructora, cree haber visto a una joven paseando por los alrededores, aunque no está seguro. Dice que ha pasado mucho tiempo desde entonces y que no puede afirmar con certeza que se trate de la muchacha del retrato robot. Askalidis y Dervísoglu se han ido al centro de refugiados, pero allí la investigación llevará su tiempo.

—Han hecho bien en ir a investigar allí, aunque si se confirma que la joven estaba en el parque marino, no pudo estar al mismo tiempo en el centro de refugiados.

—¿Cómo podemos tener la certeza de que se encontraba en el parque marino? —pregunta Dermitzakis.

—Tal vez Tzovas, el ingeniero de la constructora, pueda darnos alguna respuesta —le contesto.

Le pido que me traiga una fotocopia del retrato robot. Mientras tanto, llamo por teléfono a la empresa Meandro y solicito hablar con el ingeniero Tzovas. Estoy de suerte, porque lo pillo en su despacho.

—Si dispone de un poco de tiempo, me gustaría ir a verle para enseñarle algo —le digo.

—Con mucho gusto, aunque tendrá que venir ahora. Por la tarde no estaré en la oficina —me responde.

Me pongo en marcha enseguida, para que no perdamos el tiempo ninguno de los dos. El tráfico en la avenida Kifisiás es desesperante. Incluso el paso subterráneo del Geriátrico está atascado. Solo pasada la salida de Jalandri se aligera la situación un poco.

El guardia del vestíbulo está avisado y me manda enseguida a la tercera planta, donde se encuentra el despacho de Tzovas. El ingeniero se levanta para recibirme.

—No le entretendré demasiado. Solo he venido en busca de cierta información —le explico.

—Estoy a su disposición.

Le muestro el retrato robot que llevo conmigo.

—¿Recuerda, por casualidad, haber visto a esta joven el

día que llevó a Al Falaj a las instalaciones del parque marino para enseñárselas?

Tzovas agarra el retrato y lo examina con atención.

—Estoy seguro de que vi a una muchacha que se le parecía, pero me cuesta recordar dónde fue. Comprenderá que ha pasado ya un tiempo... —se justifica.

—Tómeselo con calma, señor Tzovas. Lo importante es que esté lo más seguro posible —le tranquilizo.

Tzovas sigue observando el retrato robot.

—La vi, aunque no fue dentro del parque marino —dice al final, convencido.

—¿Dónde la vio?

—En los terrenos que rodean el parque, donde habíamos aparcado el coche. Estaba apoyada en una moto y nos observaba. Ninguno de los dos le dimos importancia. Pensamos que era una chica que había salido a dar una vuelta en moto. —De nuevo siente la necesidad de justificarse—: Claro que no puedo estar absolutamente seguro, esto es un retrato robot, no una foto, pero le diría que estoy un noventa por ciento convencido de que se trata de la misma joven.

—¿Recuerda dónde habían aparcado ustedes? ¿Podría señalar el lugar en un mapa callejero?

—No me hace falta ningún mapa —responde él sin vacilar—. Habíamos aparcado en el lugar exacto donde encontraron el cadáver de Al Falaj, tal como lo mostraron en las noticias.

—¿Se fijó en la matrícula de la moto? —me aventuro a preguntar.

Tzovas sonríe.

—Pide demasiado, comisario —responde en tono divertido—. Toda nuestra atención estaba puesta en Al Falaj. La muchacha y su moto nos eran indiferentes.

—Muchas gracias, señor Tzovas. Me ha facilitado información muy valiosa —le digo.

—Ojalá lo detengan —responde él—. Parece que hubo una segunda víctima.

—Sí, un hombre de nacionalidad china. Comprenderá que estamos haciendo todo lo posible por detener al asesino, para que no haya nuevas víctimas.

—O ponen ustedes fin a los asesinatos, o serán los inversores extranjeros los que pongan fin a sus operaciones financieras en Grecia —fue su comentario de despedida.

Ahora ya sabemos por qué el asesinato de Al Falaj tuvo lugar en aquel punto preciso. Evidentemente, la cómplice oyó la conversación y se la transmitió al asesino. Él, valiéndose de un pretexto cualquiera, condujo a Al Falaj al mismo lugar y allí lo mató.

Acabo de llegar a Jefatura y Kula me informa de que Askalidis y Dervísoglu han vuelto, así que convoco a mi equipo a una reunión en mi despacho.

—La cómplice no estuvo en el centro de refugiados. Allí nadie la ha reconocido —me informa Askalidis.

—Ya no importa. Mientras tanto, hemos podido averiguar dónde se encontraba.

Les cuento mi conversación con Tzovas y la información que he obtenido de él. Todos quedan boquiabiertos.

Dermitzakis piensa lo mismo que yo.

—Así se explica por qué lo mató en aquel lugar. La muchacha transmitió al asesino la conversación que había oído.

—La cuestión es: ¿participó también en el asesinato? —se pregunta Dervísoglu.

—Eso aún no lo sabemos, aunque tampoco tiene mucha importancia —le contesto—. Lo más urgente ahora es localizar a esa muchacha, cueste lo que cueste.

—¿Dice que estaba junto a una moto? —pregunta Askalidis.

—Sí, los observaba apoyada en una moto.

—Entonces, tenemos que consultar los archivos de la policía de tráfico. Buscaremos a las mujeres que tienen permiso de conducir moto y la encontraremos.

—Hagámoslo, aunque yo no albergaría demasiadas esperanzas —contesto.

—¿Por qué no? —me pregunta Dervísoglu.

—En primer lugar, porque nada asegura que la muchacha tuviera permiso de conducir. En segundo lugar, porque, aun teniéndolo, pudo sacárselo en cualquier ciudad de Grecia, incluso en el extranjero. He preguntado a Tzovas si por casualidad se había fijado en la matrícula de la moto, pero me miró como si fuera de otro planeta.

—Bueno, probemos con la policía de tráfico de todas maneras —dice Dermitzakis—. Seguro que tienen una plataforma *online* donde pueden cruzar datos, y es posible que consigan localizarla. Hablaré también con Kula.

Nuestra reunión ha terminado y mi equipo se retira. Consulto mi reloj. Ya son las seis de la tarde. Ha llegado el momento de bajar la persiana y poner rumbo a la casa de Katerina.

28

Dos ideas me rondan en la cabeza mientras conduzco hacia la casa de Katerina. La primera tiene que ver con los asesinatos que estamos investigando y con el papel que pudo representar la joven desconocida en cada uno de ellos. La segunda es la inminente conversación de Zisis con mi mujer y mi hija.

Finalmente, decido concentrarme en la segunda, ya que la primera es capaz de mandar mis neuronas al contenedor de reciclaje. Soy consciente de que Zisis tiene una larga experiencia en organizar concentraciones, protestas y manifestaciones reivindicativas, y por eso mismo podrá esgrimir razonamientos mucho más válidos que los míos, puesto que mi único argumento es el típico de un policía: la intimidación. En realidad, solo me preocupa una cosa: la terquedad de Adrianí. Tal vez Zisis consiga doblegarla, pero tengo mis dudas.

Adrianí me recibe, como siempre, con el pequeño Lambros en brazos, pero, cuando entramos en la sala de estar, descubro que me tienen preparada una sorpresa. Adrianí deja al niño en el suelo y este empieza a gatear.

—¿Gatea de verdad? ¡O sea que la primera vez no fue casual! —exclamo sorprendido.

—Bueno, el niño solo tiene siete meses, pero es precoz en todo —me dice Adrianí con orgullo.

Lambros es la viva imagen de la felicidad. Gatea en círculos, da palmadas al suelo y al final se agarra a la pata de un sillón. Su abuelo y su abuela se quedan estáticos, admirándole.

—¡Anda! ¿Qué ven mis ojos? ¿Ya hemos empezado a dar paseos?

Nos damos la vuelta y vemos a Katerina, que observa riéndose las idas y venidas de su hijo.

—¿Estás practicando para las manifestaciones? —bromea cariñosamente.

Fantástico, pienso. A las pullas de mi mujer se añaden ahora las alusiones de mi hija. No obstante, me muerdo la lengua para no echar a perder el buen humor general antes de que llegue Zisis.

Adrianí levanta a su nieto del suelo, e inmediatamente el pequeño Lambros se echa a llorar.

—No lo lleves todavía a su habitación, mamá. Quiero que Fanis vea cómo gatea —le dice Katerina.

Sin embargo, en lugar de Fanis aparece Zisis. Lambros continúa gateando, indiferente a lo que pasa a su alrededor. Al principio, Zisis se lo queda mirando sorprendido. Después se arrodilla delante del niño, que se detiene para mirarlo.

—Ven, los dos Lambros van a jugar juntos —le dice Zisis.

Coge una pequeña pelota de goma que estaba encima del sillón y se la tira al niño. Lambros la sigue con la mirada, pero no muestra intención de perseguirla.

—Dicen que los seres humanos regresan a la niñez cuando se hacen mayores... —suena la voz de Fanis.

Zisis hace un esfuerzo por levantarse del suelo, pero no lo consigue. Le agarro del brazo para ayudarle a ponerse de pie. Lambros observa cómo se incorpora su tocayo y luego vuelve a dedicarse a sus paseos. Katerina lo deja gatear un rato para que el padre pueda admirar también a su hijo. Después levanta al niño en brazos.

—Es hora de cenar y acostarse —le dice mientras el niño se echa a llorar otra vez.

Los demás, con la excepción de Adrianí, nos acomodamos en la sala de estar.

—Voy a ver qué ha preparado Melpo para cenar —anuncia mi mujer, y se dirige a la cocina.

—Tu hijo se ha espabilado muy pronto —le dice Zisis a Fanis.

—De tal palo, tal astilla, como reza el refrán —le contesta Fanis—. Su abuelo corre detrás de los asesinos, su madre va corriendo a los juzgados y su padre, de un paciente a otro. Así que él se ha contagiado y corre también.

—Melpo ha preparado un asado de judías con boquerones al limón para chuparse los dedos —anuncia Adrianí, y se vuelve hacia mí—: A esta mujer le debo, como mínimo, un regalo, porque me ha librado de la obligación de cocinar todos los días.

—Únicamente te permite poner la mesa —respondo al ver que empieza a colocar los platos.

Solo nos queda esperar a que Lambros se duerma para sentarnos a la mesa. Me pregunto cuándo sacará Zisis el tema. En cuanto aparece Katerina tengo la respuesta.

—Ya está, se ha dormido. Podemos cenar.

—Antes de sentarnos a cenar me gustaría hablar contigo —le dice Zisis.

Katerina, sorprendida, lo mira con curiosidad. Después se limita a contestar «por supuesto».

—Quería preguntaros por qué no me avisasteis de que iríais a la concentración —continúa Zisis tranquilamente.

—¿Es que teníamos que avisarte? —se extraña Katerina—. Reconozco que ni se nos ocurrió. Yo acudí para ver a Léopold.

Puesto que fui yo quien lo animó a participar, quería ver si se encontraba a gusto allí.

—Si te lo hubiéramos dicho, no nos habrías dejado ir, igual que mi marido —suelta Adrianí sin remilgos.

—Desde luego, no os habría dejado ir con Lambros —le contesta Zisis—. La plaza Kotzia no es lugar para salir a pasear con un bebé en su cochecito cuando hay manifestaciones. Por no decir que el parque de Pangrati es más bonito, lo mires por donde lo mires.

Fanis repite el mismo argumento que me dio a mí:

—No importa. Mejor que empiece a aprender desde ya.

—Si se hubieran producido desórdenes, con altercados y la intervención de los antidisturbios, el niño se habría espantado hasta tal punto que no volvería a pisar una concentración de protesta en su vida —responde Zisis. Luego se dirige a mi mujer y a mi hija—: Si me hubierais avisado de que pensabais asistir, os habría colocado en un bloque, para que estuvierais protegidas.

—¿En un qué? —pegunta sorprendida Adrianí.

—En un bloque. A las manifestaciones no se va como al parque o a una procesión religiosa —prosigue Zisis su catecismo—. Las manifestaciones están organizadas por bloques, es decir, grupos de gente. Os habría metido en un bloque, para teneros protegidas en caso de que sucediera cualquier cosa. Cuando organizas una concentración, tienes la obligación de proteger también a los participantes, y no solo de la policía —añade, mirándome de reojo.

No solo ha dejado sin palabras a las dos mujeres, sino también a mí. Me siento desconcertado, hasta que al final doy con la explicación. Yo me encuentro en el lado de los antidisturbios, mientras que Zisis está con los manifestantes. Nos encontramos en bandos distintos y, en consecuencia, tenemos puntos de vista distintos. En el caso que nos concierne, sus argumentos resultan convincentes, mientras que los míos son palabras huecas.

Zisis se dirige ahora a Adrianí:

—En cualquier caso, si quieres, puedes venir a la próxima concentración, aunque en calidad de cocinera.

—¿De cocinera?

Adrianí no acaba de creer lo que está oyendo. De repente, me doy cuenta de que Zisis es la única persona que ha conseguido la proeza de dejar a mi mujer sin palabras.

—Sí. Fuiste tú quien me dio la idea de la comida de los pobres, y además fue aquí mismo. Hace un par de días, cuando nos reunimos para concretar la próxima concentración, Kurtidis nos trajo un artículo que decía que no hemos entendido que han cambiado los tiempos y el sistema laboral. No hacen falta manifestaciones contra la pobreza, decía, sino a favor de la reeducación de los trabajadores. Si no, pronto no podremos distinguir entre pobres e inadaptados. Fue entonces cuando me acordé de tu idea y propuse que en la próxima concentración no haya discursos sino comida, el rancho de los pobres. Cada grupo preparará su propia receta y la distribuirá entre la gente.

—¿Recuerdas, por casualidad, cómo se llama el autor del artículo? —le pregunta Fanis.

—Sí. Spyros Kallasis.

—Es el mismo que escribió el artículo que te mostré el otro día —me recuerda mi yerno.

—¡De acuerdo! ¡Iré y prepararé potaje de judías! —exclama Adrianí entusiasmada. Me quito el sombrero ante Zisis, porque ha conseguido dorarle la píldora a mi mujer.

—Si quieres, puedes distribuirlo también entre la gente —le sugiere él.

—¡Por supuesto que lo haré! —Mi mujer se vuelve hacia

mí y me dice en tono provocador—: Espero que no tengas objeciones.

—Ninguna. Incluso iré para ver qué tal te ha salido el potaje —contesto, provocando una risotada general.

Adrianí se levanta para ir a buscar la cena. Katerina también se pone de pie, va a echar un vistazo a Lambros antes de ir a la cocina y ayudar a su madre.

—Has tenido éxito donde yo he fracasado —le reconozco a Zisis, después de sentarnos a la mesa para esperar a que llegue la cena.

—No solo ha conseguido convencerlas, sino que ha logrado que la señora Adrianí salte de alegría —añade Fanis.

Zisis sonríe con satisfacción, pero no hace ningún comentario.

Cuando la cena ya está servida, empezamos a comer con el apetito que da la concordia conquistada una vez que se superan las desavenencias.

—Pensándolo bien, la cena de esta noche es una combinación —comenta Fanis.

—¿Una combinación de qué? —pregunta Katerina.

—Las judías son de los pobres, y los boquerones, de la clase media.

—Qué buena idea. Se lo diré a Berkas, por si quieren preparar boquerones —dice Zisis.

—¿Quién es Berkas? —Es mi turno de preguntar.

—El cuñado del italiano que nos dejó boquiabiertos con su discurso —me informa Katerina.

Nuestro estado de ánimo en el camino de vuelta a casa es completamente distinto del de la última vez.

—Parece que Zisis entiende a las mujeres mejor que yo —digo a Adrianí cuando ya estamos en casa.

Mi mujer me mira ceñuda.

—No sé qué decirte. Lambros le ha dado la vuelta a la

tortilla. Desde que era niña he odiado a los de izquierdas, pero ahora he conocido a un comunista inteligente, comprensivo y bondadoso.

Por fin, estamos de acuerdo en algo, pienso para mis adentros.

29

rancho: m. 1. Comida que se hace para muchos en común y que generalmente se reduce a un solo guisado, p. ej., la que se da a los soldados y a los presos. / 2. m. Conjunto de personas que comen a un tiempo. Costumbre inaugurada en Esparta por Licurgo y en la que participaba la ciudadanía aportando cada uno desde sus hogares cereales, quesos y vino.

Me detengo en este punto, porque el resto no me interesa. Me basta con el «conjunto de personas que comen a un tiempo» y con la «comida para muchos en común». Aunque no metería a Zisis y a Licurgo en el mismo saco, a mi amigo le reconozco la originalidad de una manifestación en la que se comparta el rancho de los pobres.

Llego a mi despacho sin dejar de pensar en determinadas consideraciones que podrían contribuir al progreso de la investigación. Por desgracia, tanto el curso de mis pensamientos como el de la investigación acaban en el mismo callejón sin salida, por eso llamo a mis colaboradores, por si entre todos logramos encontrar una vía de escape.

Aparecen uno tras otro en formación y acompañados de Kula, que se había encargado de buscar en internet cualquier rastro de la joven cómplice del asesino.

—No tengo buenas noticias, señor comisario —me anuncia Kula—. Para ser más precisa, no tengo ninguna noticia, porque no hemos podido encontrar una sola pista.

—Parece que usted tenía razón, comisario. Esa muchacha no debió de sacarse el permiso de conducir en Grecia —me dice Askalidis.

—Ni siquiera podemos estar seguros de eso —le responde Kula—. El problema en casos como este es que no se puede lograr una identificación válida a partir de un simple dibujo. Sería mucho más fácil si tuviéramos una fotografía. Con un retrato robot en la mano, unos rasgos coinciden y otros no. Así pues, nunca se puede estar seguro. ¡Cuando todo el mundo se hace fotos con el móvil con cualquier ridículo pretexto! ¿No podrían haberle hecho una foto a la tipa?

—Estamos atascados y no veo cómo podemos continuar —interviene Dermitzakis.

—Lo malo en estos casos es que todo depende de un posible error del sospechoso. Y, por desgracia, ese error tal vez solo se produzca en el siguiente asesinato. Una de dos: o los agresores ejecutaron su plan a la perfección en ambos casos, o nosotros nos hemos vuelto imbéciles.

La llamada del subdirector interrumpe nuestras apesadumbradas cavilaciones.

—Urge que venga de inmediato, señor comisario —me apremia—. El ministro se va a reunir con el embajador chino y nuestra presencia es imprescindible.

—¿Por qué se han puesto en contacto con el ministro del Interior? —pregunto sorprendido.

—Acudieron al Ministerio del Exterior y de allí lo derivaron al nuestro —me explica el subdirector.

No hace falta que me cuente que vamos a librar una batalla contra la mismísima muralla china, cae por su propio peso. Doy pasaporte a mis colaboradores y me dirijo a la avenida del Mediterráneo en un coche patrulla.

El subdirector me está esperando en ascuas.

—El ministro quiere que vayamos a su despacho para hablar antes de que lleguen los representantes de la embajada china. El director ya se encuentra reunido con él —me informa.

Nos los encontramos inmersos en una conversación. Ocupamos discretamente nuestros asientos a la espera de que sea el ministro quien dé comienzo a la reunión.

—El Ministerio del Exterior nos pasa a nosotros la patata caliente —anuncia el ministro.

—La cuestión es qué podemos revelar y qué debemos mantener en secreto —añade el director.

—Dudo que les interese la marcha de las investigaciones. Si les interesara, habrían hablado directamente con nosotros, como hicieron los saudíes. Es el bloc de notas lo que les importa de verdad. Por eso se han dirigido al Ministerio del Exterior.

La conversación queda interrumpida con la llegada de la delegación extranjera, compuesta por el embajador chino, el agregado comercial y un intérprete. A continuación vienen los apretones de manos, las presentaciones y demás gestos anodinos de rigor.

—El comisario Jaritos está al frente de la investigación policial y les informará de su progreso —dice el ministro al embajador.

Les ofrezco un informe pormenorizado de nuestras pesquisas hasta el momento, que llega hasta la conexión de ambos asesinatos a través de la joven cómplice. Los chinos me escuchan con atención, aunque es evidente que están haciendo de la necesidad virtud.

—No nos cabe la menor duda de que podrán detener a los asesinos, señor ministro —dice el embajador cuando termino—. Existe, sin embargo, otro tema delicado del que quisiera hablar con usted.

—¿De qué se trata? —pregunta el ministro.
—Del bloc de notas de Chan Yonk Sun —contesta el embajador.
—Se lo entregaremos junto con el dinero. Solo hemos retenido el pasaporte de la víctima de forma provisional, hasta que concluya la investigación.
—Desde luego, ha sido muy amable de su parte. No obstante, nos gustaría saber si ustedes se han quedado con una copia de las anotaciones.
—Nos hemos quedado con una copia, que es necesaria para la investigación —responde el director.
—Tendrán que entregárnosla también. En el bloc de notas en cuestión quedan reflejadas las relaciones de Chan Yonk Sun con la embajada y con las autoridades de la República Popular China. Estas relaciones son confidenciales y no está permitida la existencia de documentos en los archivos de terceros países.
—El bloc de notas contiene información que resulta de vital importancia para la investigación —insiste el director al embajador.
—El único pasaje de las anotaciones que guarda relación con la investigación policial es el último, el que se refiere al inmueble que deseaba comprar Chan —le contesta el encargado de negocios—. Este pasaje con mucho gusto se lo devolveremos ya traducido.
—Aparte de la investigación policial, el bloc de notas también será necesario para el interrogatorio del culpable cuando sea detenido, así como para su posterior enjuiciamiento. Es decir, tenemos la obligación de guardar una copia —replica el director.
El embajador se dirige al ministro:
—Nuestras relaciones diplomáticas con Grecia son excelentes, señor ministro. Y lo cierto es que desearíamos

profundizar en ellas todavía más. Sin embargo, cualquier intromisión de Grecia en las relaciones que la República Popular China mantiene con sus ciudadanos, aunque sea a nivel de documentos no oficiales, como es el bloc de notas en cuestión, podría repercutir de forma negativa en el buen trato entre ambos países. Dicho deterioro influiría ineludiblemente en las importantes inversiones financieras que tenemos previsto realizar en Grecia. En consecuencia, y para no perturbar las buenas relaciones cultivadas hasta el momento, le ruego que nos entregue la copia que pretenden retener.

Ya estamos otra vez con las inversiones, me digo para mis adentros. Las grandes potencias inventan cada día nuevos sistemas de armamento, desde cohetes y misiles hasta aviones de combate, cuando las únicas armas verdaderamente eficaces son las inversiones financieras. Mi propio pensamiento me asusta, porque, de pronto, me doy cuenta de que el asesino que estamos buscando destruye el arma más poderosa de la que disponen las grandes potencias: los inversores.

La voz del ministro me devuelve a la realidad:

—Señor embajador, con todos mis respetos, no puedo darle una respuesta inmediata ni puedo entregarle nuestra copia del bloc de notas. Antes debo consultar con mis ilustres colegas, los ministros de Justicia y del Exterior. Tal como ha planteado usted el asunto, la decisión ya no depende de mí, sino del Gobierno griego.

Esta respuesta contribuye a aumentar la buena consideración que tengo del ministro, al tiempo que disgusta manifiestamente a los miembros de la delegación china. Se levantan para marcharse y su despedida resulta inversamente proporcional a los cálidos apretones de manos con los que nos han saludado al llegar.

—Mi enhorabuena, señor ministro. Ha manejado usted

el asunto de forma impecable —afirma el director, y estamos todos de acuerdo con su valoración.

—Lo que he dicho no es ni un pretexto ni un subterfugio —puntualiza el ministro—. No estoy facultado para tomar esta decisión yo solo, sin contar con la conformidad de los ministros competentes en estas materias. —Hace una pausa antes de preguntarle al director—: ¿No podríamos tirar adelante solo con el pasaje relacionado con nuestra investigación, como han sugerido los chinos? Ustedes mismos me han asegurado que el resto de las anotaciones no guardan una relación directa con las pesquisas.

—Esto no es posible, señor ministro. Como usted mismo ha explicado al embajador chino, el juez instructor requerirá, sin ninguna duda, revisar el bloc de notas, tanto el texto original como la copia traducida —le responde el subdirector—. Pero, incluso si la fiscalía no presenta la prueba en el juicio, la solicitará el abogado del acusado. Ya se imagina a qué lío tendremos que enfrentarnos.

—Lo que me dice deja cierto margen para el optimismo. Como mínimo, contaré con el apoyo del ministro de Justicia, en caso de que el ministro del Exterior se oponga.

—Existe otra solución, aunque discutible y no conforme a la ley —le digo al ministro.

Se vuelven todos para mirarme.

—¿Cuál? —me pregunta el director.

—Nadie nos impide que entreguemos la copia de las anotaciones a los chinos al tiempo que conservamos otra para nosotros. Cuando el juez instructor o el magistrado de la sala soliciten el bloc de notas por cauces oficiales, también nosotros lo solicitaremos formalmente a la embajada china. Si la embajada se niega a entregarlo, presentaremos nuestra copia con la traducción correspondiente. Puede que esto no les guste demasiado a los chinos, pero, llegado el caso, nosotros habremos agotado las vías oficiales y no nos quedará otra solución que esa.

—¡Muy buena idea! —exclama el ministro entusiasmado—. La trasladaré al ministro de Justicia.

Alentado por su opinión favorable, decido aventurarme a dar un paso más.

—Esto podríamos hacerlo ya. Entregaremos nuestra copia a los chinos, pero el Ministerio de Justicia deberá solicitársela de manera formal, tanto para la investigación policial como para la instrucción del caso. Si la embajada china la entrega, ningún problema. En caso contrario, automáticamente tendremos las manos libres para usar la nuestra.

—Esta es la solución. Procederemos como nos ha dicho —afirma el ministro, dando el visto bueno definitivo.

Al término de la reunión, todos nos sentimos animados y nos trasladamos al despacho del director.

—Le felicito. ¿Cómo ha podido encontrar tan fácilmente la salida del laberinto? —me pregunta el director, admirado.

—Deformación profesional, señor director —le contesto.

—¿Qué quiere decir?

—Muchas veces, cuando investigamos un crimen, la única manera de encontrar al culpable es tendiendo trampas. Es justo lo que acabo de hacer, tender una trampa.

—En cualquier caso, se ha ganado usted el favor del ministro y ya tiene el ascenso en el bolsillo —me responde el subdirector riéndose.

—No vendamos la piel del oso antes de cazarlo, señor subdirector —le contesto—. Usted sabe tan bien como yo que los ascensos no dependen solo del favor de los superiores.

—Eso es verdad, por desgracia —admite el director.

—Ahora solo nos queda esperar la decisión de los ministros —comenta el subdirector.

—Mientras tanto les enviaré una copia de las anotaciones originales por si la solicita el ministro —le digo—. Está claro que nosotros solo utilizaremos el texto traducido.

Acordamos proceder de este modo y nos despedimos, satisfechos y de buen humor.

Durante el trayecto de vuelta a Jefatura pienso que mi padre, oficial de carabineros, se sentiría orgulloso de su hijo, que ha tendido una trampa a los comunistas. Esto, por supuesto, siempre que antes me hubiera podido perdonar mi amistad con Zisis.

Nada más entrar en mi despacho llamo a Dimitríu por teléfono y le digo que debe hacerle llegar enseguida una copia del bloc de notas original al director.

—¿Voy primero al despacho del subdirector o subo antes a verle a usted? —me pregunta Dimitríu.

—¿Por qué quieres verme a mí? ¿Hay alguna novedad? —pregunto ansioso.

—Hemos recibido la lista de las llamadas del saudí y deberíamos repasarla juntos.

—Preséntate primero ante el subdirector y luego ven aquí enseguida —le contesto.

Los desesperados se agarran a un clavo ardiendo. Yo hago lo mismo, con la esperanza de sacar algo en claro de las llamadas de Al Falaj.

30

La tensa espera hasta la llegada de Dimitríu dura una hora. Sentado ya frente a mí, saca de su cartera la relación de las llamadas que había realizado Al Falaj y la deja encima de mi escritorio.

—Cuéntame tú, porque yo no entiendo este galimatías —le digo impaciente.

—Hay dos datos fundamentales —responde Dimitríu—. El primero, que no llamó ni recibió llamadas de teléfonos griegos, con excepción de una llamada hecha al presidente de la empresa Meandro, y otra recibida del director de los servicios técnicos de la misma empresa. Todas las demás se establecieron con teléfonos móviles de Arabia Saudí o de Inglaterra. —Aguarda un momento por si quiero preguntarle algo y luego continúa—: Aunque no son las llamadas las que nos interesan, sino un SMS. Puede leerlo, si quiere. Está en inglés.

Busca en la lista y lo encuentra. El mensaje reza: «*Sorry, I will be half an hour late. I will be at the hotel at 7:30 pm*».

—¿Cuándo se envió el mensaje? —le pregunto.

Dimitríu me mira.

—Un día antes del asesinato.

—¿Está firmado?

—No, no lleva firma.

—Se refiere a la cita con Al Falaj.

Le hablo de los encuentros entre la cómplice del asesino y Al Falaj, primero en la costa de Skaramangás y después en el Hilton, donde se los vio tomando una copa juntos en el bar.

—Es posible que fuera al hotel después de ver a Al Falaj en Skaramangás, y que se conocieran allí —deduce Dimitríu—. Nadie se fijó en ellos en medio del ajetreo del establecimiento.

—Es muy posible, aunque no tiene mucha importancia. Cuenta más que hayáis podido encontrar el móvil de ella.

—El número es de Inglaterra. Nos hemos puesto en contacto con la policía británica y estamos esperando a que nos remitan el nombre del titular.

—Bien, me has dado una buena noticia. Quizás así podamos localizar a la cómplice del asesino.

—Me comunicaré con usted en cuanto me llegue la respuesta.

Convoco inmediatamente a mi equipo para ponerles al día. Les transmito la información de Dimitríu sobre el teléfono móvil y lo relativo al encuentro de la mujer con el saudí.

—Pronto ya no será una desconocida. En cuanto conozcamos el nombre de la titular del móvil sabremos quién es —dice Askalidis animado.

—Ojalá —comenta Dervísoglu.

—¿Por qué ojalá? —le pregunta Dermitzakis.

—Porque no es seguro que el titular del teléfono y el usuario sean la misma persona —le explica Dervísoglu.

Interrumpo la conversación, porque no tiene sentido prolongarla basándonos en conjeturas.

—Dejémonos de hipótesis. Pronto sabremos quién es el titular del teléfono, y entonces podremos sacar conclusiones.

Transcurridas un par de horas, una llamada de Dimitríu da la razón a Dervísoglu.

—Inicialmente, el móvil funcionaba con contrato, que estaba a nombre de una mujer de Nigeria. Ahora, sin embargo, funciona con tarjeta de prepago —me informa.

—¿De Nigeria? —pregunto con extrañeza.

—Sí, me han dado su nombre. —Hace una pausa para leer el nombre correctamente—: Una tal Naíma Naijal. Me han dicho que intentarán localizarla, pero no sé cuánto tardarán.

Vuelvo a reunirme con mi equipo, en esta ocasión también está Kula.

—Tenías razón. Es un teléfono de prepago —le digo a Dervísoglu, y les transmito lo que acaba de contarme Dimitríu.

Se me quedan mirando en silencio.

—¿Una nigeriana? ¿Qué tendrá que ver una nigeriana? —se extraña Askalidis.

—Según parece, el móvil de la nigeriana acabó en las manos de la sospechosa como teléfono de prepago —le explica Dermitzakis.

—Ya, pero ¿cómo? ¿Qué relación tenía con la nigeriana para acabar quedándose con su teléfono?

—Los dos tenéis razón —les respondo—. Es muy poco probable que la cómplice conociera a la nigeriana en Grecia y que esta le diera su teléfono móvil. La explicación más lógica es que se conocieran previamente en Inglaterra. Esta eventualidad queda reforzada por todo lo que nos dijeron los que habían hablado con ella, es decir, que su inglés era perfecto. Por lo tanto, lo razonable es que se conocieran ya en Inglaterra. A lo mejor estudiaron en la misma universidad y llegaron a ser amigas.

—De acuerdo, pero ¿por qué le daría la nigeriana su móvil para que lo trajera consigo a Grecia? —se pregunta Dervísoglu.

—Cabe la posibilidad de que la nigeriana terminara sus estudios y se marchara de Inglaterra, en cuyo caso ya no necesitaba el móvil —le responde Kula.

—Vale, y ¿qué hacemos? —pregunta Dermitzakis—. Las explicaciones van bien, pero no nos ayudan a identificar a la cómplice.

—Tienes razón —le digo—. La única solución es que hable con Simeonidis, el jefe de Relaciones Internacionales. Es el único que puede averiguar en qué universidad estudió la mujer de Nigeria. Si realmente estuvo estudiando, podremos solicitar la relación de estudiantes griegas de su misma facultad para localizar a la joven que estamos buscando. De otro modo, si empezamos a buscar a ciegas en todas las universidades de Inglaterra, tardaremos medio año en encontrarla.

El problema es que la dirección de Relaciones Internacionales tiene su sede en la avenida del Mediterráneo, no en Alexandras.

En cuanto se marchan mis colaboradores llamo al subdirector para informarle de las novedades.

—Necesitaría que usted convocara una reunión en su despacho con Simeonidis de forma inmediata, porque nos urge actuar sin perder más tiempo.

—Hablo con él y le llamo.

Prefiero que el encuentro tenga lugar en presencia del subdirector, para así poder presionar en caso de que surjan impedimentos burocráticos.

El subdirector me llama para informarme de que la reunión se puede celebrar de inmediato.

Maldigo la suerte que me empuja otra vez a meterme en un coche patrulla camino de la avenida del Mediterráneo, pero no tengo alternativa. Rezo para que el plan funcione y desatascar así de una vez la investigación.

—Ahora mismo aviso a Simeonidis —me dice el subdirector cuando entro en su despacho—. Empiezo a tener esperanzas de que, por fin, nos encontramos en el buen camino —añade, mientras aguardamos la llegada del jefe de Relaciones Internacionales.

—Lo bueno es que esta vez tenemos esperanzas fundadas de poder localizar a la cómplice del asesino. Y, por supuesto, también es muy positivo que de momento no haya aparecido otra víctima —comento.

Nuestro intercambio de ilusiones queda interrumpido por la aparición de Simeonidis. Él y yo nos conocemos desde hace años y me saluda efusivamente.

—¿Qué pasa? ¿Estás atascado y necesitas mi ayuda? —me pregunta riéndose.

—No solo el comisario necesita ayuda. Todos estamos atascados, incluido el propio ministro —le responde el subdirector en mi lugar.

Le informo con todo detalle del hallazgo del teléfono móvil y de la presunta participación de la mujer de Nigeria. Al final, le doy su nombre.

—Los demás datos y la lista de llamadas del saudí los tiene Dimitríu. Le pediré que te los envíe —concluyo.

—No hace falta. Ya hablaré yo con él. —Simeonidis hace una pausa y nos mira atentamente—. Comprenderéis que no se trata de una investigación sencilla. No solo implica a la policía británica, sino también a todas las universidades del Reino Unido. Nos llevará tiempo encontrar pistas válidas —nos explica.

—Ya lo sé. Lo único que te pido es que procedas con la mayor celeridad posible. —El subdirector se está haciendo eco de mi propio deseo—. Y esperemos que no se produzca otro asesinato mientras tanto. A partir de ahora vosotros dos os comunicaréis directamente, yo me limitaré a recibir vuestros informes.

Cuando vuelvo a subir al coche patrulla, me siento agotado. Por suerte, he podido establecer un orden de actuación y no tengo que hacer nada más. Al menos, hoy no.

31

A las doce del mediodía, la plaza Kotzia se ha convertido en un enorme comedor al aire libre, como aquellos que se suelen montar en las ferias de pueblo o para las festividades de un santo patrón. La pancarta está plantada en el lado que da a la calle Aiolou: PROBAD LAS COMIDAS DE LOS POBRES. Y otra, más pequeña, a su lado: LOS POBRES OS INVITAN.

En una reunión que tuvimos hace un par de días acordamos qué comida prepararía cada colectivo. Los inmigrantes africanos vinieron con los deberes hechos y nos comunicaron que ofrecerían una comida a base de verduras que se llama *domondá*.

Los de clase media optaron por el guiso de judiones y la tarta de espinacas.

El problema surgió entre nosotros, los griegos, y los inmigrantes búlgaros. Cuando anuncié que prepararíamos potaje de judías, Dímiter contestó que el potaje de judías también es la comida de los pobres en Bulgaria. Juntamos las cabezas para encontrar una solución. Barajamos la posibilidad de preparar lentejas en lugar de judías. Al final, la solución la encontró Voika, que había venido a la reunión con Dímiter.

—No importa, prepararé *prozénik* y *kachamak* —dijo.

—¿Qué comidas son esas? —pregunté.

—Son panes de maíz. Como nosotros no teníamos trigo,

hacíamos el pan con harina de maíz. El *prozénik* se hace al horno, mientras que el *kachamak* está hervido. Si vamos a ofrecer potaje y guiso de judías, tiene que haber también pan.

Ahora que ya hemos dispuesto la alineación definitiva de los diferentes colectivos, admiro la panorámica desde el centro de la plaza. Después empiezo la ronda por los puestos de comida.

En el primer puesto se ofrecen platos y cubiertos de plástico. Compramos el material con los fondos recaudados por los dos refugios de gente sin techo. Todos los que quieren comer cogen primero cubiertos y platos y luego continúan para elegir lo que les apetece comer.

A continuación está el puesto de los sin techo, con pan, queso feta, olivas y trozos de tarta de queso.

Debajo de la pancarta grande hemos colocado la enorme cacerola con el potaje de judías. Detrás de la cacerola está apostada Adrianí, con un gran cucharón para servir.

—Guárdame un plato —le pido al pasar.

—Ten paciencia, ya llegará tu turno. Este no es para ti —me contesta ella.

Delante de la pancarta pequeña, al lado de Adrianí, está la mujer de Berkas, que sirve el guiso de judiones, mientras que la hermana de Berkas está a cargo de la tarta de espinacas. Entre ambas, el propio Berkas.

—Te espera una sorpresa —me dice él, y su mujer sonríe.

—¿Qué sorpresa?

—Ya lo verás.

Continúo la ronda hasta llegar al puesto de Léopold. A su lado hay una mujer africana.

—Le presento a mi mujer, señor Lambros —me dice—. Es ella quien ha preparado el *domondá*.

Intercambiamos sonrisas y miro la comida. Está hecha con diferentes verduras y una salsa. El típico alimento de la gente pobre. Sean de donde sean, contiene los mismos ingredientes.

A Voika la hemos colocado al final, para que los que se han servido comida acaben en el puesto del pan.

—Este es el *prozénik;* y este, el *kachamak* —me explica ella, señalando una hogaza y otro trozo de pan, parecido a un bizcocho.

Cierra el círculo culinario un grupo de gente proveniente de los dos refugios de los sin techo, un equipo listo para intervenir en caso de que hubiera jaleo. Nuestra intención es evitar la actuación de la Brigada Antidisturbios, que está esperando en el mismo lugar de la concentración anterior. Kurtidis es el encargado de supervisar al equipo de vigilancia. Dervísoglu no debe de estar lejos. Jaritos y yo acordamos que no se dejaría ver para no llamar la atención.

Al darme la vuelta para echar un vistazo y comprobar que todo está en orden en la plaza, veo que Giovanni se acerca a su mujer con una cacerola en las manos.

—¿Qué es esto? —pregunto.

—La sorpresa —responde Berkas—. *Panzanella,* la comida de los pobres en Italia.

—Está hecha con pan duro mojado, ajo, cebolla, tomate, albahaca, pepino y aceite —añade Anguelikí, su hermana.

—¡Esta es una señora sorpresa! —le digo encantado a Giovanni, y su mujer se lo traduce.

Observo que la plaza se empieza a llenar de gente y me acuerdo de los viejos tiempos, cuando contábamos cabezas para calcular cuántos habían acudido a las manifestaciones. Hombres y mujeres de todas las edades entran en la plaza, curiosean primero por los diferentes puestos de comida y luego cogen platos y cubiertos para empezar su ronda. Un hombre recibe un plato de potaje de Adrianí y le pregunta cuánto vale.

—¿No ve lo que pone aquí? —le responde Adrianí, señalando la pancarta pequeña—. Invitan los pobres. ¿Ha oído hablar alguna vez de un convite que se tenga que pagar?

Unos cuantos se han reunido en torno a la comida de Giovanni y la contemplan curiosos.

—Es la comida de los pobres de Italia. Contiene lo mismo que comen los pobres de Grecia —les explica Anguelikí—. Ajo, cebolla, tomates, albahaca y aceite.

—¡Está deliciosa! —exclama una mujer que acaba de probarla.

Otros se detienen ante el puesto de Léopold para probar la *domondá*. Uno de ellos grita entusiasmado:

—¡Viva la comida de los pobres! ¡Las comidas más sabrosas las hacen los pobres!

Lo bueno es que nuestros visitantes prueban todo lo que se ofrece. Los hay que se montan un plato combinado con una muestra de cada puesto, y quienes prueban una comida y luego van a por la siguiente.

Me acerco a Kurtidis para comentar con él el desarrollo de la concentración cuando un nutrido grupo de inmigrantes irrumpe en la plaza. Cogen un plato cada uno y empiezan a recorrer los puestos. Todos acaban con una montaña de comida en sus platos. Algunos han traído bolsas de plástico y las llenan también de comida. Enseguida me acerco a ellos.

—Esto no —les digo—. Podéis comer todo lo que queráis, pero no podéis llevaros comida a casa. Si todos hicieran lo mismo, no quedaría nada para los que vinieran después.

Me miran e intercambian unas palabras en una lengua desconocida. Después vacían la comida de las bolsas en sus platos y siguen comiendo.

—¡Buen provecho! —les grito, y vuelvo junto al equipo de vigilancia. Le pido a Kurtidis que mande a alguien para que recoja las bolsas de plástico.

No les da tiempo, porque, de pronto, un grupo de hombres invade la plaza desde la calle Aiolou. Son de distintas edades, pero a todos se los ve forzudos y algunos llevan bates de béisbol. Avanzan amenazadores hacia los inmigrantes, que los miran asustados.

—¡Que se vayan los de fuera o lo destrozamos todo! —grita uno de ellos, blandiendo su bate para intimidar.

—¡La comida es para los pobres de Grecia! ¡No vamos a alimentar al islam! —vocifera otro.

El tercero habla directamente a los inmigrantes:

—Si queréis comida para vuestros pobres, volved a vuestros países y alimentadles allí.

Veo que Kurtidis y el grupo de vigilancia rodean a los inmigrantes, formando una muralla humana alrededor de ellos.

—Tendréis que pegarnos a nosotros antes que a ellos —les dice Kurtidis.

—¿Es que buscas pelea, cabrón? —le desafía el primer matón.

—Pensándolo bien, tienen razón —grita uno de entre la muchedumbre—. ¡No basta con que vinieran sin ser invitados, ahora tenemos que compartir hasta los mendrugos de pan con ellos!

De repente, suena la voz de Adrianí:

—El mendrugo de pan es el mismo para todos —grita a los matones—. Antaño nuestras madres hacían lo mismo en sus respectivos barrios, lo compartían todo. Si queréis probar la comida de los pobres, estáis invitados.

—*Benvenuti!* —truena la voz de Giovanni.

Los bravucones mantienen el pico cerrado porque les han

pillado por sorpresa. Primero una mujer y luego un italiano han desmontado su cháchara racista. En medio de su desconcierto aparecen cinco hombres de la Brigada Antidisturbios.

—¿Habéis venido a una concentración pacífica que reparte comida para reventarla? —les pregunta uno de los oficiales en tono amenazante.

—¿Os han invitado a comer y vosotros queréis desmontarles el chiringuito? —añade otro.

—Lo único que vais a conseguir es asustar a la gente y os vamos a trincar —apostilla un tercero.

—¿Os marcháis pacíficamente o convertimos esto en un campo de batalla donde tendréis a todos en contra por haberles fastidiado la diversión? —les recrimina el primero.

Los provocadores miran indecisos a su alrededor. Se hace un silencio absoluto, no se oye ni una palabra de apoyo. Empiezan a retroceder hacia el lugar por donde han venido. Los antidisturbios los observan hasta que desaparecen y luego se dan la vuelta para retirarse también.

—¿Por qué no os quedáis para comer? —los invito.

—Estamos de servicio. Pero, si nos guardáis un plato de comida, lo comeremos luego con mucho gusto —me responde el primero con una sonrisa.

Cuando ya se han ido, me acerco a Adrianí.

—Te felicito, Adrianí, eres un hacha —le digo.

—Es que no puedo con esto, ¡me ahoga la indignación! —exclama ella, airada.

—Nosotros estaremos siempre de vuestro lado —nos dice alguien que ha escuchado la conversación. Es el mejor elogio que me podrían haber hecho.

La gente vuelve a centrar su atención en la comida y es como si no hubiera pasado nada. Felicito a Dervísoglu mentalmente porque ha sabido hacer bien su trabajo.

La plaza sigue llena de gente hasta bien entrada la tarde. La mayoría viene para curiosear, pero se marcha entusiasmada y con el estómago lleno. Una vez terminado el festín, tardamos un par de horas más en recoger los restos de comida y los cacharros.

Adrianí me propone que nos volvamos a juntar por la noche en casa de Katerina. Me doy cuenta de que tiene ganas de hablar de la concentración y acepto. Ella se aleja hacia donde le espera su nieto y los demás nos dirigimos al refugio con la excepción de Kurtidis, que me comunica que ha quedado con un profesor para hablar de sus estudios y se tiene que marchar. En su lugar, nos acompaña Berkas al asilo.

Me siento agotado, y lo único que quiero es dejarme caer en la cama, pero soy consciente de que no debo empañar el entusiasmo que impera a mi alrededor.

—Confieso que no esperaba tanto éxito —reconoce Stellos—. Cuando propusiste una concentración para comer, me temí que fuéramos cuatro gatos. Sin embargo, ha sido multitudinaria.

—Y los polis se han portado muy bien —comenta Berkas—. Cuando entraron en la plaza, pensé que venían para dispersarnos, pero han echado a los fascistas sin que nadie sufriera un rasguño.

No quiero que se sepa que tenían órdenes de Jaritos, así que empiezo a teorizar:

—Han echado a los que han venido para perturbar el orden. Nosotros éramos los ciudadanos pacíficos —le explico.

—Su cuñado, el italiano, es un *crack* —le dice Anna a Berkas—. Él y la señora Adrianí les han confundido tanto que no sabían cómo reaccionar.

—¿Dónde será la próxima concentración? —pregunta Berkas.

—No tengas prisa —contesto—. Primero debemos reunirnos para hacer una valoración de esta, y después veremos cuáles han de ser los próximos pasos. —Estoy al límite de mis fuerzas y esta noche tengo que ir a casa de Katerina—. Me parece que ya es hora de tomar un descanso. Todos lo necesitamos —propongo.

Nadie se opone y me voy para echar una siesta.

32

Una de dos: o Simeonidis exageró las dificultades de su investigación, o bien nosotros hemos tenido mucha suerte. Apenas veinticuatro horas después de nuestra reunión me comunica por teléfono que tiene noticias y que urge que hablemos.

—¿Puedo ir con los colaboradores de mi equipo que se encargan de la investigación? —le pregunto.

—Por supuesto. Invito a cafés.

«Estaría mucho más contento si nos invitases a noticias positivas», pienso.

Esta vez nos ponemos en marcha con dos coches patrulla, porque quiero que Kula venga con nosotros por si surge la necesidad de buscar algo en internet.

Simeonidis nos recibe con sonrisas y efusivos apretones de manos. Gestos todos que acompañan la satisfacción que se refleja en su cara.

—Me advertiste que te llevaría tiempo, pero veo que has logrado resultados de un día para otro —le digo.

—No sé, Kostas. A veces la suerte te acompaña cuando menos te lo esperas. —Abre sus carpetas para consultar el contenido—. La Naijal esa sí que estudiaba, aunque no en una universidad, como suponíamos —nos informa.

—Si no era en la universidad, entonces, ¿dónde estudiaba? —pregunta Dermitzakis.

—En el conservatorio. Estudiaba música en Londres.

Intercambiamos miradas de sorpresa. Dervísoglu recurre a la explicación más sencilla:

—Así pues, pudieron conocerse en el conservatorio.

Simeonidis vuelve a consultar sus documentos.

—En el mismo conservatorio solo había tres estudiantes griegos, ninguna estudiante griega.

—Entonces, ¿dónde se conocieron? —pregunta Dermitzakis, desconcertado.

Simeonidis se encoge de hombros.

—En cualquier sitio de esa ciudad colosal que es Londres. En una fiesta o en un concierto de rock. En cualquier sitio...

«La cómplice de nuestro asesino tiene una suerte descomunal o es más lista que cualquier profesional del crimen organizado.»

Simeonidis interrumpe mis reflexiones.

—Hay algo más —nos dice. Lo miramos, esperando que nos lo cuente—. Naijal ya no vive en Londres.

—¿Ha terminado sus estudios? —pregunta Askalidis.

—No. Los interrumpió y volvió a Nigeria.

—Esto, al menos, explica cómo acabó el teléfono móvil en manos de nuestra sospechosa. Antes de irse lo convirtió en teléfono de prepago y se lo dio —deduce Kula.

—¿No podemos averiguar en qué universidades londinenses hay estudiantes griegas para intentar localizarla? —pregunta de nuevo Askalidis.

—¿Cómo? No sabemos su nombre y apellido ni tenemos una foto de ella —contesta Dervísoglu.

—¿Y quién dice que estaba estudiando? Podría, simplemente, estar trabajando en Londres —remata Simeonidis.

—En otras palabras, no hay manera de localizarla —concluyo para poner fin a la conversación antes de perder los nervios.

—Por desgracia, no —confirma Simeonidis, y añade para acabar de consolarme—: Yo también creo que es una apuesta perdida.

Regresamos a Jefatura con las manos vacías. Nadie pronuncia una sola palabra en el trayecto de vuelta. Nos sentimos todos deprimidos y desesperanzados.

Me siento en mi despacho abatido y desilusionado. Estoy a punto de aceptar la derrota y admitir que el asesino se nos escapa. Después de tanto investigar no tenemos nada con lo que seguir adelante: ni el arma del crimen ni huellas dactilares. Ni siquiera somos capaces de identificar a la cómplice del asesino.

Necesito urgentemente darme un respiro. Llamo a Dervísoglu a mi despacho para que me informe acerca del desenlace de la concentración de los pobres una vez concluida la comida popular, con la esperanza de que el cambio de tema me ayude a distanciarme del caso, que me trae de cabeza. Además, esta noche voy a recalar en casa de Katerina. Por un lado, preferiría ir directo a mi casa, pero, por otro, la presencia de mi nieto y demás compañía quizás me levante el ánimo.

Las noticias que me trae Dervísoglu me sientan bien. La concentración ha sido muy concurrida, la gente ha disfrutado de las diferentes comidas y los antidisturbios han dispersado eficazmente a los inevitables agitadores.

En casa de Katerina me espera el espectáculo de mi nieto, que ya ha soltado amarras y gatea por toda la sala de estar. La familia entera, su tocayo incluido, da palmadas para alentarlo en sus exploraciones.

—Bueno, ahora que tu abuelo ha podido admirarte también, ha llegado el momento de levantar el vuelo —le dice

Katerina, y se lo lleva en brazos mientras el pequeño Lambros protesta llorando porque le han interrumpido su paseo. Los demás nos acomodamos en la sala de estar.

—¿No te vas a la cocina? —pregunto a Adrianí. Cada vez que Katerina se lleva al nieto para cenar y dormir, mi mujer corre a la cocina.

—No hace falta, todo está a punto —me responde ella.

Aunque Dervísoglu ya me ha informado, quiero escuchar también la opinión de Zisis.

—¿Cómo ha ido la concentración? —le pregunto.

—¡Un exitazo! —responde entusiasmado—. A estas alturas, he aprendido una nueva lección.

—¿Qué lección? —pregunta sorprendido Fanis.

—Que las concentraciones donde se ofrece comida son mucho más populares. Los ricos ya lo saben, por eso ofrecen un bufet libre al final de cada convención o conferencia. Muchos asisten por el bufet, la conferencia les trae sin cuidado.

—¿Habéis tenido problemas? —sigo preguntando, aunque ya conozco la respuesta.

—Poca cosa. Unos matones de extrema derecha que han aparecido para echar a los inmigrantes. Tus hombres han podido alejarlos sin peleas ni discusiones.

—Entonces, ¿estás contento? —le pregunta Adrianí.

—Doy saltos de alegría —le responde Zisis—. Ha venido tres veces más gente de lo que esperaba.

—La verdad es que a mí también me ha gustado la experiencia —confiesa mi mujer—. Es la primera vez que he visto a tanta gente junta comiendo y pasándoselo bien. Los matones me han asustado un poco, pero, por suerte, no ha pasado nada.

Zisis se dirige a mí:

—Tu mujer es el no va más —me dice.

—¡Venga ya! —protesta Adrianí.

—¿Por qué? —pregunto extrañado.

—Porque ha puesto a los matones en su sitio incluso antes de que apareciesen tus hombres.

Mi corazón da un vuelco. Ya he recibido bastantes bofetadas por un día, no quiero más.

—Les ha dicho que, en lugar de gritar, se acercaran para comer —me explica Zisis, y respiro con alivio.

—Te felicito, Adrianí. A partir de ahora voy a contar contigo como negociadora —le digo.

Mi mujer se santigua de forma ostentosa.

—¡Increíble, señores, por fin he recibido un elogio de mi marido! —exclama.

—También ha ayudado el italiano, que les ha dicho «bienvenidos» en su lengua —añade Zisis.

—¿También estaba el italiano? —me sorprendo.

—No solo estadaba, sino que ha traído la comida de los pobres de Italia —contesta Adrianí—. A los griegos les ha gustado mucho.

Se levanta para servir la cena. Antes de salir de la sala de estar se detiene delante de Zisis.

—Tú y yo hemos encontrado la manera de colaborar —le dice resuelta.

Zisis se la queda mirando.

—¿A qué te refieres?

—En la próxima concentración, tú servirás un discurso y yo serviré comida —le explica, y añade su inevitable aforismo—: Cada loco con su tema. Yo llevo toda la vida ocupándome de la comida.

Fanis la sigue con la mirada y, cuando mi mujer ya ha salido de la sala, se dirige a nosotros:

—Realmente, es el no va más —comenta.

—No hay doctorados ni abogacías que valgan. La capacidad de mi madre de dejar a la gente sin palabras es inigualable —dice Katerina, que entretanto ha venido para poner la mesa.

Adrianí trae queso feta con olivas, y luego vuelve a la cocina para buscar la cena. Los comentarios de mi mujer y la conversación en general me han levantado el ánimo y empiezo a tener apetito. Nos sentamos a la mesa. Adrianí aparece con una olla llena de potaje de judías.

—¿Judías? —pregunta su hija.

—Han sobrado del potaje que he preparado para los pobres. Las olivas y el queso feta son la contribución de los sin techo. Así, vosotros también podéis probar el rancho de los pobres —nos explica mi mujer antes de añadir—: ¡Los pobres os invitan!

—Es lo que ponía en una de las pancartas de la concentración —nos explica Zisis.

Adrianí se dirige a mí:

—Los pequeñoburgueses venidos a menos trajeron guiso de judiones y tarta de espinacas, nada de *suvlakis*. Que lo sepas —suelta la temida pulla.

Cuando emprendemos el camino de vuelta a casa, ya no me asedian las preocupaciones profesionales. Esto también se lo debo a mi mujer.

—Conseguiste dejar sin argumentos a los propios agitadores. Me quito el sombrero ante ti —le digo para no privarla de su merecida alabanza.

Ella me echa una mirada desdeñosa.

—Venga ya. Lo que se gritaban nuestras madres en las calles ahora pasa por gran sabiduría.

¿Qué le puedo decir si tiene razón?

33

Estoy profundamente dormido y no oigo el teléfono. Solo noto los empujones de Adrianí y oigo su voz entre sueños:

—Despierta, es para ti.

Agarro el auricular y escucho la voz de Dermitzakis, que me comunica:

—Mis disculpas si le he despertado, señor comisario, pero acaban de llamarme del Centro de Operaciones. Parece ser que ha aparecido una nueva víctima.

—¿Cómo lo sabes?

—Se ha encontrado el cadáver de un hombre asesinado a puñaladas en la acera de la calle Ivis, en Jalandri. Lo ha encontrado un señor que pasaba por allí de madrugada con su coche. Al principio pensó que se había caído desmayado, pero cuando se acercó para prestar ayuda, vio la sangre que manaba de una herida en la espalda. Cuando me lo han dicho ha sonado la campanilla de alarma. Ojalá esté equivocado y le haya despertado para nada —concluye.

—Has hecho bien. ¿Dónde está la calle Ivis, exactamente?

—Es una calle que desemboca en la avenida Pendelis.

—Avisa a la Científica y al Departamento Forense. Y manda un coche patrulla a buscarme. Quiero que estemos todos allí. ¿Han retenido al hombre que ha encontrado el cadáver?

—Sí, señor. Ya he avisado a la comisaría de Jalandri para que lo retengan, porque queremos interrogarlo. También les he dicho que precinten el lugar del crimen.

Me levanto de la cama a toda prisa y empiezo a vestirme, atolondrado. Me pongo lo primero que encuentro a mi alcance y estoy listo para salir en menos de cinco minutos. Adrianí, mientras tanto, ha vuelto a quedarse profundamente dormida.

Bajo a la entrada del edificio para esperar allí a que llegue el coche patrulla, así no perderemos tiempo innecesariamente. Entretanto intento consolarme con la idea de que, tal vez, este asesinato no guarde ninguna relación con los casos que estamos investigando.

Sin embargo, me resulta difícil convencerme a mí mismo de ello.

Por suerte, el coche patrulla no tarda en aparecer y nos ponemos en marcha hacia la calle Ivi. Es una calle tranquila, como casi todas las que desembocan en las arterias principales. Nada más meternos por ella distingo el precinto rojo a media distancia entre el principio y el final de la calle.

Bajo del coche patrulla y me acerco al lugar donde yace el cadáver. Está tendido de bruces en la acera, junto a los escalones de entrada de un bloque de pisos. Si guardaba alguna esperanza de que este asesinato no tuviera que ver con los dos anteriores, esta se disipa en cuanto veo la herida. Ha perforado el omóplato izquierdo, exactamente en el mismo punto en el que le asestaron la herida mortal al chino.

—Parece que al asesino le llegó nuestro descontento por no tener más víctimas y decidió hacernos un favor —me susurra Dermitzakis con una mueca.

El equipo entero se ha reunido a mi alrededor.

—¿Dónde está el hombre que lo ha encontrado? —pregunto a mis colaboradores.

—Está esperando en el coche patrulla —me responde Askalidis, señalando un coche policial aparcado de tal manera que impide el acceso desde el otro extremo de la calle.

Indico a Dermitzakis que se queden allí hasta que lleguen el forense y los de la Científica para ponerles al día, y echo a andar hacia el coche de la comisaría de Jalandri.

Un hombre joven, de unos treinta y cinco años, está sentado en el asiento de atrás. La expresión de su cara indica que sigue conmocionado. Subo al coche y me siento a su lado, pero él no se vuelve para mirarme. Mantiene la mirada fija en el parabrisas.

—Me han dicho que tú has encontrado el cadáver —le digo en tono tranquilo.

El testigo aparta la vista del parabrisas y se gira hacia mí con la mirada perdida.

—Sí, he sido yo.

—¿Puedes contarme cómo ha ocurrido? —Su agitación es evidente e intento tranquilizarle—. No te apures. Cuéntamelo a tu manera, solo necesito saber qué ha pasado, esta no es una declaración oficial.

Él se relaja un poco.

—Pasaba con el coche en dirección a la avenida Pendelis para ir a Vrilissia. De repente, he visto a un hombre caído de bruces en la acera. He pensado que le habría dado un ictus o un infarto y me he detenido para ayudarle. Al acercarme he visto la herida en la espalda y el reguero de sangre. —Hace una pausa para dominar su inquietud y tomar aliento—. Enseguida he llamado a la policía. Y eso es todo.

—¿Lo conocías?

—No. Era la primera vez que lo veía. Además, yo no vivo por esta zona.

—¿Recuerdas qué hora era, más o menos?

El joven piensa un momento.

—No lo sé, exactamente, pero me fui de casa de unos amigos poco antes de las doce... Debía de ser en torno a la medianoche.

—De acuerdo, hemos terminado, en estos momentos no tengo más preguntas —le digo—. ¿Habéis anotado los datos del testigo? —pregunto al conductor del coche patrulla, que está sentado al volante.

—Sí, señor comisario. Nombre y apellido, dirección, número de móvil, todo.

—Entonces ya puedes irte. Te llamaremos para que prestes declaración oficial, aunque no será esta noche —le digo al joven.

—Voy a llamar a un taxi, no estoy en condiciones de conducir —musita este.

Doy instrucciones para que lo lleven a su casa en el coche patrulla y regreso junto a mi equipo. Mientras tanto ha llegado Dimitríu con el equipo de la Científica y Stavrópulos, del Departamento Forense, está agachado sobre el cadáver.

—Asesinato idéntico a los dos anteriores —me dice, confirmando mi primera impresión—. Aunque parece que el asesino ha adquirido pericia mientras tanto.

—¿Por qué lo dices?

—Porque lo ha matado de una sola puñalada, no le han hecho falta más.

—El testigo me ha dicho que lo ha encontrado caído en la acera en torno a la medianoche —comento.

—Es, más o menos, cuando debió de tener lugar el asesinato. La sangre aún está húmeda.

En el ínterin, los vecinos del bloque de pisos y de las viviendas contiguas se han asomado a las ventanas y a los balcones.

Dimitríu ordena a sus hombres que den la vuelta al cadáver para que pueda registrarlo. En cuanto le dan la vuelta suena el grito espantado de una mujer.

—¡Pero... si es Spyros! ¡Spyros Kallasis! ¡Dios mío de mi vida!

El nombre me suena. Es el periodista que escribió aquellos dos artículos, primero el dedicado a las inversiones financieras, el que me dio Fanis, y luego el que trataba de los pobres y la pobreza, del que me habló Zisis. Según parece, el asesino también los leyó y decidió castigarle por haberlos escrito.

Dimitríu me enseña el carnet de identidad y la cartera de Kallasis.

—Nosotros ya hemos terminado. El resto es cosa de la Científica —me dice despidiéndose.

Los camilleros ya están dispuestos para trasladar el cadáver a la ambulancia.

—Mi informe lo tendrás listo mañana, pero no esperes nada del otro mundo —me dice Stavrópulos—. Si vuelves a leer el informe del chino o el del saudí, te podrás dar prácticamente por enterado.

Espero a que se haya alejado la ambulancia antes de dirigirme a Askalidis:

—Localizad a alguien del edificio que pueda identificar el coche de la víctima y que Dimitríu se lo lleve para inspeccionarlo.

Askalidis regresa poco después con un cincuentón, que enseguida señala el coche de Kallasis. Es un Ford Escort que está aparcado delante de la entrada del bloque de pisos. Dimitríu y su equipo se acercan para llevárselo.

El cincuentón se dispone a volver a su piso, cuando le retengo.

—¿Usted conocía a Kallasis? —le pregunto.

Él se encoge de hombros.

—No sé qué decirle. Lo que llegan a conocerse entre sí los vecinos de un edificio.

Le pregunto cómo se llama y se presenta como Anastasakis.

—¿Podríamos hacerle unas preguntas?

—Vengan conmigo. Vivo en el tercer piso. De todas formas, ni mi mujer ni yo podremos pegar ojo esta noche. Menos mal que los niños están dormidos, porque mañana tienen colegio.

Subimos al tercero y nos conduce directamente a la sala de estar. Nos presenta a su mujer, que está sentada en un sillón con expresión perdida.

Empiezo con lo típico:

—¿Qué tipo de persona era Kallasis?

—Tranquilo y solitario —me responde Anastasakis—. Que nosotros sepamos, estaba divorciado. Su mujer era alemana y ahora vive con la hija de ambos en algún lugar de Alemania.

—¿Sabe, por casualidad, para qué medio de comunicación trabajaba la víctima? —le pregunto.

La mujer de Anastasakis reacciona con un sobresalto al oír mi pregunta.

—¿Un medio de comunicación? ¿Kallasis era periodista?

—No —le responde su marido antes de dirigirse a mí—: Kallasis colgaba a menudo artículos en internet, de vez en cuando escribía para algún que otro periódico, pero no era periodista de profesión.

Ahora me toca a mí sorprenderme.

—¿Qué era entonces?

—Asesor financiero —me contesta Anastasakis—. Que yo sepa, colaboraba con varias empresas, su trabajo consistía en buscar programas de inversión y establecer contactos con inversores y asesores financieros de otros países. Sus artículos periodísticos eran una actividad paralela, una especie de complemento a su trabajo habitual. Además, creo que colaboraba con la Asociación de Empresarios.

Mi primera deducción se había quedado corta. El asesino no había matado a un periodista, sino a un asesor financiero por considerarle responsable de atraer a los inversores.

—¿Sabe usted dónde está el despacho de Kallasis? —pregunto a Anastasakis.

—Que yo sepa, comisario, no tenía despacho. Trabajaba desde casa a través de internet. Establecía todos los contactos y se ocupaba de todos los asuntos *online*. Ahora bien, si tenía que reunirse con algún contacto que venía del extranjero a propósito para hablar con él, me imagino que se encontraban fuera de su casa o en la sede de alguna empresa.

No tengo nada más que preguntarle de momento. Agradezco a Anastasakis su colaboración y bajo otra vez al vestíbulo del bloque de pisos, acompañado de Kula. Dimitríu y su equipo siguen allí, registrando el coche de Kallasis palmo a palmo.

—¿Dónde están los demás? —le pregunto.

—Han ido a investigar puerta a puerta, por si averiguan algo relacionado con el caso —me contesta Dimitríu.

—¿Habéis encontrado algo importante en el coche?

—Solo el permiso de conducir de la víctima y un sobre lleno de folios impresos. Lo llevaremos al laboratorio, aunque no creo que nos aporte nada especial. El asesinato ha tenido lugar en la calle y, de entrada, descarto que encontremos huellas dactilares.

—Te das cuenta de que todo el peso de la investigación recae sobre ti y sobre la dirección de Delitos Informáticos, ¿verdad? —le digo a Kula—. Eres tú quien se encargará de mantener el contacto diario con ellos.

—Lo bueno es que encontraremos toda la información

en internet y no hará falta ir llamando a las puertas —me responde ella.

En este preciso momento veo que Dermitzakis sale del bloque de pisos contiguo y se nos acerca.

—Acabo de hablar con un matrimonio mayor que vive en la planta baja del edificio. Me gustaría que usted también escuchara lo que me han contado —me dice.

Entro con él en el edificio y mi ayudante llama al timbre de la puerta que queda a la derecha. Le abre una mujer que ya ha dejado atrás los setenta.

—Señora Dímitra, quiero que le cuente al señor comisario lo que me ha dicho a mí —le pide Dermitzakis.

La anciana nos conduce en silencio a la sala de estar, donde se encuentra un hombre aún mayor que ella.

—Vlasis, este señor quiere que lo contemos todo otra vez desde el principio, para que lo oiga su superior —le dice a su marido—. Esto es lo que pasa cuando eres viejo, padeces insomnio y no te tomas ninguna pastilla para dormir.

—Estábamos aquí sentados jugando una partida de chaquete —empieza el hombre, y señala la caja de chaquete que aún está abierta encima de una mesilla auxiliar que hay entre dos sillones—. De repente, hemos oído a una mujer que gritaba en la calle: «¡Suéltame! ¿No te da vergüenza?». Y luego otra vez: «¡Déjame en paz o despertaré a todo el barrio!». Eso ha sido todo. Después ha vuelto el silencio. Dímitra quería asomarse a la ventana para ver qué había pasado, pero no la he dejado. A partir de cierta edad te asusta hasta tu propia sombra, porque nunca sabes lo que puede pasar.

—¿Ha ocurrido algo más después de que cesaran los gritos? ¿Se ha oído chillar a más gente o ruidos de algún tipo? —pregunto al hombre.

—Yo no he oído nada, pero mi mujer sí —me responde.

—Poco después he oído el ruido de una moto que aceleraba, pero la verdad es que no le he dado importancia —explica la mujer.

—No lo cuentas bien —la corrige su marido—. Me has dicho que antes de eso ha sonado una canción.

—Ah, sí. Una canción muy famosa de Bizikotsis. «Para los pobres todas mis canciones.» Y justo después, el ruido de la moto.

—¿Ha sonado la canción entera o solo un fragmento? —le pregunta Dermitzakis.

—No, solo el principio. Después ha sonado el rugido de la moto —puntualiza ella.

—La información que nos han facilitado es de gran ayuda. Muchas gracias —les digo a ambos.

—Pero ¿qué ha pasado al final? ¿Qué tienen que ver la canción y el ruido de la moto con el asesinato de ese pobre hombre? —pregunta extrañada la mujer.

—Mejor déjelo estar, no queremos agravar su insomnio —le contesta Dermitzakis.

Cuando salimos del piso, les pido a mis colaboradores que vayan a preguntar a todos los vecinos, por si alguien ha visto a una pareja o a un hombre y una mujer jóvenes circulando por separado por la calle Ivis.

Media hora después reaparecen sin resultados. Nadie ha visto nada especial, solo a los transeúntes habituales.

—En este momento no podemos hacer nada más —les digo—. Vamos a Jefatura para intercambiar pareceres, a ver si podemos llegar a unas conclusiones.

El espectáculo ha terminado y los espectadores han vuelto a meterse en sus pisos.

34

Nuestro destino final es mi despacho. La indignación ha conseguido sacudirnos el sueño de encima.

—¡Su atrevimiento me alucina! —exclama Dermitzakis—. Solo los chapuceros tienen tan poco sentido del peligro.

—Pues a mí me parecen cualquier cosa menos chapuceros —replica Kula.

—A menudo los crímenes cometidos con los medios más sencillos por gente que no tiene antecedentes penales son precisamente los que nos dan más quebraderos de cabeza —intervengo—. Es a lo que nos enfrentamos en este caso. Los agresores habían estudiado los movimientos en la calle y vieron que está completamente vacía por la noche, ya que el tráfico se concentra en la avenida Pendelis. El asesino y su cómplice escenificaron una falsa discusión para llamar la atención en el momento en que vieron llegar el coche de la víctima. Podemos suponer que Kallasis bajó del coche para intervenir y ayudar a la chica. Esta empezó a hablar con él y el asesino aprovechó para asestarle la puñalada. Después hicieron sonar una estrofa de la canción para dejar su impronta, subieron a la moto y desaparecieron.

—Y aquí tenemos otra vez la moto, que también apareció cuando el saudí fue a Skaramangás —dice Askalidis.

—Exactamente. Ha vuelto a aparecer la misma moto, aunque no hemos sido capaces de identificarla. Como hemos buscado información sobre la cómplice en la base de datos de Tráfico sin conseguir resultado alguno, la única explicación lógica es que la moto pertenece al asesino.

—De acuerdo, pero ¿cómo sabía el asesino que Kallasis volvería a su casa tarde para quedarse esperándole en la calle? —Se extraña Dermitzakis—. No puede ser que se apostara allí todas las noches a la espera del momento oportuno. Alguien le habría visto merodear por el vecindario, solo o con su cómplice.

—Creo que la respuesta podemos encontrarla en internet —le responde Kula—. Sea a través de las publicaciones de la víctima, o por medio de informaciones relacionadas. Si Kallasis llegó tarde porque estuvo en una reunión o por cualquier otro motivo, seguro que encontraremos datos al respecto en las redes sociales.

—Hasta aquí nos vamos aclarando. Ahora tenemos que organizar nuestros próximos movimientos —les digo—. Mañana por la mañana iréis directos a la calle Ivis y pasaréis por todos los quioscos y comercios de la zona. Estoy de acuerdo con la estimación de Kula, pero no perderemos nada por investigar si alguien vio, por casualidad, al asesino o a su cómplice paseándose por allí. Kula se quedará en el despacho para ocuparse de internet.

Consulto mi reloj. Son las cinco de la madrugada pasadas. Mi primer impulso es quedarme en mi despacho e intentar dormir un poco. Después, sin embargo, me doy cuenta de que me espera una jornada de mucho ajetreo y de que correría el riesgo de caerme redondo.

Me subo al mismo coche patrulla que me ha traído a Jefatura y en pocos minutos estoy en casa. Tras el éxito de la concentración, Adrianí está durmiendo el sueño de los justos. Me acuesto a su lado y me quedo dormido al instante.

Cuando vuelvo a abrir los ojos, son las nueve de la mañana. Mi mujer se percata de que me he despertado y entra en el dormitorio.

—¿Ya estás despierto? —pregunta—. ¿A qué hora has vuelto?

—Serían las cinco y media.

—Como no sabía cuándo te despertarías, no he preparado café. Lo haré ahora.

El café ya está listo cuando entro en la cocina. Con mucho gusto me tomaría una segunda taza pero se me ha hecho tarde y tengo que irme.

Salir con retraso tiene su precio, porque la circulación es lenta por la calle Spiros Merkuris y por la avenida Reina Sofía. Cuando por fin llego a Jefatura, paso primero por el bar para pedir mi cruasán y un café doble. En cuanto entro en mi despacho, Stella me informa de que Kula me ha estado buscando.

—¿A qué hora has venido? —le pregunto, extrañado de encontrarla ya trabajando.

—No me he ido.

—¿Por qué no?

—Porque tenía mucha curiosidad por averiguar cómo sabía el asesino que Kallasis volvería tarde a su casa. ¡Y lo he averiguado! —concluye orgullosa.

—Te escucho.

—La Asociación de Empresarios celebraba anoche un acto en el que intervenía Kallasis y los invitados eran extranjeros interesados en invertir en Grecia. Tras el acto estaba prevista la celebración de una recepción. Sin duda, el asesino encontró la noticia, como la he encontrado yo misma, y calculó la hora aproximada en que Kallasis volvería a su casa.

—¡Kula, te felicito! —exclamo con entusiasmo—. Ahora sí que tenemos una imagen completa de cómo actúa el asesino.

—Voy a continuar buscando —me dice ella, satisfecha.

—Todavía no. Primero quiero saber qué opina Velidis, y luego volveremos a hablar.

Antes de llamar a Velidis marco el número del subdirector.

—Nos apresuramos con las celebraciones. Ya hay una tercera víctima —son sus primeras palabras. Escucha mi informe pormenorizado y añade un comentario amargo—: Es un triste consuelo que esta víctima sea un griego. Así, al menos, no tendremos a extranjeros mareándonos.

Cuelgo el teléfono y aviso a Velidis para que suba a mi despacho. Él entra con una sonrisa que rezuma empatía:

—Lo siento por ti, estás en un brete —me dice.

—Ya, pero ahora lo estás tú también.

La empatía se torna sorpresa.

—¿Por qué?

Le explico con todo detalle las actividades profesionales de Kallasis.

—Quiero que busques en internet a qué se dedicaba exactamente y cuáles eran sus contactos. Seguro que el asesino no se encuentra entre los contactos y los conocidos de la víctima, pero alguno de estos podría facilitarnos información que nos sirva de ayuda. Si necesitáis datos adicionales, di a tu equipo que llame a Kula.

La idea se me ocurre justo después de marcharse Velidis. Llamo inmediatamente a Kula por teléfono.

—Hace unos días Kallasis publicó en un periódico un artículo de opinión que, casualmente, tuve ocasión de leer. No recuerdo, sin embargo, el nombre del periódico. Busca a ver si lo encuentras.

—¿Hasta cuándo debo remontarme?

—No más de una semana. Estoy bastante seguro de que fue antes.

Me quedo a la espera de noticias cuando recibo una llamada de Zisis.

—¿Es verdad que han matado al tipo que escribió los dos artículos que leímos? —me pregunta.

—Sí, fue ayer a medianoche.

Se hace un silencio.

—¿Crees que podría ser uno de los nuestros, que leyó o tuvo noticia de lo que había escrito? —vuelve a preguntar con recelo.

—Es posible, aunque también pudo ser otra persona cualquiera. Además, este no es el primer asesinato que ha cometido el mismo criminal. Ya mató a otras dos personas antes que a Kallasis. A un saudí y a un chino —le cuento para tranquilizarle.

Se produce otra pausa.

—¿Crees que deberíamos interrumpir las concentraciones? —me pregunta al final.

—No de forma definitiva, aunque sí provisionalmente, durante un tiempo. Y eso para que no salte algún listillo y os acuse de ser los asesinos. Ya te avisaré cuando podáis continuar con las movilizaciones.

—A lo mejor debería retirarme yo.

—¿Por qué? —pregunto estupefacto.

—Porque soy un cenizo de toda la vida —contesta secamente, y cuelga el teléfono.

Comprendo su amargura y me sabe muy mal, pero, tal como han venido las cosas, cualquier concentración supondría un riesgo.

Kula me llama para darme el nombre y el teléfono del periódico que publicó el artículo de Kallasis. Se trata de una publicación financiera con sede en el Pireo.

Antes de poder llamar por teléfono aterriza en mi despacho mi trío de colaboradores. Por la expresión decaída de sus caras deduzco que vuelven con las manos vacías.

Dermitzakis resume los resultados:

—Nada. Nadie, ni de las tiendas ni del quiosco, vio a un hombre o a una mujer vigilando el bloque de pisos donde vivía Kallasis.

—Cuando hemos preguntado al quiosquero si pasaba por la calle a menudo un tipo en moto, se ha reído. «Por aquí pasan un montón de tipos en moto», nos ha dicho. «¿Cómo voy a saber por qué lo hacen cuando nadie se fija siquiera en ellos?»

—No pasa nada, tampoco esperábamos grandes resultados —les consuelo—. Sencillamente, teníamos que concluir la investigación en el lugar de los hechos.

En cuanto regresan a sus despachos telefoneo al periódico. El redactor jefe se llama Lúdaris.

—Me imagino que ustedes ya saben que anoche fue asesinado Spyros Kallasis, uno de sus colaboradores —le digo una vez terminadas las presentaciones.

—Lo sé y estoy conmocionado —me responde él.

—Me gustaría verle para hacerle algunas preguntas.

—Con mucho gusto, pero no espere averiguar nada del otro mundo. Kallasis nunca estuvo en las oficinas de nuestro periódico. Para ser más preciso, nunca le vi la cara.

—¡Pero era uno de sus colaboradores! —exclamo sorprendido.

—Si no recuerdo mal, una vez nos envió un artículo y se lo publicamos. Desde entonces nos mandaba de vez en cuando análisis y artículos de opinión. No obstante, siempre nos contactaba telemáticamente. Por lo tanto, ni tengo una opinión personal del fallecido, ni conozco nada de su vida privada. Solo sé que era asesor financiero. Sus artículos complementaban, de algún modo, sus actividades profesionales.

¿Cómo formarse una opinión de alguien a quien ni siquiera conocía el redactor jefe del periódico en el que colaboraba? La única esperanza que nos queda es que Velidis y Kula consigan reunir información sobre la víctima a través de internet.

Consulto mi reloj. Apenas ha transcurrido media jornada laboral y ya me siento exhausto. Lo malo es que no puedo irme a casa, porque no se descarta una visita inesperada del director o, incluso, del propio ministro.

Esta noche tendré que prescindir de ir a ver a mi nieto. En cuanto salga del trabajo iré directo a casa y me tiraré de bruces a la cama.

35

Me siento como uno de aquellos instructores de las células comunistas, los encargados de trasladar a las bases la línea del partido, que, dicho sea de paso, no convencía a nadie. Todos se revolvían contra el mensajero, como me sucede ahora a mí.

—Precisamente tú, que has puesto en marcha este movimiento maravilloso, ¿ahora quieres detenerlo? ¡Me dejas atónito! —exclama Berkas con indignación.

Ni siquiera encuentro apoyo en Stellos.

—Debo reconocer que yo tampoco lo entiendo. Si alguien se cabreó tanto que llegó a asesinar a Kallasis, no lo hizo por nuestro movimiento, sino porque le sacó de quicio el provocador desprecio de la víctima hacia los pobres y sus padecimientos. La mejor respuesta a eso es seguir adelante para demostrar al mundo que nuestra lucha es pacífica.

Solo he convocado a los nuestros, los compañeros de Grecia. He dejado al margen a los inmigrantes, por temor a que esta conversación los asuste y vuelvan a encerrarse en su burbuja. Al tomar esta decisión, sin embargo, me he privado a mí mismo de aliados, porque los inmigrantes seguro que votarían a favor del aplazamiento de las movilizaciones.

—Escuchad —les digo—, me he pasado la vida entera organizando protestas y manifestaciones. Lo que he aprendido de todo aquello es que cuando te encuentras metido, aunque solo sea indirectamente, en una situación capaz de crear división en la opinión pública, no debes emprender ninguna acción que pueda volverse en tu contra. No solo ellos dirán que somos culpables —le explico a Stellos—. Existe otro frente, liderado por los medios de comunicación. Estos empezarán a gritar y a escribir artículos que cargarán sobre nuestros hombros la culpa del asesinato de Kallasis. Y tendrán a los políticos y a la policía de su parte. —Me callo y me vuelvo para mirar a Kurtidis, que hasta el momento no ha dicho nada—. ¿Tú qué opinas?

Él reflexiona un momento.

—Por un lado, entiendo lo que usted dice, y tiene razón. Por otro, temo que este movimiento, que apenas ahora se está fortaleciendo, pueda desinflarse si se interrumpe.

Una de cal y otra de arena. Vuelvo a tener la impresión de encontrarme en una de aquellas reuniones clandestinas del partido. Berkas, que hasta ahora ha estado escuchando las distintas intervenciones en silencio, toma de nuevo la palabra.

—Yo respeto las opiniones del señor Lambros, aunque en esta ocasión no las comparto. Propongo que seamos nosotros quienes convoquemos la próxima concentración. Si el señor Lambros no está de acuerdo, respetaré su decisión de no participar.

—¡Ni hablar! —gritan al unísono Stellos y Kurtidis—. Lambros es la voz y el alma de este movimiento. Él lo creó y él le dio la resonancia que tiene. Si no participa, nosotros tampoco.

Veo que nos encaminamos hacia un choque frontal e intento calmar los ánimos.

—Escuchad, no vale la pena discutir y hacerse mala sangre. Al fin y al cabo, todos queremos lo mismo: que el movimiento tire adelante. ¿Por qué no dejamos pasar un día para aclarar las ideas y luego volvemos a hablar del tema? ¡Tampoco pensábamos convocar la siguiente concentración mañana mismo!

Los ánimos se tranquilizan y nos despedimos con más calma. Antes de irse, Berkas se me acerca para estrecharme la mano.

—Perdona mi desconsideración —se disculpa—. Sabes cuánto te aprecio y cuánto te admiro. Es solo que me parece un error frenar el ímpetu de este movimiento justo ahora que está cogiendo fuerza.

—El debate y los desacuerdos están presentes en todos los movimientos y les dan vida —le contesto. No menciono mi experiencia militante, porque esa conversación nos llevaría demasiado lejos.

Ya solo, me encierro en mi habitación para tranquilizarme y aclarar mis pensamientos. Entiendo la desazón de Berkas y de Stellos, aunque es allí, precisamente, donde nos acecha el cuchillo de doble filo. Si posponemos la siguiente concentración ahora que el movimiento va al alza, corremos el riesgo de perder el interés de la gente. Si, por el contrario, organizamos una concentración enseguida, cualquier cosa que se tuerza podría hacer volar el movimiento por los aires.

Llego a la conclusión de que necesito una segunda opinión antes de tomar una decisión definitiva. La opinión de Jaritos cuenta, pero Jaritos es un poli y para los polis siempre tiene prioridad el orden público y toda la parafernalia. Necesito una opinión que me pueda abrir una ventana por la que vislumbrar otros aspectos del problema.

Me devano los sesos y al final concluyo que la persona más adecuada para ello es Katerina. Ella es abogada, además, tiene la gran ventaja de conocer nuestro movimiento, puesto que fue ella quien invitó a los inmigrantes a participar.

Sin embargo, quiero tener esta conversación a solas con ella y no por la noche en su casa, con toda la familia y el pequeño Lambros presentes. La llamo por teléfono a su despacho y le digo que me urge hablar con ella de un tema que no puede esperar.

—Ahora estoy con un cliente, pero quedo libre dentro de una hora. Puedes venir.

Sumido en la impaciencia, dejo que pase media hora antes de ir a buscar el trolebús que me llevará a Pangrati. Confío en el criterio de Katerina. Esta confianza me tranquiliza y me ayuda a recuperar la serenidad.

El cliente de Katerina no se ha ido todavía y me quedo esperando en la antesala. Por suerte, la espera no se alarga demasiado. Veo que el cliente se marcha al cabo de un rato, y Katerina sale acto seguido de su despacho.

—Pasa y hablamos, tío Lambros —me dice después de los abrazos de rigor.

Me invita a un café, que me sienta como un bálsamo, y se sienta detrás de su escritorio. Empiezo a hablar del asesinato de Kallasis, pero ella me interrumpe:

—Deja, ya conozco la historia. Ve al grano, tío Lambros.

Le expongo mis reservas en cuanto a seguir con las concentraciones, al menos hasta que cese el ruido en torno al asesinato de Spyros Kallasis. Le hablo también de la conversación que mantuve con su padre y de la discusión reciente en el refugio de los sin techo para ofrecerle la imagen completa del asunto.

—Papá tenía razón cuando te dijo que hay que esperar hasta que se calmen los ánimos —es la respuesta inmediata de Katerina—. Aunque no es solo eso. Hay un factor más que se debe tener en cuenta.

—¿Qué factor? —pregunto molesto por que no se me haya ocurrido a mí.

—Los inmigrantes —responde ella—. Habrá quienes aprovecharán de inmediato para afirmar que lo mataron los inmigrantes. Sabes tan bien como yo que los inmigrantes son la presa fácil, el chivo expiatorio de todos los males. Basta que alguien grite «¡Asesinos!» para que enseguida salten otros y le den la razón. Y hay algo más que reforzaría su prejuicio.

—¿El qué?

—El arma del crimen, el cuchillo. Últimamente se ha puesto de moda que unos fanáticos agredan y maten a puñaladas a gente inocente en distintos países del mundo.

Esto ni se me había pasado por la cabeza.

—Tienes razón, no se me había ocurrido —le confieso, fastidiado ante mi falta de previsión.

—A mí se me ha ocurrido porque lo vivo a diario. Aunque estuvierais todos de acuerdo en convocar otra concentración enseguida, yo no permitiría que Léopold y sus amigos participaran bajo ningún concepto.

—¿Cuándo crees que se podrá celebrar la próxima concentración sin correr riesgos? —le pregunto.

—Cuando descubran al asesino —me responde Katerina sin dudarlo ni un momento—. Aunque me temo que para eso tendrás que mantenerte en contacto con mi padre —añade, y se echa a reír.

—Muchas gracias, Katerina. He hecho bien en venir a verte. Me has dejado claro que no solo corre peligro el movimiento, sino también las vidas de las personas.

—Por desgracia, es la verdad.

Salgo a la calle con sentimientos encontrados. Por un lado, me alegro de no haberme equivocado al insistir en que deberíamos aplazar la concentración. Por otro, me enfado conmigo mismo por no haber pensado en el problema de los inmigrantes.

En cualquier caso, Katerina me ha dado un argumento irrefutable para poder convencer a los demás.

36

He dormido diez horas de un tirón. Como todas las tardes, Adrianí fue ayer a ver a su nieto. Así que volví a casa pertrechado con dos *suvlakis*, me los comí y me acosté de inmediato.

Llego a Jefatura descansado y fresco como una rosa, contemplando el futuro con optimismo, como solíamos decir en los viejos tiempos. Apenas he podido meterme en la boca el primer trozo de cruasán cuando Stela entra en el despacho.

—Dervísoglu quiere hablar con usted, señor comisario. Me ha dicho que es muy urgente.

—Dile que suba.

Lo primero que se me ocurre resulta inquietante, porque tiene que ver con Zisis y las concentraciones que está organizando. Después me acuerdo de que se han suspendido y llego a la lógica conclusión de que el asunto tiene que ver con los asesinatos que estamos investigando.

La entrada de Dervísoglu pone fin a mis silogismos. Me salto los buenos días y voy directo al grano:

—¿Qué es eso tan urgente que me quieres comunicar?

Él me mira.

—Tengo que empezar por un tema personal, señor comisario —comienza a decir con una ligera sonrisa—. Soy un apasionado de las músicas étnicas y, sobre todo, de las músicas de América Latina. Anoche se celebraba un concierto de un conocido grupo chileno y fui a escucharlos. Al principio pensé dejarlo correr porque estaba cansado, pero al final no pude resistirme. Y menos mal que fui —concluye.

—¿Por qué? ¿A quién viste en el concierto? No me digas que a la nigeriana.

—No. Cuando terminó el concierto y los asistentes nos pusimos de pie, distinguí de repente entre la muchedumbre a ese joven que está siempre con ese amigo de usted, con Zisis, en las manifestaciones. En la última, además, en la que sirvieron las comidas, estaba al mando del equipo de vigilancia.

—¿Y?

—Iba acompañado de una muchacha que se parecía muchísimo a la cómplice del asesino que estamos buscando —contesta Dervísoglu, dejándome helado—. No puedo estar seguro al cien por cien, pero, en cuanto la vi, me acordé del retrato robot. Después recordé que la amiga nigeriana de la cómplice estudiaba música en Londres.

—¿La seguiste? —pregunto ansioso.

—Después del concierto, la joven se fue sola a la parada del autobús, y cuando llegó uno, yo también me subí, puesto que ella no me conoce y no podía identificarme. La muchacha bajó en Agia Paraskeví. Desde el autobús vi que se adentraba en una calle a la derecha. Yo continué y me bajé en la siguiente parada, porque era tarde, las calles estaban vacías y temí que, si la seguía, ella se daría cuenta. Volví caminando a la parada anterior donde se había bajado y vi que se había metido en la calle Xanzis. —Hace una pausa y concluye—: Es todo lo que le quería decir.

—¡Fotis, te felicito! ¡Es un trabajo estupendo! —le digo entusiasmado—. Se lo vas a contar también a mi equipo, aunque, de momento, a ellos no les hablarás del tipo que va a las concentraciones, puesto que, en teoría, no lo conoces. Tu participación en esa operación es secreta.

Mis colaboradores no tardan en aparecer y escuchan la historia de boca del propio Dervísoglu. Cuando termina, el único que permanece pensativo es Dermitzakis.

—Pero ¿por qué no la detuviste enseguida para traerla aquí? —pregunta a Dervísoglu.

—Porque no estaba seguro de que fuera la persona que estamos buscando. Podría tratarse de alguien que, simplemente, se le parece. No olvides que no tenemos una fotografía de la sospechosa, sino un simple retrato robot.

—Fotis actuó de manera correcta —confirmo—. Primero deberíamos localizarla y hacerle algunas fotografías. Luego habría que enseñarles las fotografías a los testigos que la vieron en Exarjia. Solo procederemos a detenerla cuando estemos absolutamente seguros de su implicación. Quiero que vayáis enseguida a recorrer todo Agia Paraskeví, hasta que la localicéis y logréis fotografiarla. Es mejor que no se encargue un fotógrafo profesional ya que, si ella lo viera, podría mosquearse y desaparecer. Empezaréis por la calle Xanzis, pero quiero que peinéis el resto del municipio también.

Salen enseguida de mi despacho para organizar la operación de vigilancia y seguimiento.

Cuando me quedo solo, mi primer impulso es llamar a Zisis para quedar con él y contarle las novedades, pero descarto la idea con la misma rapidez con la que ha surgido, básicamente por dos razones. La primera, que solo conseguiré preocuparle cuando ni siquiera yo estoy seguro todavía del papel que desempeña su compañero en este asunto. La segunda, que, si el tipo es realmente el asesino, a Zisis se le podría escapar algún comentario delator por pura falta de experiencia, y entonces el criminal haría desaparecer todas las pruebas, empezando por el arma del crimen, y acto seguido pondría pies en polvorosa.

En lugar de a Zisis, llamo al subdirector para ponerle al día de los acontecimientos. En un primer momento se queda atónito, pero enseguida empieza a celebrarlo.

—Ya se lo dije desde el principio. En casos como este, solo un error del asesino o un golpe de suerte pueden contribuir a deshacer el enredo —le recuerdo.

—¿Quiere venir para comunicárselo también al director? —me propone él.

Acepto de inmediato. No solo porque considero que es mi obligación informar a mis superiores, sino porque pretendo evitar el desgaste psicológico que supone quedarme con las manos cruzadas mientras espero los resultados.

Es la primera vez en mucho tiempo que me dirijo a la avenida del Mediterráneo con el Seat y con la moral alta. El tráfico no me pone de los nervios, porque sé que ahora estamos todos expectantes.

El subdirector me recibe de pie y me da un fuerte apretón de manos lleno de entusiasmo. Yo, en cambio, me apresuro a devolverle a la realidad.

—Espero que mi colaborador no esté equivocado y que podamos demostrar que la muchacha es, en efecto, la cómplice del asesino —le digo—. Sin embargo, no podremos estar seguros hasta que no la identifiquemos.

El subdirector coincide por completo con mi evaluación.

—Ojalá hayamos entrado en la recta final de esta investigación y podamos quitarnos de encima este caso.

Nos dirigimos al despacho del director, y allí le pongo a él también al día. El director, sin embargo, es un hombre de pensamiento más pragmático.

—¿Cree que el joven que la acompañaba está también involucrado? —me pregunta.

No quiero implicar a Zisis en esta historia y tampoco quiero poner todas mis cartas sobre la mesa.

—Es posible, aunque no podemos descartar que sean, simplemente, conocidos. Solo estaremos seguros de ello cuando hayamos confirmado que se trata de la cómplice del asesino y la detengamos para interrogarla.

—Si está involucrado, tiene que ser el asesino —interviene el subdirector.

El director le obliga a aterrizar en la realidad.

—No nos apresuremos. Si se confirma la complicidad de la muchacha, habremos dado un gran paso adelante.

Después se vuelve hacia mí:

—Esperamos ansiosos el resultado de las pesquisas.

Una vez que he comunicado las novedades vuelvo a Jefatura. Durante el trayecto me preocupa cómo debo manejar a Zisis. No tendría sentido alarmarle en estos momentos, puesto que no estamos seguros de que se trate de la cómplice. Pero, si se confirman las sospechas de Dervísoglu, el compañero de Zisis será el asesino. Soy consciente de que, en tal caso, Zisis se vendrá abajo, pero no tengo manera de evitarlo.

En el despacho impera la calma, cosa que significa que mis colaboradores no han vuelto todavía de rastrear y tomar fotografías.

Llamo a Velidis por teléfono, no tanto porque piense que puede haber descubierto algo importante, sino, sobre todo, para matar el tiempo y mantener a raya mi ansiedad.

—Todo lo que hemos podido averiguar es genérico y no afecta específicamente a la investigación —me dice él—. Parece que Kallasis era muy conocido en los círculos empresariales y que su opinión contaba. También hemos podido confirmar que no tenía despacho propio, sino que trabajaba desde casa, *online*. Cualquiera, el asesino incluido, podía seguir las actividades de Kallasis metiéndose en internet.

Cerrada también esta puerta, me sumerjo en la espera sin remedio. Mi tormento dura dos horas, aunque la expresión de mis colaboradores cuando llegan me compensa con creces.

—¡Menos mal que existen los supermercados! —grita Dermitzakis con entusiasmo—. Se nos ha ocurrido dejar a Askalidis apostado delante del supermercado del barrio mientras Fotis y yo recorríamos las calles. En un momento dado, Askalidis nos ha avisado de que la sospechosa había ido a comprar. Fotis y yo hemos podido hacerle fotos con el móvil. Después, Askalidis la ha seguido. La sospechosa vive en la calle Etolías, cerca del Centro de Juventud. Fotis ha ido a Identificación para que impriman unas buenas copias de la foto y podamos hacerla circular.

—Estupendo, por fin la suerte nos empieza a sonreír —comento con alivio.

Dermitzakis se pone de pie.

—En cuanto llegue Dervísoglu salimos a patear las calles.

Comienza un nuevo periodo de espera. A pesar de haber vivido incontables situaciones como la actual, nunca he aprendido a afrontarlas con calma. Descuelgo el auricular para llamar al subdirector y acto seguido lo vuelvo a dejar en su sitio. No tiene ningún sentido informar cada media hora solo porque tengo los nervios de punta.

Afortunadamente, esta vez mi agonía dura menos. Mis tres colaboradores aparecen al cabo de una hora sonriendo de oreja a oreja.

—Es ella, la han identificado —anuncia Dervísoglu.

—Lefkaditis nos ha dicho que, cuando la vio, llevaba la misma cazadora que en la fotografía.

Me enseña la fotografía. Es, realmente, una joven muy guapa. Puedo entender por qué el saudí cayó en la tentación.

—¿Qué hacemos ahora? ¿La traemos para interrogarla? —me pregunta Askalidis.

—¡No! —contesto de forma categórica. Los tres hombres me miran estupefactos—. No olvidéis que Fotis la vio en compañía de un joven que bien podría ser el asesino —les explico—. Si la detenemos ahora y pasa la noche en comisaría, su familia se preocupará y posiblemente llamará a su amigo para averiguar si sabe algo de ella. Si él es el asesino, sospechará que algo va mal y lo más probable es que desaparezca.

—¿Cuál es la solución? ¿Esperar hasta que se aclare su relación con el tipo? —me pregunta Dermitzakis.

—Poneos en contacto con la comisaría de Agia Paraskeví para informarles y vigilad el bloque de pisos donde vive la sospechosa. Si sale, no la perdáis de vista ni un instante. Mañana por la mañana traedla aquí para interrogarla.

Ellos se van para llevar a cabo su misión, pero a mí me espera un cometido aún más difícil. Ha llegado el momento de hablar con Zisis.

—Es importante que nos veamos para hablar. El asunto es urgente —le digo por teléfono.

—¿Qué pasa? —pregunta inquieto.

—Te lo tengo que contar en persona. Aunque será mejor no quedar en el refugio, nos vemos en el café de siempre.

Por suerte, no me cuesta encontrar aparcamiento. Zisis ya me está esperando en el pequeño café.

—¿Qué ocurre? Me tienes preocupado —me dice antes siquiera de que pueda sentarme.

Dejo que nos sirvan antes los cafés, porque los vamos a necesitar.

—¿Conoces bien a ese tipo que está siempre a tu lado en las concentraciones? —le pregunto.

—¿A Nikitas? —dice Zisis extrañado, y se encoge de

hombros—. Vino a la primera concentración, la del féretro, en la plaza Atikí. Iba acompañado de un grupo de inmigrantes de los antiguos países comunistas. Desde entonces ha estado colaborando en cuestiones organizativas.

—¿Cómo se llama?

—Nikitas Kurtidis.

—Lo que voy a decirte tiene que quedar entre nosotros —le advierto, y le cuento la historia de la cómplice y el encuentro en el concierto de música latinoamericana.

—¿Crees que él es el asesino? —me pregunta Zisis.

—Puede que sí y puede que no. En estos momentos aún no lo sabemos. Quizás mañana, cuando interroguemos a la muchacha, averigüemos más detalles. ¿No sabrás dónde vive Kurtidis?

—Cerca de la plaza Atikí. Si no recuerdo mal, dijo que en la calle Sozopóleos. —Baja la cabeza y añade con voz apenas audible—: Si él es el asesino, adiós al movimiento.

—No te precipites. Para empezar, todavía no sabemos si es el culpable. Y, en segundo lugar, no conocemos sus motivaciones.

Me esfuerzo por inyectarle moral, pero veo que no surte efecto. Recurro a mi última tabla de salvación.

—¿Qué tal si vamos a ver a mi nieto y tocayo tuyo? Nos sentará bien a los dos.

Zisis no se opone a eso. Nos subimos al Seat y nos ponemos en marcha.

37

Ya son las diez de la mañana cuando la llevan a la sala de interrogatorios. El retraso se debe a que ha habido que esperar a que saliera a la calle, porque habíamos acordado no entrar en su casa, ya que sus padres, en medio del pánico, podrían llamar por teléfono al asesino, al que quizás conozcan. Mis hombres han esperado a que bajara sola para detenerla y meterla en el coche patrulla.

Sentada ya en la silla, nos mira a todos uno por uno, pues estamos el equipo al completo, y pregunta:

—¿Por qué estoy aquí?

—¿Cómo se llama? —le pregunta Dermitzakis, sin hacerle caso.

—Amalía Delí. ¿Por qué estoy aquí?

—Nos gustaría hacerle algunas preguntas —le explica Askalidis.

—¿Y para eso era necesario meterme en un coche y llevarme a la comisaría? ¿No podían hacerme las preguntas en mi casa?

—Empecemos por el principio —intervengo yo—. ¿Nos puede explicar por qué estuvo buscando en Exarjia a un hombre chino que se llamaba Chan Yonk Sun?

Ella se vuelve hacia mí y me mira atentamente. Luego se encoge de hombros.

—Buscaba un alojamiento Airbnb para una amiga mía que venía de Canadá y me habían dicho que el chino disponía de muchos apartamentos en Exarjia.

—¿Y por qué hablaba en inglés con las personas a las que les preguntaba en Exarjia? —le pregunta Dervísoglu.

La muchacha tiene la respuesta preparada:

—Porque pensaba que, si me hacía pasar por inglesa, me sería más fácil encontrar un alojamiento.

—¿Y cuándo averiguaste cómo se llamaba el chino? ¿Cuando quisiste venderle, haciéndote pasar por una de las herederas, la casa de Lapaziotis en la calle Kunduriotu? —pregunta Dermitzakis.

Es la primera vez que Delí se queda desconcertada, aunque se repone enseguida.

—¿La casa de quién? —pregunta, como si no hubiera entendido bien el nombre.

—Del poeta Napoleón Lapaziotis, en la calle Kunduriotu —repite Dervísoglu.

—He oído hablar del poeta Lapaziotis, pero ni siquiera sabía dónde está su casa.

—Pasemos a otro tema —vuelvo a intervenir—. Antes de ayer, a eso de la medianoche, murió asesinado delante del edificio donde vivía el asesor financiero Spyros Kallasis. Antes de producirse el asesinato, una vecina que vive en la planta baja del edificio oyó una discusión en la calle. Alguien molestaba a una mujer y ella empezó a gritar. El asesinato tuvo lugar inmediatamente después. ¿Fuiste tú quien gritaba?

Delí se pone de pie de un salto.

—¿Yo? ¿Qué tengo que ver yo? Ni siquiera sé dónde se produjo ese asesinato que me cuenta.

—En la calle Ivis, que desemboca en la avenida Pendelis —puntualiza Askalidis.

—¿Qué iba a hacer yo en la calle Ivis a medianoche? Yo vivo en Agia Paraskeví, ya lo saben ustedes.

—Te lo pregunto porque, inmediatamente después, esa misma vecina oyó arrancar una moto que se alejó a toda prisa —le digo—. ¿No sería la misma moto con la que fuiste al parque marino de Skaramangás cuando seguiste hasta allí a Al Falaj, el inversor saudí?

Ella intenta reaccionar de la manera más apropiada.

—¿Quién? —pregunta al final, pues no logra encontrar nada mejor que decir.

—Vamos, no te hagas la tonta. Nos referimos al saudí con el que estuviste tomando unas copas en el bar del hotel Hilton la noche siguiente. Hasta le enviaste un mensaje para decirle que llegarías media hora tarde —dice Dermitzakis.

La joven finge extrañeza.

—¿Que yo le envié un mensaje? ¿Está usted seguro?

—Sí, un SMS.

Ella recupera el control. Abre su bolso y saca un teléfono móvil.

—Pueden registrar mi teléfono. No encontrarán ningún mensaje dirigido al saudí ese.

—No lo encontraremos porque no lo enviaste desde tu móvil griego —le digo—. Lo mandaste desde el móvil británico que te dio tu amiga nigeriana, Naíma Naijal. Antes de volver a Nigeria lo convirtió en teléfono de prepago y te lo dio. Fue con ese móvil con el que enviaste el SMS al saudí. Estoy seguro de que lo encontraremos cuando registremos tu casa.

Ahora está totalmente descolocada y se me queda mirando atónita. Por mucho que busque una salida, se topa con un muro.

—¿Cómo conociste a Nikitas Kurtidis? —pregunto.

—¿A quién?

—Vamos —interviene Dervísoglu—. Estuvisteis juntos en el concierto de ese grupo musical de Chile. Para vuestra desgracia, yo también estaba en el concierto. Luego fuisteis a un bar a tomar algo. Después de separaros cogiste el autobús de Agia Paraskeví.

Este ha sido el tiro de gracia. La muchacha se viene abajo.

—Intentas escabullirte, pero no te servirá de nada —le digo—. Ya sabemos que estabas en el parque marino cuando el ingeniero de la constructora llevó allí a Al Falaj para enseñarle los terrenos. Tenemos el mensaje que enviaste al saudí y ya hemos comprobado que estuvisteis juntos en el bar del hotel. Sabemos, además, que fingiste ser una heredera de Lapaziotis para enseñar la casa al chino. No te valen los subterfugios. La única alternativa es que colabores con nosotros para no empeorar aún más tu situación. Te dejaremos sola para que lo pienses y luego volveremos a hablar. Lo único que te pedimos como prueba de buena voluntad es que nos digas exactamente dónde vive Kurtidis. Lo averiguaremos de todas formas, solo se trata de ahorrarnos nuevas demoras.

—Vive en la calle Sozopóleos, esquina Epiro Norte —dice ella con voz apenas audible.

Tomamos su bolso y su teléfono móvil y salimos de la sala de interrogatorios, todos menos Kula, a quien hago una seña para que se quede con la sospechosa.

Los demás nos trasladamos a mi viejo despacho y llamo enseguida al subdirector:

—El caso está resuelto, pero se lo explicaré con todo detalle cuando hayamos terminado los interrogatorios. Lo que necesito ahora es una orden para registrar el domicilio de Nikitas Kurtidis. Quiero que la envíen enseguida por correo electrónico a la comisaría de la plaza Atikí. —Cuelgo el teléfono y me dirijo a mis hombres—: Informad enseguida a la comisaría y a Dimitríu, para que esté preparado. Iréis los tres a casa de Kurtidis. Os quedaréis hasta que la Científica haya terminado el registro. Lo que más nos interesa es encontrar el arma del crimen, pero también cualquier otra prueba incriminatoria. Después del registro traeréis a Kurtidis a Jefatura para que lo interroguemos. Entretanto, Kula, Dervísoglu y yo mismo seguiremos interrogando a Delí.

Dermitzakis y Askalidis salen como una bala y yo vuelvo a llamar al subdirector.

—La orden de registro llegará a la comisaría dentro del próximo cuarto de hora. ¿Tiene tiempo para contarme el resto? —me pregunta él.

Le ofrezco un rápido esbozo de los acontecimientos.

—Es decir, nos encontramos a un paso de resolver el caso definitivamente —comenta mi superior con satisfacción.

—Kurtidis es la clave. Si el registro de su domicilio da resultados, solo faltará que confiese.

Cuando vuelvo a la sala de interrogatorios acompañado de Dervísoglu, la joven cómplice está sollozando y Kula, sentada a su lado, le está susurrando algo al oído.

—Cuéntaselo todo al señor comisario. Desde todos los puntos de vista, callártelo solo puede perjudicarte.

Le doy tiempo para que se reponga y se centre. Pronto deja de llorar, se enjuga las lágrimas y me mira.

—Todo empezó con Naíma —comienza la joven—. Ella estudiaba música y yo etnología. Nos conocimos en un concierto de música étnica que organizó el departamento de la facultad. Enseguida nos entendimos y desde entonces fuimos amigas íntimas. Hace un año, Naíma me llamó por teléfono. Aullaba, estaba fuera de sí y yo no podía entender lo que me decía. Al final consiguió explicarme que habían matado a su padre. Cuando nos encontramos, me explicó que su padre y su tío habían heredado una gran extensión de tierra que habían decidido dedicar al cultivo. Un día apareció un grupo de empresarios nigerianos y extranjeros que querían comprar aquellos terrenos para construir una fábrica. El hermano aceptó enseguida, pero el padre de Naíma no quería vender la herencia familiar. Los dos hermanos se enfrentaron. Al final alguien mató al padre de Naíma. Las autoridades dijeron que lo había asesinado una organización terrorista islámica, Boko Haram, pero Naíma no se lo creía. Estaba convencida de que lo había matado su tío con la ayuda de los que querían comprar los terrenos, para quitarlo de en medio y poder tirar adelante con la venta. —Hace una pausa, respira profundamente y continúa—: Naíma me dijo que iba a interrumpir los estudios para volver a Nigeria. Entonces sacó su teléfono móvil y me lo dio. Me dijo que lo había convertido en teléfono de prepago y que me lo regalaba para que tuviera algo con lo que recordarla.

Hace una nueva pausa y nos observa. Yo permanezco en silencio mientras Kula, que sigue sentada a su lado y está escribiendo la declaración, le acaricia la espalda como si quisiera darle ánimos para continuar.

—Desde entonces le perdí la pista. Intenté encontrar el número de su teléfono en Nigeria, pero me resultó imposible. Hasta que un día un amigo suyo me dio el número de su teléfono fijo. La llamé pero no contestó. Al día siguiente recibí en el móvil de prepago un SMS que decía: *«I wiped out my past. I wish you well»*. Es decir: «He borrado mi pasado. Te deseo lo mejor». Desde entonces no he vuelto a tener noticias suyas. Conservo aquel mensaje. Lo encontrarán en el móvil.

Espero hasta que se tranquilice un poco antes de hacerle la pregunta crítica:

—¿Cómo conociste a Kurtidis?

—Nos conocimos en Londres. Él estudiaba dirección de empresas, pero los estudiantes griegos formábamos una comunidad y nos conocíamos todos. En medio de la desesperación a causa de la situación de Naíma le conté la historia. Cuando terminé, me dijo: «Hoy en día el capital no se detiene ante nada». Luego meneó la cabeza: «Y yo, como un gilipollas, no he hecho otra cosa que dedicarme a estudiar el comportamiento del capital». Cuando al final volvimos a Atenas, iniciamos una relación.

—¿Qué te dijo cuando te mandó espiar al saudí en el parque marino? —le pregunta Kula.

—Que quería saber de qué hablaban, porque, si se ponían de acuerdo para iniciar la obra, quería presentar una solicitud de empleo en la empresa que crease el saudí.

—¿La moto era de Kurtidis?

—No, de su hermano. Es ingeniero y trabaja en los Emiratos Árabes. Yo sé conducirla, por eso la tomo prestada cuando tengo prisa o cuando he de cubrir una distancia grande.

—¿Y cómo hiciste para encontrarte en el bar con el saudí?

—Le esperé en la entrada del Hilton, entré detrás de él y me presenté como intérprete. Le dije que había estudiado en Inglaterra y que, si necesitaba a una intérprete, estaría encantada de ayudarle. Recordó haberme visto en Skaramangás. Le dije que había ido allí con la intención de hablar con él, pero que le vi ocupado y no me atreví a molestarle. Me propuso quedar esa noche en el bar del hotel para hablar del tema. Por eso fui. El centro de la ciudad, sin embargo, estaba bloqueado por una manifestación y le mandé el mensaje diciéndole que llegaría tarde.

—¿Qué pasó por la noche en la playa? ¿Cómo matasteis a Al Falaj? —le pregunta Dervísoglu.

—Pregunten a Nikitas. Yo me alejé y se quedaron los dos solos.

—¿Fuisteis en coche?

—Sí, el que trajo Nikitas. Aparcamos al principio del parque y continuamos a pie.

—La idea de hablar en inglés en Exarjia ¿fue tuya o de Kurtidis? —le pregunto.

—Nikitas me dijo que, si hablaba en inglés, me resultaría más fácil localizar al chino. Quería enseñarle la casa de Lapaziotis e intentar engañarle para sacarle dinero. Por eso me dijo que fuera por la noche con las llaves y dijera que soy una de las herederas. Entregué las llaves y me fui.

—Todo esto podría resultar creíble, aunque tu ingenuidad es imperdonable para una muchacha con estudios universitarios —le digo—. Pero ¿qué explicación puedes dar para el asesinato de Kallasis? No me dirás que no se produjo delante de ti.

Ella se lleva las manos a la cabeza.

—No me lo esperaba —farfulla—. Su cara estaba vuelta hacia mí. Solo cuando lo vi caer ensangrentado me di cuenta de lo que había pasado.

—¿Qué hicisteis después? ¿Os montasteis en la moto y os largasteis?

—Nikitas me tapó la boca para que no gritara. «Él era como los que mataron al padre de tu amiga», me susurró. Después me llevó a rastras hasta la moto, me hizo montar atrás y condujo él. Sabe llevar una moto, como la mayoría de la gente de nuestra edad.

—¿Por qué no fuiste a la policía a denunciarlo?

—No podía delatar a mi amigo... —masculla la joven.

—En cambio, sí fuiste con él al concierto —replico.

Agacha la cabeza y se echa a llorar otra vez. La dejamos con Kula para que firme su testimonio y subo a mi despacho. No tiene sentido llamar ahora al subdirector. Prefiero concluir el interrogatorio de Kurtidis para contárselo todo.

38

Entra la pareja de sabuesos encabezada por Dermitzakis, que se está frotando las manos.

—¡Ya está! —anuncia triunfalmente.

—Quiero que me lo contéis con todo detalle.

Me levanto para dirigirme a la mesa de reuniones. El cierre de un caso tan complicado merece cierta ceremonia.

Se sientan a mi alrededor y Dermitzakis toma la palabra de nuevo:

—Hemos recogido la orden de registro de la comisaría y hemos ido a casa de Kurtidis. Nos ha abierto él mismo. Cuando le hemos mostrado la orden de registro no ha dicho nada. Parecía que nos estuviera esperando. Su piso tiene dos habitaciones. Le hemos tenido sentado en su despacho y Dimitríu ha empezado el registro.

—¿Habéis encontrado el arma de los crímenes? —le pregunto en primer lugar.

—En la cocina, entre los demás cubiertos, hemos encontrado un cuchillo afilado. Cuando le hemos preguntado al respecto, nos ha contestado que lo tiene para cortar carne y se ha echado a reír. El cuchillo estaba lavado y limpio. —Hace una pausa y me mira—: Aunque este no ha sido el hallazgo más importante del día.

—¿Cuál ha sido el hallazgo más importante? —le pregunto, y tengo ganas de gritarle un par de lindezas por mantenerme en suspense.

—La Científica ha encontrado dentro del armario ropero una cazadora manchada de sangre. Cuando le hemos preguntado qué sangre era esa, nos ha mirado y nos ha dicho sin pestañear: «¿Por qué no vamos a Jefatura, os lo cuento todo y terminamos de una vez con esto? Podéis seguir registrando la casa a vuestro aire».

—El tipo se ha dado cuenta de que ya no tenía escapatoria —comento.

—Me pregunto por qué no llevó la cazadora al tinte —dice Askalidis.

—Si la mancha de sangre es del tercer asesinato, no le ha dado tiempo —le explico.

—Hemos dejado que la Científica complete el registro y hemos traído a Kurtidis con nosotros. Está en la sala de interrogatorios —me informa Dermitzakis.

—Vamos. Él no es el único que quiere terminar con esto, también nosotros.

Avisamos a Kula y bajamos todos a la vez a la sala de interrogatorios. Kurtidis está sentado con las manos entrelazadas sobre la mesa. En cuanto entramos me regala una sonrisa.

—Buenos días, señor comisario —dice—. Como ve, no le he causado problemas.

—Nos bastan los problemas que has causado con los tres asesinatos. No necesitamos más —le contesto.

—Admiro tu sangre fría —le dice Dervísoglu.

—Era consciente desde el principio de que la cosa acabaría así y me había hecho a la idea —responde Kurtidis.

—Lo sabemos todo —digo después de ocupar nuestros asientos frente al detenido—. Hemos identificado y detenido a tu cómplice, Amalía Delí. Ha costado un poco, pero al final lo ha confesado todo.

Kurtidis me observa en silencio y sin inmutarse.

—Sé que participas en el movimiento de los pobres que organiza Lambros Zisis. ¿Me puedes explicar por qué decidiste convertirte en asesino? ¿Qué significa el movimiento de los pobres para ti? ¿Una cortina de humo detrás de la que esconderte para poder matar?

Él no contesta enseguida. Me sigue observando.

—¿Os ha contado Amalía la historia del asesinato del padre de Naíma, su amiga? —me pregunta.

—Nos la ha contado.

—Aquel asesinato supuso un golpe realmente terrible para Naíma. También fue un golpe duro para Amalía, que perdió a una de sus mejores amigas. Y al mismo tiempo a mí me abrió los ojos.

Dermitzakis quiere preguntar algo, pero se lo impido con un gesto. Intuyo que lo que nos acaba de contar Kurtidis no es más que la introducción y que el joven está dispuesto a continuar.

—Cuando pasé a formar parte del movimiento, me di cuenta de que no basta con dar apoyo a los pobres. Hay que golpear a los culpables de la pobreza hasta que sus víctimas estén en condiciones de luchar por sí mismas.

No sé si Zisis entendería algo de lo que nos cuenta Kurtidis, pero yo no entiendo nada.

El detenido quiere continuar, pero no le dejo.

—Empecemos desde el principio —le digo—. Cuéntanos primero cómo conociste a Al Falaj y cómo lo mataste.

—Se generó un gran ruido mediático en torno a su llegada y sus planes de inversión en Grecia. Como estudié dirección de empresas en Inglaterra, conozco a los saudíes y su manera de organizar y dirigir sus negocios. Procuré encontrarme con Al Falaj en el hotel cuando estaba todavía con los otros saudíes y con el británico. Le dije que estaba haciendo mi posgrado en Inglaterra y que quería hacerle algunas preguntas sobre su plan de inversiones para mis estudios. Él aceptó encantado. Al día siguiente le mandé a Amalía. Cuando la llamé por teléfono después de su encuentro, ella me dijo que el saudí no había dejado de flirtear en toda la velada. Al día siguiente yo había quedado con él en el hotel. Me describió sus planes con todo detalle. En un momento dado me dijo que pensaba proponer a Astilleros que le vendieran una parte de sus terrenos para el complejo que proyectaba construir. Entonces le solté que mi padre era accionista de Astilleros y que yo podría hablarle de las inversiones que quería hacer. Picó el anzuelo en el acto. Le propuse ir juntos a la zona esa misma tarde para que me enseñara qué pensaba hacer, así yo podría explicárselo mejor a mi padre. Para tentarle, le dije que nos acompañaría Amalía, que era amiga mía. No opuso ninguna objeción.

—¿Tienes coche? Amalía nos ha dicho que fuisteis con tu coche —interviene Dermitzakis.

—Tomé prestado el coche de mi padre. Lo aparcamos cerca de la entrada del parque marino y seguimos a pie. El saudí empezó a explicarme qué pensaba hacer. Dije a Amalía que volviera al coche porque no la necesitábamos. Mientras el saudí me enseñaba la zona y me contaba sus planes, se volvió hacia el mar yo le apuñalé.

—¿Dónde guardabas el cuchillo? —le pregunta Askalidis.

—En la mochila, junto con la cámara de fotos. Le dije que tomaría fotografías para dar una información más precisa a mi padre. Él no prestó atención y siguió hablando. Estaba detrás de él. Saqué el cuchillo y lo apuñalé. Cuando cayó al suelo, le asesté dos puñaladas más. —Hace una breve pausa—. Eso fue todo. Después guardé el cuchillo en la mochila y volví al coche, donde me estaba esperando Amalía.

—¿Ella no quiso saber dónde estaba Al Falaj? —pregunta Dervísoglu.

—Le dije que el saudí volvería más tarde, para evitar que me hiciera más preguntas.

—Y al chino le dijiste que eras agente inmobiliario —comento.

Kurtidis se echa a reír.

—Cuando le hablé de la casa de Lapaziotis, se volvió loco de alegría. Pero tenía que llevarle allí de noche. Por eso se me ocurrió presentarle a Amalía como heredera. Ella me entregó unas llaves y se fue. El barrio está desierto por la noche y todo lo demás vino rodado.

—Desierto como la calle Ivis donde vivía Kallasis —añado—. Amalía ya nos ha descrito su muerte. Incorporaremos su descripción a tu declaración y la firmarás. Solo me queda una pregunta. ¿Por qué hacías sonar cada vez una canción popular que hacía referencia al dinero?

—Fue mi manera de rendir homenaje al movimiento de los pobres —me contesta—. Una forma de relacionar los asesinatos de los inversores con el movimiento de los pobres.

—¿Mataste a tres personas que ni siquiera conocías para contribuir al movimiento de los pobres? —pregunta extrañado Dermitzakis.

En lugar de responder a su pregunta, Kurtidis se vuelve hacia mí:

—Todo lo que vemos a nuestro alrededor hoy en día es puro teatro, señor comisario. Un montaje puesto en escena por el sistema financiero, y los protagonistas son los políticos. Y, como para ver una obra de teatro has de pagar una entrada, también para sostener este montaje pagamos todos un precio. El precio que pagan los que rondan los cincuenta es que los despidan de sus trabajos y no encuentren ya empleo en ninguna empresa, porque el sector privado no quiere pagar los salarios altos y las cotizaciones de la seguridad social que les corresponden, pues en unos quince años les toca jubilarse. El precio que pagamos los jóvenes como yo es que nos contraten por una tercera parte del salario de los cincuentones a cambio de soportar horarios de doce horas. Y el precio que pagan los pequeños y medianos empresarios es tener que cerrar sus negocios, porque su clientela prefiere los grandes centros comerciales y las compras *online*.

Hace una pausa para tomar aliento. Escuchándole me pregunto si le ha contado todo esto a Zisis y cuál ha sido la reacción de mi amigo. Mis hombres lo miran estupefactos.

El interrogatorio se ha convertido en una conferencia y Kurtidis vuelve a tomar la palabra.

—Vosotros en la policía conocéis de primera mano el problema de los inmigrantes y de los refugiados —me dice.

—Sí, aunque eso ya lo conoce todo el mundo —le contesto.

—¿Y no le recuerda nada?

—¿Qué me va a recordar? —me extraño.

—Los grandes desplazamientos de población que tuvieron lugar en la Edad Media —responde él—. Hemos vuelto a la Edad Media, señor comisario, con la diferencia de que entonces había mucho espacio libre donde los migrantes fueron construyendo ciudades nuevas. Hoy no queda espacio y las poblaciones migrantes van a la basura. La otra diferencia es que en la Alta Edad Media imperaba el fanatismo religioso. En nuestra época impera el fanatismo tecnológico. Kallasis era uno de sus acólitos. —Después añade—: Los hombres que maté eran señores feudales contemporáneos, señor comisario. Controlan a los gobiernos, como los señores feudales controlaban a los reyes medievales. Entonces los señores feudales tenían ejércitos. Hoy tienen capitales.

Parece que ya ha dicho todo lo que tenía que decir, porque guarda silencio. Pienso en el fiscal que leerá su confesión y me cuesta trabajo reprimir una sonrisa.

—Todo esto que nos cuentas es muy interesante pero no cambia para nada el hecho de que has asesinado a tres personas a sangre fría —le dice Dervísoglu.

—Lo sé. Como sé que pasaré el resto de mi vida en la cárcel —responde Kurtidis sin inmutarse—. Conocía muy bien las consecuencias cuando puse mi plan en marcha.

Hemos terminado. No hacen falta más preguntas ni más presiones ni trucos policiales. Uno de nuestros casos más complicados ha concluido de la manera más sencilla.

Hago una seña a Askalidis para que acompañe a Kurtidis a una celda. Tras su marcha impera el silencio en la sala. Ninguno de nosotros tiene nada que decir.

—Redacta un comunicado de prensa sobre las detenciones de ambos culpables y envíalo al despacho del subdirector para que lo pase al responsable de prensa del ministerio. Él se encargará de hacer las declaraciones a los medios de comunicación —indico a Kula. Luego me dirijo a los demás—: Yo no he acabado todavía. Tengo que informar a mis superiores.

Subo a mi despacho y llamo por teléfono al subdirector.

—Caso resuelto —le anuncio—. Tenemos la confesión de Kurtidis.

—Me cuesta creerlo. Llegó un momento en que pensé que nunca daríamos con la solución. —A continuación llega la pregunta inevitable—: ¿Vendrá para contárnoslo de primera mano?

—Iré, aunque no tengo nada interesante que contar más allá de la confesión de Kurtidis.

—Puesto que el caso implica a víctimas de terceros países, sería útil acordar una estrategia para hacer frente a sus representantes diplomáticos.

Esta vez pido un coche patrulla, porque no tengo ganas de volver a hacer el mismo recorrido con el Seat. En el despacho del subdirector me informan de que ya está reunido con el director. Está claro que no podía contener la alegría.

En cuanto me ven se levantan los dos de un salto, como si acabara de entrar Papá Noel cargado de regalos.

—¡Enhorabuena! ¡Es un gran éxito! —me felicita el director efusivamente.

El subdirector vuelve al tema que le preocupa:

—¿Qué vamos a decirles a los embajadores de Arabia Saudí y de China? —pregunta.

—Nada, porque no hay implicaciones políticas —le respondo—. Se trata de un lobo solitario que ha asesinado a unos inversores. Que sus víctimas fueran un saudí y un chino no es más que una casualidad. Igual podría tratarse de un americano y un alemán.

El director expresa su conformidad sin dudarlo.

—El factor casualidad nos facilita las cosas, porque excluye maniobras y pretensiones políticas.

—He dado orden de que redacten un comunicado de prensa para el representante del ministerio, así sabrá qué debe anunciar. Si necesitan información adicional, estoy a su disposición —les digo.

—Nuestro ministro dará saltos de alegría —dice el subdirector satisfecho.

—Y el ministro del Exterior también —apostilla el director.

Aquí ha terminado la reunión informativa, análisis y aclaraciones incluidos. Dejo a los dos altos oficiales sumamente satisfechos y vuelvo a subir al coche patrulla.

Mis preocupaciones personales aún no han terminado. Debo encontrar una manera de informar a Zisis que le haga más fácil sobrellevar lo que voy a decirle.

39

A lo largo de todo el trayecto de vuelta a Jefatura, pero también después de llegar a mi despacho, me devano los sesos para dar con la forma más amable de transmitirle la mala noticia a Zisis. Sé muy bien que lo que voy a contarle le resultará doloroso, pero no consigo imaginar cómo puedo dorarle la píldora.

En medio de mi desesperación aparece de pronto una salida. Le invitaré a que venga a casa, donde tendré a Adrianí para apoyarme, porque estas situaciones se le dan mejor a ella que a mí. No quiero hablar con él en casa de Katerina, prefiero un entorno familiar más íntimo.

Primero llamo a mi mujer para preguntarle a qué hora irá a casa después de estar con nuestro nieto.

—¿Por qué? —pregunta extrañada—. ¿Qué ha pasado?

—Tengo que hablar con Zisis y quiero que estés presente.

Ella ya no me pide más detalles.

—Voy a hablar con Melpo y te llamo.

Y lo hace poco después.

—He pillado a Melpo antes de que se fuera y le he pedido que hoy se quede un poco más. También he llamado a Katerina para que vuelva a casa más temprano. Lógicamente, le he contado que se trata de Lambros. Yo llegaré a casa pronto.

Colgamos el teléfono y acto seguido llamo a Zisis.

—Quiero que vengas a casa para hablar con tranquilidad. Es mejor vernos aquí que en el café o en casa de Katerina.

—Entiendo —contesta él sin vacilación.

—Espera a que hablemos antes y luego entenderás —le respondo.

Subo otra vez al Seat, ahora, por fin, para ir a casa. Intento no obsesionarme con el asunto pendiente, para así mantenerme receptivo a la reacción de Zisis.

Adrianí ha llegado antes que yo y está en la cocina, preparando algo para cenar. Existe un acuerdo implícito entre nosotros. Yo no hablo de los asuntos de mi trabajo en casa y ella no tiene el menor interés en conocerlos. Hoy, sin embargo, es una ocasión excepcional. Me siento en la cocina y le cuento toda la historia de Kurtidis. Ella ha dejado de cocinar para escucharme. Cuando termino, su único comentario es un «Ay, madre».

—Por eso quería invitarlo a casa. Porque necesito tu apoyo —le explico.

—De acuerdo. Ahora vete y déjame cocinar en paz, porque pienso con más claridad mientras estoy cocinando —me responde.

Voy a la sala de estar y enciendo la tele. Todavía no han empezado las noticias y, en consecuencia, no puedo saber si el representante de prensa del ministerio ha hecho ya declaraciones.

No tengo más remedio que apagar el televisor cuando suena el timbre de la puerta. Inmediatamente después entra en la sala de estar Adrianí, acompañada de Zisis.

—Un momento, voy a echar un vistazo a la cena y vuelvo enseguida —dice mi mujer.

Espero a que vuelva para empezar a contarle a Zisis la

historia de Kurtidis, que concluye con su detención. Él escucha con la cabeza gacha.

—No entiendo cómo un joven como Kurtidis llega al extremo de convertirse en un asesino —digo al final—. No solo no me había topado nunca en mi vida profesional con un asesino tan inteligente, sino que raras veces he conocido a una persona de mente tan afilada.

Zisis no me ha oído o no me hace caso.

—Se acabó. Es el fin del movimiento —murmura. Y añade en voz más alta—: Si nos viera Zajariadis...

—¿Quién es Zajariadis? —le pregunta Adrianí.

—El secretario general del Partido Comunista durante la guerra civil e incluso después —explica Zisis, y repite—: Si nos viera Zajariadis... Mientras nosotros nos pudríamos en el exilio interior, él hacía formar todas las mañanas a los exiliados políticos en Taskent* y les decía que estábamos armados y en alerta. Ahora son otros los que están armados y en alerta. Para asesinar.

Adrianí se sienta a su lado.

—Ahora mismo estás con dos personas que tanto ellas como sus familias te odiaban a ti y a los tuyos —le dice—. Se os consideraba traidores y asesinos. Y tú nos odiabas a nosotros, a nuestras familias y a todos los que eran como nosotros. Y, sin embargo, a pesar de tanto odio, nosotros tres ahora somos una familia. Y no solo nosotros, sino también nuestra hija y su marido. Nuestro nieto lleva tu nombre. ¿Por qué lo que ha sucedido entre nosotros no puede suceder con tu movimiento, sobre todo cuando se

---

* Actualmente capital de Uzbekistán. Cuando terminó la guerra civil en Grecia (1946-1949), unos sesenta mil combatientes y miembros del Partido Comunista tuvieron que expatriarse a la Unión Soviética y otros países del Este. La mayoría se quedó a vivir en Taskent. *(N. de la T.)*

trata de un asesino que nadie conocía y de quien nadie sospechaba?

Me quito el sombrero ante mi mujer. Ha dicho todo lo que a mí ni se me habría pasado por la cabeza.

—Hay que tener en cuenta, además, que este asesino nunca habló con la gente y nunca se hizo notar. Fácilmente podría tratarse de otro cualquiera —añado.

Zisis levanta la cabeza para mirarnos.

—Tenéis razón —dice—. Es que todas las derrotas que he sufrido en mi vida me han vuelto derrotista. —Se vuelve hacia mi mujer—: Tienes razón, Adrianí. Seguiremos luchando.

—Mañana hablaré con Melpo —le dice ella—. Iré al refugio y prepararemos juntas una comida. Esta vez no para los pobres, sino para la otra familia: la del refugio y el movimiento. Invitarás a los que creas necesario. Comeremos todos juntos y hablarás con ellos. —Después se dirige a mí—: Si tú crees que tu trabajo no te permite participar, harás de canguro de tu nieto.

—Gracias por pensar en mí —respondo entre risas—. Pero no. Sería comer en un refugio y no existe ningún impedimento para que vaya.

—Creo que invitaré a los arruinados de la clase media, pero dejaré al margen a los inmigrantes —comenta Zisis—. Hace un par de días hablé con Katerina del aplazamiento de las concentraciones. Me dijo que los inmigrantes podrían asustarse y tomar distancia.

—¿A qué inmigrantes se refería? —le pregunto.

—A los africanos.

—Vale, pero tú me dijiste que Kurtidis trajo a los inmigrantes de los antiguos países comunistas. ¿No crees que los africanos pensarán que los metes en el mismo saco que a Kurtidis si no los invitas?

Él reflexiona un momento y me da la razón.

—Es cierto. Los tengo que invitar.

Adrianí se levanta para ir a preparar la cena.

—No esperéis nada del otro mundo, no he tenido tiempo para cocinar —nos advierte.

—¿Es esta la razón o te reservas lo más suculento para mañana por la noche? —bromeo.

Ella me dedica una sonrisa pícara y va a la cocina. Ha preparado guisantes con queso feta. Cenamos con mucho apetito, incluido Zisis, que ha recuperado el ánimo y el buen humor.

Cuando él se marcha, mi mujer vuelve a la cocina. La acompaño para expresarle mi admiración.

—¡Te felicito, has estado sensacional! —le digo—. Has conseguido reanimar a Zisis, que quería que se lo tragase la tierra.

Ella deja de recoger la mesa y me mira.

—En estos casos, la única manera de conseguir resultados es emocionando a la otra persona —me explica—. La razón no sirve de nada, solo ayuda el corazón.

Ha vuelto a soltar su aforismo y ha dejado sin argumentos al agente de la ley y el orden.

40

Han venido todos menos los africanos. Además de los sin techo del refugio, que están todos presentes, veo a los búlgaros, a los rumanos y a los albaneses. Uno de ellos se acerca a Zisis.

—Nikitas no solo te engañó a ti —le dice—. Nos engañó también a nosotros. Pero cuentas con nuestro apoyo, estamos contigo.

Tampoco faltan los representantes de la clase media arruinada. Zisis ha tenido tiempo para presentarme a tres de ellos. Uno se llama Berkas. Los otros dos son el ya famoso Giovanni, el italiano, y su mujer, Anguelikí, que resulta ser la hermana de Berkas.

En el bar han juntado dos hileras de mesas en grupos de tres. Sobre una de ellas están dispuestos los platos, los cubiertos y los vasos. La otra está vacía, esperando a que llegue la comida.

Entre los que han hecho acto de presencia está mi hija, Katerina. Me ha sorprendido verla aquí.

—¿Tú también? —le pregunto extrañado.

—Claro. No podía faltar a un encuentro como este.

—¿Y el niño?

—Ya es hora de que el papi se ocupe también de su hijo. No solo la mamá —me responde ella riéndose.

La última sorpresa, la más grande de todas, es la inesperada aparición de los tres africanos, que entran en el bar con grandes sonrisas. Zisis se queda boquiabierto.

—¿Habéis venido? —pregunta desconcertado, porque no se le ocurre nada más que decirles.

—Sí —responde uno de ellos sin dejar de sonreír—. Estamos juntos en esto, para lo bueno y para lo malo. En nuestra tierra hay más malo que bueno. Estamos acostumbrados y no tenemos miedo.

—¿Les has avisado tú? —pregunto a Katerina.

—Sí. Si solo hablara con ellos Zisis, les podría entrar el pánico. Pensé que, viéndonos a todos juntos, se animarían.

Melpo y Adrianí traen la comida. Han preparado verduras asadas, tarta de espinacas y pescado al horno. Katerina nos trae el vino. Todos dirigimos la mirada a Zisis, esperando un brindis. Sin embargo, se le adelanta Stellos, del refugio, a quien ya conozco de ocasiones anteriores.

—¿Puedo decir algo antes de que hable Lambros? —pregunta, y a todos nos parece bien. Empieza a hablar después de llenar su copa de vino—. Todos los que vivimos en este refugio sabemos que es obra de Lambros Zisis. Él lo creó para ofrecernos un techo cuando la crisis económica nos arruinó y nos dejó en la calle. Por eso todos le respetamos y le queremos. Ahora bien, si se coló entre nosotros alguien que piensa que la pobreza desaparecerá matando a los que la provocan, lo hizo porque la pobreza está en su pensamiento, pero no forma parte de su vida. —Hace una pausa y se vuelve hacia Zisis—: Nosotros estamos a tu lado, Lambros. Lucharemos contigo, porque de ti hemos aprendido que a la pobreza se la combate con lucha, no con asesinatos.

Estalla un caluroso aplauso general, aderezado con unos «¡Bravo!» y «¡Así se habla!». Zisis se dispone a tomar la palabra, cuando se produce una nueva interrupción. Ahora es

Giovanni quien quiere hablar, con la ayuda de su mujer, que hará de intérprete.

—Giovanni quiere decir unas palabras y yo traduzco —nos anuncia Anguelikí.

—*Amico* Lambros, te conocí en la primera concentración que organizasteis, adonde me llevó Ilías —dice, mirando a Zisis a los ojos—. Después también asistí a la comida de los pobres. Quiero que sepas que te has ganado mi aprecio y mi respeto más profundos. También que el movimiento al que pertenezco en Italia, las sardinas, está a vuestro lado y que nos alegramos de no estar solos en esta lucha. Me encantaría que pudieras venir a la siguiente concentración que organicemos en Italia para hablar de vuestro movimiento. Tus palabras tienen un gran valor para nosotros.

Alza su copa y bebe a la salud de Zisis en medio de un estallido de aplausos entusiastas.

Ha llegado el turno de Lambros. Katerina le da una copa de vino. Zisis nos observa primero en silencio.

—Os doy las gracias a todos —son sus primeras palabras—. A todos vosotros, que vivís en el refugio y con los que comparto la vida día tras día, pero también a ti, Giovanni, y a vosotras, Adrianí y Katerina, y a todos nuestros amigos de distintos países, a Dímiter y a Léopold, por nombrar solo a dos. Sois vosotros quienes habéis apoyado y mantenéis vivo el movimiento que creamos todos juntos. —Se calla un momento antes de continuar—: Mi vida ha estado plagada de internacionales. La Internacional Comunista, la Cuarta Internacional, el proletariado internacional y el capitalismo internacional, a quien he combatido toda la vida. Me alegro de que ahora, con todos vosotros a mi lado, pueda anunciar que nosotros y el movimiento de Giovanni representamos una nueva internacional: la de los pobres. Ni nos representa ni nos maneja ningún partido político. Nosotros mismos somos el movimiento que se llama «internacional de los pobres».

Alza su copa de vino. La mano que la sostiene está temblando, pero su rostro resplandece de felicidad.